Philip Reichardt

# AUF EINMAL WAR ER NICHT MEHR DA

Philip Reichardt

# AUF EINMAL WAR ER NICHT MEHR DA

Ein Sohn, ein Vater, eine Spurensuche

Luchterhand

FSC
Mix
Produktgruppe aus vorbildlich bewirtschafteten Wäldern und anderen kontrollierten Herkünften

Zert.-Nr. SGS-COC-1940
www.fsc.org


Verlagsgruppe Random House FSC-DEU-0100
Das für dieses Buch verwendete FSC-zertifizierte Papier
*Munken Premium* liefert Arctic Paper Munkedals AB, Schweden.

1. Auflage

Satz: Greiner & Reichel, Köln
Druck und Einband: GGP Media GmbH & Co. KG

ISBN 978-3-630-87267-4

www.luchterhand-literaturverlag.de

# Der Anruf

Samstagnachmittag telefonierten wir, Sonntagabend sprach er mir auf die Mailbox, Montagmorgen um sieben bekam ich den Anruf, dass mein Vater tot sei.

Ich schlief noch, als das Telefon klingelte. Den Abend zuvor hatte ich bei einem Freund verbracht. Es war Wahlabend, wir verfolgten die Hochrechnungen, lange war nicht abzusehen, wer gewinnen würde. Ich kam spät nach Hause, setzte mich gleich wieder vor den Fernseher, und als ich das Licht ausschaltete, war es weit nach Mitternacht. Ich hörte das Telefon, einmal, zweimal, dreimal, doch ich war noch nicht in der Lage, es zu orten und den Anruf entgegenzunehmen.

Nach dem letzten Klingeln war ich gerade wach genug, um einen Blick auf die Uhr zu werfen. Kurz nach sieben. Ich blieb noch einen Moment liegen. Wer könnte mich um diese Zeit sprechen wollen? Meine Schwester mit einem ersten Kommentar zum Wahlergebnis? Vielleicht. Ich stand auf, als es erneut klingelte. Das Telefon lag unter einer Zeitung, ich sah auf das Display und las: »Anruf Mailbox.« Ich drückte erst die grüne Taste, dann die Eins, um die Nachricht abzuhören. Ich erkannte die Stimme von Klara, der Lebensgefährtin meines Vaters. Sie klang aufgelöst und atemlos, sie sprach schnell, aber klar: »Philip«, hörte ich sie sagen, »der Vater ist tot. Er liegt im Bett. Bitte komm her«.

So lief das jetzt also.

Dass dieser Moment auf mich zukäme, eines Tages, irgendwann, war mir bewusst, auch dass er näher rückte. Ich hatte diesen Gedanken verdrängt, so gut es ging, doch ab und an bahnte er sich seinen Weg, als gelte es, etwas anzukündigen, dem ohnehin nicht zu entkommen war. Einige Momente lang hatte ich dann vor Augen, wie alles kommen würde.

Mal sah ich mich einem Polizisten die Tür öffnen, ihn überrascht fragen, was er wolle, und ihn so verlegen wie routiniert seine traurige Botschaft überbringen. Ich sah mich durch einen Krankenhausflur rennen im Wettlauf mit einer imaginären Stoppuhr, um den plötzlich schwer erkrankten Vater noch einmal zu sehen, sah eine Schwester, die sich in den Weg stellt, um mir mitzuteilen, dass ich zu spät dran sei. Mal sah ich mir dabei zu, wie ich an einem Konferenztisch sitze, mir ein Zettel zugesteckt wird, ich solle ans Telefon kommen, ich ein wenig unwirsch den Kopf schüttle, der andere aber darauf besteht, ernst blickt und flüstert: »Es ist wichtig. Ihr Vater.« Dass ich in seiner Nähe sein könnte, dieser Fall tauchte nie auf.

Ich weiß nicht, wann diese Bilder sich das erste Mal einstellten. Vielleicht, als ich ihn das erste Mal das Altwerden verfluchen hörte, bemerkte, dass seine Kräfte nachließen und die Möglichkeit aufschien, dass er einmal nicht mehr da sein könnte.

Diese Bilder bedurften keines Anlasses, um aufzutauchen. Sie überfielen mich, ergriffen einige Augenblicke Besitz von mir und verschwanden so schnell wie sie kamen, rissen irgendwo ab, ohne einer Dramaturgie zu folgen. Sie erschienen wie Warnungen, die auf eine unausweichliche Erfahrung vorbereiten wollten, als könnte die Ahnung von der Wucht dieser Nachricht helfen, den zu erwartenden Schmerz zu parieren und zu ertragen.

Manchmal kam es auch vor, dass ich mir den Moment danach vorstellte. Ich beobachtete dann meine Reaktion auf die Nachricht.

Eine sah so aus, dass ich in eine Art Schockstarre verfalle. Ich sitze auf einem Stuhl, kann mich nicht mehr bewegen und vergesse zu atmen. Bei einer anderen trommele ich mit den Fäusten gegen einen hölzernen Schrank und schreie laut »Nein, nein, nein!«. Oder ich sah mich, wie ich einmal hörbar schlucken würde, in einen leeren Raum gehe, die Türe schließe und dort leise ein paar Tränen vergieße. Manchmal war ein Zustand der Kontrolle zu sehen, der jegliche Zurschaustellung eines Gefühls unterbindet und darauf zielt, das Nötige zu veranlassen und das Gebotene zu tun. Termine absagen, die Familie verständigen, Trost spenden.

Wie das a) b) c) und d) in einem Fragebogen standen diese Möglichkeiten zur Wahl, meistens hielt ich die beiden letzten für am wahrscheinlichsten, die ersten beiden hoffte ich ausschließen zu können. Sie kamen mir lächerlich vor, wie Klischees aus einem Fernsehfilm.

Mein Puls beschleunigte auf Höchstgeschwindigkeit, ich spürte meinen Herzschlag, ich lief auf und ab durch die Wohnung, schlagartig brauchten sich sämtliche Vorräte an Adrenalin auf, ich atmete, als hätte ich einen langen Sprint hinter mir. Der Vater, tot. Um dem Drang nachzukommen, etwas zu tun, nahm ich das Telefon und rief zurück. Klara nahm gleich ab. Nochmals dieselben knappen, unmissverständlichen Worte. Vor einer halben Stunde, sagte sie, habe sie ihn gefunden, ein Arzt sei bereits verständigt. Ich versprach, mich gleich auf den Weg zu machen, legte auf und ging ins Bad. Ungläubig sah ich in den Spiegel, als wollte ich mich vergewissern, dass ich richtig verstanden hatte. Der Moment, mit dem ich irgendwann einmal gerechnet hatte, da war er nun. Tatsächlich? Jetzt? Gab es nicht doch irgendeinen Hinweis, dass daran etwas nicht stimmen könne, die eben gehörten Sätze nicht wahr seien, und das eben geführte Telefonat gar nicht stattgefunden hatte? Nichts. Ich sah nur einen, der eben erfahren hatte, dass sein Vater tot ist.

Draußen war es finster und regnete. Ich nahm ein Taxi, es roch nach kaltem Rauch. Der Fahrer gab vor, den Weg Richtung Starnberger See zu kennen, doch gleich zu Beginn bog er falsch ab und verfuhr sich. Ungeduldig redete ich auf ihn ein, erklärte ihm den kürzesten Weg. Bloß keine Zeit verlieren, schnell, dachte ich, schnell, jede Minute zählt, als sei noch etwas zu machen. An einer Kreuzung in der Nähe des Sees stieg ich aus, meine Schwester wartete dort auf mich. Sie war bereits in der Schule gewesen, als ich sie erreichte, und hatte ihre Stunden vorbereitet. Die letzten Kilometer fuhren wir gemeinsam. Sie war erstaunlich gefasst.

Vor dem Haus ein Bus und ein Wagen der Polizei, drei Beamte in Uniform. Ein Anblick wie aus einem Fernsehkrimi. Wir stiegen aus, Klara empfing uns an der Tür. Sie deutete auf die Treppe, sagte nur: »Oben.« Ich ging hinauf und als ich die letzte Stufe genommen hatte, blieb ich stehen und sah mich um. Ich wusste nicht wohin.

Wann immer ich meinen Vater in den vergangenen zwanzig Jahren hier besucht hatte, saßen wir im Garten, vor dem Haus oder unten im Wohnzimmer. Hier oben war ich noch nie gewesen und ich hatte mir nie darüber Gedanken gemacht, wie er und Klara dort zusammenlebten. Klara zeigte mir den Weg zu seinem Zimmer. Ich war überrascht, wie klein es war.

Ein Sofa war zu sehen, darauf Stapel neuer, noch verpackter Hemden und Pullover, davor ein kleiner Tisch, auf dem sich Zeitschriften türmten. Gegenüber ein großer Schrank und eine Tür, die auf den Balkon hinausführt. Sein Bett stand in einer Nische, es war weniger breit, als ich dachte.

Auf dem Nachttisch seine Lesebrille, seine Armbanduhr, ein paar Medikamentenschachteln sowie ein Glas Wasser. Auf dem Boden lag aufgeschlagen die aktuelle Ausgabe des *Spiegel*, der wegen der Bundestagswahl schon am Samstag erschienen war.

Sein Anblick hatte nichts Erschreckendes. Er sah aus, als würde er einen Mittagschlaf halten. Sein Kopf lag auf dem Oberarm, der Arm war ausgestreckt und zeigte Richtung Wand. Er trug einen hellblauen Pyjama und war mit einem dicken Plumeau und einer Wolldecke zugedeckt. Nichts in seinen Gesichtszügen oder an seiner Haltung deutete darauf hin, dass er Schmerzen gehabt, um Luft gerungen, oder versucht hatte, das Bett zu verlassen. Er war offenbar zu Bett gegangen, eingeschlafen und nicht mehr aufgewacht.

Über meine Wangen liefen ein paar Tränen. Neben mir bemerkte ich meine Schwester, sie war immer noch sehr gefasst. Wäre ich allein gewesen, vielleicht hätte ich mich auf die Bettkante gesetzt und hätte ihn noch einmal mit dem Handrücken berührt, um zu spüren, dass kein Leben mehr in seinem Körper war. Ich dachte daran, dass ich mir vorhin im Taxi vorgenommen hatte, seine Augen zu schließen, in welchem Zustand auch immer ich ihn auffinden würde. Machte man das nicht so? Ich sah ihn an und stellte fest, dass sie bereits geschlossen waren, und es nichts mehr zu tun gab. Wie ein Toter sah er gar nicht aus. Nicht ansprechbar, regungslos, ja, aber nicht tot. Ich blieb einfach stehen. Wir sahen auf das Bett, in dem der tote Vater lag und schwiegen.

Nach einer Weile wandten wir uns ab und stiegen die Treppe wieder nach unten. Später, dachte ich, würde ich noch mal hinaufgehen und ein paar Minuten an seinem Bett verbringen. Der Amtsarzt hatte inzwischen den Totenschein ausgestellt, das Bestattungsunternehmen war verständigt, die Polizisten saßen in ihren Wagen, unterhielten sich mit gesenkter Stimme und warteten. Worauf, war nicht ersichtlich, vermutlich eine Vorschrift. Sie blieben, bis der angekündigte Kommissar aus Weilheim eintraf. Er kam mit einer Kollegin und einem Koffer in der Hand, begrüßte uns mit einem Beileidssatz und ließ sich den Weg zum Zimmer zeigen. Eine halbe Stunde dauerte es, bis er wieder hinunter kam, uns nacheinander in ein Zimmer bat und seine Fragen stellte. Wann wir ihn zuletzt gesehen hätten, wann zuletzt gesprochen, was wir über eventuelle Krankheiten wüssten, ob es irgendwelche Anzeichen für eine unnatürliche Todesursache gebe, Beruf, Adresse, Telefon. Seine Kollegin notierte Stichworte für das Protokoll.

Als er mit Klara sprach, klingelte das Telefon. Ich hob ab, zu meinem eigenen Erstaunen, früher wäre ich nie auf die Idee gekommen, in diesem Haus ans Telefon zu gehen. Ein Freund meines Vaters. Er war überrascht, meine Stimme zu hören, sie hatten verabredet, heute miteinander zu sprechen. Ich sagte ihm, was geschehen war. Er war fassungslos, so wie ich ein paar Stunden zuvor. Er schwieg einige Momente lang, dann sagte er mehr zu sich selbst als an mich gewandt: »Der Tino ist abgehauen.« Ich erschrak. Das klang, als sei der Tod seine Entscheidung gewesen. War diese Möglichkeit in Betracht zu ziehen? Ich überlegte. Nein, vermutlich nur Jargon unter alten Männern.

Es war kurz nach zehn, als ich endlich Gelegenheit hatte, Klara zu fragen, was geschehen sei. Nichts Besonderes, sagte sie. Sie seien gestern nicht aus dem Haus gegangen, er habe seine Steuererklärung gemacht, am Dienstag wollte er nach München und seine Unterlagen abgeben. Nachmittags habe er aufgehört, er sei müde gewesen, habe sich nicht wohlgefühlt, aber das kam vor, das war nicht ungewöhnlich. Am späten Nachmittag führte er ein paar Telefonate, anschließend sahen sie sich gemeinsam die Wahlberichterstattung im Fernsehen an. Gegen halb elf, da war Stoiber noch Kanzler, habe er genug gehabt, und sei zu Bett gegangen. Morgens um drei viertel sieben fand sie ihn, tot.

Ich rief seinen Hausarzt an. Sie kannten sich seit vielen Jahren, und ich wusste, dass mein Vater ihm auch die Befunde anderer Ärzte, die er aufsuchte, zukommen ließ. Ich erinnerte mich, dass er erst vor ein paar Tagen bei ihm war, um sich gegen Grippe impfen zu lassen, er hatte mir davon erzählt. Vielleicht hatte dieser Besuch noch einen anderen Grund. Doch er war genauso überrascht wie wir.

Er schlug vor, ich solle eine Obduktion anordnen, wenn ich es genau wissen wollte. Wir sprachen noch, als ich durch einen Türspalt zwei Männer in Leichenbestatteruniformen sah, wie sie sich mühten, die Bahre mit dem verhüllten Leichnam die steile Treppe hinunter und aus dem Haus zu schaffen. Es war zu hören, wie sie laut und schnell atmeten. Ja, mein Vater war ein großer, dicker, schwerer Mann.

Eine halbe Stunde später fuhr ich gemeinsam mit meiner Schwester in den nächsten Ort, zum Bestattungsunternehmen. Wir betraten, was man einen schmucklosen Flachbau nennt. Ein Mann in grauschwarzer Uniform begrüßte uns, nahm uns die Regenschirme ab und verstaute sie andächtig in einem Schirmständer.

»Unser Vater …«, begann ich, aber er unterbrach mich mit einem Nicken, das so viel bedeutete wie: Langsam, alles schön der Reihe nach, erst mal hinsetzen. Er bot uns zwei Plätze an seinem Schreibtisch an, rückte die Stühle zurecht und ging um den Tisch. Er zog ein Bein nach, und so dauerte es, bis er seinen Platz erreichte, sich setzte und uns mit einem Blick zu verstehen gab, dass jetzt der Zeitpunkt gekommen war, zu sprechen. Ich begann noch einmal, nannte meinen Namen, erklärte, was geschehen war. Um ganz sicherzugehen, dass ich auch wirklich zu Ende gesprochen hatte, ließ er einen Moment verstreichen, dann erst holte er aus einer Schublade ein paar Unterlagen und einen Stift hervor und sah uns an.

Ich fand es beruhigend, mit jemandem zu tun zu haben, für den unsere Situation Routine war und das Gespräch, das nun folgte, schon viele Male geführt hatte. Er begann.

»Erd-, Feuer- oder Seebestattung?« Er sprach mit böhmischem Akzent, und so klang Feuer wie Feier. Wir sahen uns an. Seine Frage überraschte uns ebenso sehr wie sie uns ratlos machte. »Überlegen Sie nur in Ruhe«, sagte er.

»Traueranzeige?«

Ja, natürlich. Er machte auf einem Formular vor sich einen Haken.

»Blumenschmuck?«

Sicher.

»Sterbebild?«

Meine Schwester legte die Stirn in Falten, mir gefiel der Vorschlag. Er notierte ein Fragezeichen.

»Musik?«

Unbedingt.

»Gottesdienst?«

Wir sahen uns an, er notierte ein weiteres Fragezeichen.

»Aussegnung?«

Über die Details müssten wir noch ein wenig nachdenken, antwortete ich. Unsere Reaktionen schienen ihn nicht zu überraschen. Leute wie wir waren ihm offenbar vertraut, er lag mit seiner Einschätzung genau richtig: Wir hatten keine Ahnung. Weder ich noch meine Schwester hatten uns je auch nur einen Gedanken darüber gemacht, wie wir unseren Vater beerdigen würden. Ohne dass wir darum baten, erklärte er in seiner behäbigen Art, was zu erledigen, zu beschaffen und zu entscheiden sei. Es war viel von Zuständigkeiten die Rede, und von Bescheinigungen. Ohne Totenschein keine Sterbeurkunde. Ohne Sterbeurkunde kein Grabplatz. Ohne Grab keine Trauerfeier und keine Kirche. Ohne Kirche kein Beerdigungstermin. Ohne Termin keine Anzeige. Ohne Anzeige keine Trauergäste, kein Leichenschmaus, kein Abschied, kein Trost. Ich bekam eine Ahnung davon, was in den kommenden Stunden und Tagen auf uns zukäme.

Er hielt den Zeitpunkt nun für günstig, uns in einen Nebenraum zu bitten und uns die Särge zu zeigen. Die Deckel waren abgehoben, lehnten an der Wand, so dass auch die Innenausstattung zu sehen war: Sarggarnitur nennt sich das, und ich merkte, dass ich mir auch darüber noch nie Gedanken gemacht hatte. Der Leichnam liegt natürlich nicht auf blankem Holz, sondern wird auf ein Polster, sein Kopf auf ein Kissen gebettet.

Noch ehe er damit beginnen konnte, die Vorzüge der einzelnen Modelle aufzuzählen, deutete ich auf einen Kiefernsarg und sagte zu meiner Schwester: »Der gefällt mir am besten.«

So entkam ich dem peinlichen Moment, eine Entscheidung treffen zu müssen, nachdem er die Preise genannt hatte, und mich unweigerlich dem Verdacht ausgesetzt zu sehen, der Tote sei mir nicht teuer, sofern ich mich nicht reflexartig für das teuerste Modell entscheide – als würde man mit der Wahl des Sarges preisgeben, welche Bedeutung der Tote für einen besaß. Er tat so, als habe er nicht mitbekommen, was ich gesagt hatte, begann sein Verkaufsgespräch so, wie er es vermutlich immer machte und zielte genau auf dieses Kalkül. Für ein paar Augenblicke gelang es ihm auch, eine Art Schamgefühl, ein Unbehagen aufkommen zu lassen, und es kostete tatsächlich Überwindung, sich dieser unausgesprochenen, aber überaus wirksamen Argumentation zu widersetzen.

Unser Vater liebte den Luxus, zugleich besaß er ein ausgeprägtes Stilbewusstsein. Auf seiner Beerdigung mit Sargdekor Eindruck schinden zu wollen, wäre ihm völlig fremd gewesen. Wir blieben dabei und entschieden uns für den Sarg aus Kiefer. Auf dem Rückweg hatten wir uns auf dem Friedhof einige Plätze zeigen lassen, die in Frage kamen. Einer gefiel uns. Neben einer Eiche, unter einem dicken Ast.

Klara hatte inzwischen Besuch von einer Freundin. Sie machte Kaffee und wir gingen durch, was zu tun und zu entscheiden sei. Hatte er je darüber gesprochen, wie er sich seine Beerdigung vorstellt und was mit seinem Leichnam geschehen soll? Wir versuchten uns zu erinnern, vergeblich. Das Einzige, was mir dazu einfiel, war der Satz, wenn es mal mit ihm vorbei sei, hätten wenigstens noch die Würmer was von ihm. Typischer Vaterhumor, dem er ein lautes Lachen hinterhergeschickt hatte.

Klara verließ das Zimmer, kam ein paar Momente später zurück und drückte mir einen Umschlag in die Hand. Ich erkannte seine Handschrift: »Mein Testament« stand darauf.

Ich zögerte, fand es unpassend, in diesem Moment, da er eben erst ein paar Stunden tot war, das Testament zu öffnen. War das nicht degoutant, wieder so eine Fernsehfilm-Szene? »Sieh nach«, meinte sie, »vielleicht steht da was drin.« Sie hatte natürlich recht. Sollte er einen Wunsch gehabt haben, wo und wie er begraben sein möchte, fände sich eine Verfügung eben genau dort, in seinem Testament oder einer beiliegenden Notiz. Ein wenig widerwillig öffnete ich das Kuvert, überflog die ersten Zeilen und staunte. Es war mehr als zehn Jahre alt. Hatte er nicht immer wieder mal von dem Testament gesprochen, und dass er etwas neu fassen wolle. Eigenartig, so inkonsequent kannte ich ihn gar nicht.

Ich überflog die Zeilen und suchte sie nach Worten wie »Beerdigung« oder »Begräbnis« ab. Ich fand nichts und begann noch einmal von vorn, las jetzt sorgfältig, Wort für Wort. Nichts. Ich dachte an eine seiner Angewohnheiten, die ich ebenso belächelte wie ich sie hasste. Jedes Mal, bevor er zu einer Reise aufbrach, rief er mich an und erklärte, was zu tun sei, wenn er nicht zurückkäme oder ihm etwas zustoßen sollte. Besonderen Wert legte er auf die Beschreibung des Ortes, an dem sich sein Testament befand.

Ich hielt diese Art, sich in den Urlaub zu verabschieden, für maßlos übertrieben, melodramatisch und zugleich beklemmend, und machte mich dann über ihn und sein väterliches Pathos lustig. Meistens unterbrach ich ihn, sagte, ich wisse schon, wo alles sei, er solle seinen Urlaub genießen und fragte, wann er zurück käme.

Mit dem Gedanken, dass ihm etwas zustoßen könnte, mochte ich mich nie ernsthaft befassen, und fand für dieses Ankündigungsritual immer neue Erklärungen. Mal sah ich darin eine Männerfantasie – Verschwinden und nicht mehr wiederkehren –, mal eine Drohgebärde –, Sei gewahr, ich könnte nicht mehr sein, also sei aufmerksam zu deinem Vater, solange er noch ist! –, mal nichts weiter als eine perfide Art, den Termin seiner Rückkehr in meiner Erinnerung zu verankern. Und wohl immer schwang auch die nicht sehr wahrscheinliche, aber eben auch nicht völlig unbegründete Furcht mit, dass beim Fliegen oder Tauchen etwas geschehen könnte. Er erwähnte dabei immer auch eine Schublade in seiner Münchner Wohnung. »Wichtige Dokumente« befänden sich darin.

Dort, waren wir sicher, würden wir all die Antworten auf die Fragen des Bestatters finden. Klara brachte mir seinen Schlüsselbund. Meine Schwester und ich brachen auf, wir machten uns auf den Weg nach München. Sie würde es ihren Kindern sagen, ich unserer Mutter. Von unterwegs rief ich sie an.

»Was sagst du zu diesem Schröder?«, begann sie das Gespräch ohne jeden Gruß, sie war noch hörbar erregt vom Ausgang der Wahl gestern. Ich bemühte mich um einen knappen Tonfall, ging nicht weiter darauf ein, sprach schnell, um ihr keine Gelegenheit zu geben, nachzufragen, wo ich sei und weshalb ich anriefe. Ich sagte, ich käme später vorbei, etwas besprechen. Am Telefon sollte sie es auf keinen Fall erfahren.

Auf der Fahrt sprachen wir nicht viel. Ich versuchte zu sortieren, was geschehen war. Mein Vater war tot und ich wusste nicht, weshalb. Keine Antwort darauf zu haben, schien mir jämmerlich. Das, dachte ich, werden wir schon herausfinden. Waren wir ihm das nicht auch schuldig, die Umstände seines Todes zu klären? Die Ärzte würden eine Ursache aufspüren, ein Ergebnis mitteilen, und ich würde fortan benennen können, woran mein Vater unerwartet gestorben sei. Gewissheit, dachte ich, ich hätte Gewissheit für den Rest meines Lebens.

Wir würden erfahren, dass es um seine Gesundheit schlechter stand, als wir wussten. Vielleicht auch, dass er uns etwas verschwiegen hatte und wir nicht im Bilde waren.

Was aber, wenn sich herausstellte, dass sein Herz einfach aufgehört hat zu schlagen, dass eine Kleinigkeit, ein zu viel oder zu wenig dosiertes Medikament etwa, eine Kettenreaktion ausgelöst hat, und sein Leben ganz undramatisch zu Ende gehen ließ? Wäre das zu wissen tatsächlich von Bedeutung? Oder, dachte ich im nächsten Moment, ist meine Wissbegier nichts weiter als eine übertriebene, eitle Reaktion meinerseits, ausgelöst durch den ersten Schock und eigentlich völlig deplatziert? Offenbar hatte ich den Tod immer noch nicht akzeptiert. Es handelte sich schließlich um keinen Kriminalfall.

War es nicht vielmehr so, dass das Skalpell, das Warten auf einen Befund, seinem stillen und friedlichen Tod nicht etwas von seiner Würde nehmen würde? Würde die Aussicht auf Gewissheit wirklich schwerer wiegen als der Respekt vor der Unversehrtheit des Toten? Ich war mir nicht mehr sicher.

Er, dachte ich, hätte es wissen wollen, er hätte ähnliche Fragen gestellt wie ich. Was in seinem Körper vorging, darüber wusste er immer bestens Bescheid. Er gehörte auch nicht zu denen, die den Gang zum Arzt fürchteten. Im Gegenteil, seine Befindlichkeiten zu deuten, ihren Ursprung zu ergründen, sich untersuchen zu lassen, mit den Ärzten über Diagnosen, Therapien, mögliche Komplikationen und Medikamente auszutauschen, betrachtete er immer als Gewinn, nicht unbedingt an Lust, doch an Erkenntnis, Selbsterkenntnis.

»Was ist passiert?«, fragte meine Mutter, gleich nachdem sie mir die Tür öffnete. Als ich nicht sofort antwortete, fragte sie: »Schlechte Nachrichten?«

»Ja«, sagte ich, »setz dich bitte.«

Vor mehr als fünfzig Jahren hatten mein Vater und meine Mutter sich kennengelernt, sie heirateten und zogen zwei Kinder groß, meine Schwester und mich, den acht Jahre jüngeren Bruder. Siebzehn Jahre waren sie verheiratet, doch auch nach der Trennung blieben sie in Kontakt. Anfangs wegen der Kinder, insbesondere wegen mir, meine Schwester war damals schon fast erwachsen. Später entdeckten sie wohl wieder, was sie aneinander geschätzt hatten. Zuletzt telefonierten sie fast täglich, es war ein warmes, ein freundschaftliches Verhältnis, und auch wenn ihre Scheidung nun schon dreißig Jahre zurücklag, war mein Vater der Mann ihres Lebens. Ich dachte an die Worte, die ich mir im Auto zurechtgelegt hatte, aber als wir saßen, war das Einzige, was ich über die Lippen brachte: »Der Vater ist tot.«

Sie war genauso fassungslos wie wir alle und weinte. Gestern Abend, kurz vor der ersten Hochrechnung, hatten sie noch miteinander gesprochen. Sein letztes Telefonat. Ich erzählte alles, was ich wusste. Wir tranken Rotwein und als die erste Flasche leer war, ging ich eine zweite holen. Wir redeten und tranken weiter bis weit nach Mitternacht.

Die ominöse Schublade gab keinen Aufschluss. Zwar wusste ich sofort, wo sie sich befand, er hatte es mir ja oft genug erklärt, aber sie war zugesperrt. Davon war nie die Rede gewesen. Oder doch?

Ich versuchte mich zu erinnern, aber einen Schlüssel hatte er nie erwähnt. Ich probierte ein paar kleine, die ordentlich an einer kleinen Leiste neben der Eingangstür hingen. Keiner passte.

Wo würde er, fragte ich mich, einen Schlüssel aufbewahrt haben, der zu einer Schublade mit wichtigen Dokumenten führt? Hätte er ihn immer mit sich getragen, um sicherzugehen, dass niemand ihn finden könne? Nein, dachte ich, er würde ihn an einem ganz nahe liegenden Ort deponieren, wo er niemandem auffallen, wo niemand ihn vermuten würde. In einer kleinen Schale etwa, in der er zusammen mit ein paar ausländischen Münzen und anderem Krimskrams läge. Ich sah mich um. Um das Sideboard herum standen jede Menge Bücher, kleine Statuen und tatsächlich auch eine kleine Schale, in der sich ein Amulett, ein paar Steine und auch Münzen befanden, aber kein Schlüssel. Ich zog die darunter liegende Schublade auf. Sie war so voll, dass ich etwas fester daran zerren musste. Obenauf lag ein dickes Kuvert, durch den Ruck fiel es zu Boden, ein Foto rutschte heraus. Ein Porträt meines Vaters.

Ich kannte es nicht, offensichtlich war es erst ein paar Wochen zuvor entstanden. Das beste Foto, das ich seit langem von ihm gesehen hatte. Gewöhnlich nahm er Haltung an, wenn er eine Kamera auf sich gerichtet wusste, hielt die Luft an, zog den Bauch ein oder machte einen Spruch, weil er sich lieber lachen sah, was ihm auch besser stand als die ernsten Gesichter.

Hier lächelte er milde, gütig und ein wenig melancholisch. Einzig die Art, wie er seine linke Hand vor das Kinn hält, erinnerte ein wenig an seine üblichen Fotoposen. Sein Gesicht hat gesunde Farbe, wohlige Bräune, die Wangen sind leicht gerötet. Ihm selbst hätte wohl missfallen, dass zu sehen ist, dass seine Haare nicht mehr die frühere Fülle besitzen. Ich sah es eine Weile an, bis ich merkte, dass es der Blick war, von dem ich mich nicht so leicht lösen konnte, seine ungemein blauen Augen, die so gar nichts von seinem Alter verrieten oder von einem Mann, der auf den letzten Metern seines Lebenswegs angekommen war.

Ich nahm es an mich, legte den Umschlag mit den übrigen Fotos zurück, schloss die Lade und ging. Es war genug. Wonach ich suchte, hatte ich nicht gefunden. Noch bleiben, kramen, alles umdrehen, das nicht. Ich verließ die Wohnung, so wie ich sie vorgefunden hatte und sperrte die beiden Schlösser der Wohnungstür ab.

Ich fuhr zum Bestatter, sagte ihm, wir hätten uns für eine Seebeisetzung entschieden. Seine Frage hatte uns auf die Idee gebracht, meine Schwester war es, die sie aufgriff. »Er liebte das Meer und den Süden doch über alles«, sagte sie. Außerdem fände sie eine Erdbestattung unhygienisch, der allmähliche Verfall, der Moder, ekelhaft. »Verstreuen wir seine Asche doch irgendwo im Mittelmeer.« Sie hatte recht. Wir sprachen mit Klara darüber, sie war einverstanden und auch meine Mutter hatte keine Einwände. Mir gefiel diese Idee auch aus einem anderen Grund. Mein Vater war schon vor Jahrzehnten aus der Kirche ausgetreten. Eine Seebestattung schien nur konsequent zu sein, so bekäme der Abschied von ihm etwas Stimmiges.

Ohne eine Regung zu zeigen, holte der Bestatter einen Katalog hervor, blätterte darin, bis er die gesuchte Seite gefunden hatte. Ich erklärte ihm, weshalb es ein wenig gedauert habe und umriss, wie wir uns die Zeremonie auf dem Meer vorstellten, die Details behielt ich für mich.

Er vergrub sich noch einen Moment in seinem Katalog, ehe er aufsah und sagte: »Mittelmeer ist schwierig.« Jedenfalls wenn man dabei sein wolle. Das ginge nur in der Nordsee, im Mittelmeer brauche man dazu eine Sondergenehmigung, das könne dauern. Und das Verstreuen wäre im Übrigen mit den Vorschriften des Seebestattungsrechts nicht vereinbar. Gewöhnlich sei es so, dass die Urne an Bord gebracht werde, das Schiff hinausfahre zu einer Stelle, wo man von rauem Gewässer sprechen könne, dort würden die Urnen nacheinander zu Wasser gelassen. »Die Urnen?«, fragte ich, und betonte die zweite Silbe, um keinen Zweifel aufkommen zu lassen, worauf meine Frage zielte. Ja, sagte er, es sei üblich, dass während einer Bestattungsfahrt mehrere Urnen an Bord seien und in einem gewissen zeitlichen Abstand in die Tiefe gelassen würden. Sonst sei das nicht zu bezahlen. Die Urnen blieben geschlossen, seien aber so beschaffen, dass sie sich nach einer Weile auf dem Meeresgrund auflösen. Wünschen, wo genau die Urne versenkt werden solle, könne man leider nicht nachkommen, auch da gebe es Vorschriften, so sei etwa die Dreimeilenzone zu beachten. Begleitung, Musik und Ansprache seien nicht vorgesehen, aber möglich, gegen Aufpreis. »So ist das also«, sagte ich und bat ihn, in Erfahrung zu bringen, wann eine Mittelmeerseebestattung frühestens möglich sei. Er nickte, ein wenig widerwillig, ich bat ihn um Bedenkzeit und verabschiedete mich.

»Mittelmeer ist schwierig.« Ich nahm diesen Satz an mich, als hätte ich ihn eben erworben. Ich fuhr nach München, fest entschlossen, die ominöse Schublade wie auch immer zu öffnen, in der Hoffnung, doch noch Klarheit zu gewinnen. Nordsee, absurd.

Zwei Schlüssel hatte Klara noch gefunden, es passte wieder keiner. Ich bestellte einen Schlüsseldienst, hundert Euro kostete es, das kleine Schloss aus dem Sideboard herauszusägen. Ein alter Kalender befand sich in der Schublade, ein paar Armbanduhren und Umschläge: Versicherungspolicen, Steuersachen, aber nicht das, was ich hoffte, dort zu finden.

War der Umstand, dass er in seinem Testament kein Wort darüber verlor, wie er beigesetzt werden wollte, vielleicht ganz einfach so zu verstehen, dass diese Frage für ihn keine Bedeutung hatte? War es seine Absicht, diese Entscheidung uns zu überlassen? Seit einem Tag war er tot und seither beschäftigte ich mich pausenlos damit, was er gedacht und gemeint haben könnte, versuchte, seine Worte zu deuten und mich in ihn hineinzuversetzen.

Es war jetzt Dienstag, und es gab noch mehr Entscheidungen zu treffen. Spätestens Freitag sollte die Trauerfeier stattfinden, mehr Zeit, fanden wir, sollte nicht vergehen. Bis zum Nachmittag müssten wir die Anzeige aufgegeben und geklärt haben, wohin wir die Trauergäste bitten sollten. Wir trafen uns bei Klara, zu dritt.

Wir waren in einem Dilemma. Es gab keine Tradition, der meine Schwester und ich uns verpflichtet fühlten und auf die wir uns hätten stützen können. Wären wir halbwegs brauchbare Katholiken, wäre alles ganz einfach, und wir könnten, ohne uns den Kopf zu zerbrechen, einfach auf die üblichen Rituale zurückgreifen.

Unsere Eltern hatten kirchlich geheiratet, später war mein Vater aber aus der Kirche ausgetreten. Meine Schwester war der Form nach katholisch erzogen, bei mir hatte es gerade noch zur Taufe gereicht, auf die Kommunion hatten weder mein Vater noch meine Mutter Wert gelegt. Ich glaube, sie haben es einfach vergessen und so ergriff ich die erste Gelegenheit, vom Religions- in den Ethikunterricht zu wechseln und trat später ebenfalls aus der Kirche aus.

Der Bestatter hatte davon gesprochen, dass es alternativ zu einer Trauerfeier in der Kirche die Möglichkeit gebe, vor der so genannten Aussegnungshalle auf dem Friedhof Abschied zu nehmen. Auch dort ließe sich eine Rede halten, die Trauergäste würden sich um den Sarg herum gruppieren – ein Trompetensolo würde bei solchen Zeremonien gerne gebucht, einen fähigen Trompeter könne er uns vermitteln. Die Aussegnungshalle hatten wir uns angesehen. Sie besitzt die Größe einer kleinen Kapelle, vielleicht zehn Leute würden hineinpassen, man würde also davorstehen müssen, draußen, voraussichtlich bei Kälte und Regen.

Dagegen die schöne Barockkirche am See, die meine Schwester und ich zwar nur vom Vorbeifahren kannten, deren Inneres Klara prachtvoll beschrieb. Auch wenn mein Vater aus der Kirche ausgetreten war – was ihn mit dem Katholizismus verband, das war die katholische Kultur, die Schönheit der barocken Kirchen, er schätzte die Feste, die Lebensart des Sinnlichen, des Süffigen, des Überbordenden. Auf einen Gänsebraten verzichten, weil der Anlass eines Feiertages keine Bedeutung für ihn hatte? Das wäre ihm nie eingefallen. Wäre es nicht schön und in seinem Sinn, wenn auf seiner Beerdigung jemand eine Rede hielte, Sänger zu hören wären, vielleicht eine Orgel und eine Trompete? Wo aber, wenn nicht in einer Kirche, sollte das stattfinden?

Noch sprachen wir es nicht aus, aber ich spürte, dass meine Schwester und Klara dasselbe dachten wie ich. Trotz allem blieben wir bei der Seebestattung, die Todesanzeige war formuliert und das Bild, das mir am Abend zuvor in die Hände gefallen war, verwendeten wir als Sterbebild. So, fanden wir, solle man ihn in Erinnerung behalten.

Ich rief noch mal seinen Hausarzt an, schilderte ihm in allen Einzelheiten, wie ich ihn aufgefunden hatte und was ich von Klara über seine letzten Tag wusste. Es folgten ausführliche Erklärungen, was geschehen sein könnte, sehr detailliert, zugleich sehr vorsichtig in der Wortwahl und immer wieder unterbrochen von meinen Nachfragen. Er hielt einen Hirnschlag für möglich, ebenso ein Herzversagen. Das Unerklärliche schien mir nun zumindest plausibel, ich verzichtete auf eine Obduktion.

Mittwochnachmittag traf ich den Pfarrer. Klara rief ihn an, vereinbarte einen Termin und bat mich, alles mit ihm zu besprechen, die Trauerfeier, ihren Ablauf, die Rede. Es würde Geschick verlangen, eine Zeremonie nach unseren Vorstellungen auszuhandeln, in deren Mittelpunkt allein der Abschied von unserem Vater stehen solle. Sie dürfe, trug mir meine Schwester auf, unter keinen Umstände »zu heilig« ausfallen. Keine Wandlung dürfe es geben, keine Kommunion, so wenig Liturgie und Bibelzitate als möglich.

Wir hatten gestern lange darüber gesprochen, mit Klara, mit meiner Mutter, zu zweit, zu dritt, am Telefon, bis alle Bedenken verflogen waren und sich keiner an der Unschärfe unserer Argumente mehr störte. Wir sahen keine Alternative, weit und breit keinen schöneren und stimmigeren Ort als die Barockkirche am Starnberger See, so war es nun einmal, Konsequenz hin oder her, schließlich ging es um einen würdigen Abschied von unserem Vater, wir redeten uns ein, es wäre in seinem Sinne. Hatte er nicht erst vor ein paar Wochen, als ein Freund beerdigt wurde, erzählt, wie ergreifend die Trauerfeier in einer kleinen Kirche in der Nähe gewesen sei, hatte er nicht geschwärmt von der Schönheit des Lichts, der Akustik und der Gesänge? Schöne, feierliche Musik sollte zu hören sein, und eine Rede, natürlich. Deshalb war ich vor allem hier, um mit dem Pfarrer die Rede zu besprechen, die er auf meinen Vater halten sollte.

Er kam ein paar Minuten zu spät, sein Gesicht war von einem dunklen Bart zugewachsen, dazu trug er einen gestreiften Pullover. Jiri hieß er, er war Tscheche. Geduldig erklärte er den Ablauf eines Trauergottesdienstes, machte Vorschläge, welche Passagen aus der Bibel sich anböten, und auch Fragen wie die, ob sich Bibelpassagen durch Musik ersetzen ließen, ertrug er gelassen und freundlich. Dann fing ich an, von meinem Vater zu erzählen.

Ich begann mit einer Art Lebenslauf. Geboren in Schlesien, als Jüngling im Krieg, zwei Ehen, zwei Kinder, dass er Journalist war, für wen er arbeitete, dass er seit einigen Jahren überwiegend auf dem Land lebte, Natur und Tiere liebte, ritt und im Alter begonnen hatte, zu malen.

Um ihm einen Überblick zu geben, schien mir das nötig, zugleich bat ich ihn, dass die chronologische Erzählung allenfalls das Gerüst für seine Rede bilden dürfe und so ging ich bald dazu über, ihn so prägnant und treffend als möglich zu charakterisieren.

Jiri saß mir gegenüber, zwischen uns ein kleiner Tisch, auf dem ein großer Block vor ihm lag. Sobald er etwas Wichtiges gehört hatte, notierte er es, jede Notiz in einer neuen Zeile.

Seine Lebensgeschichte zu erzählen, zu interpretieren, darüber zu bestimmen, was andere über ihn erfahren sollten, das lag nun allein an mir. Ich dachte nach, was mir wesentlich erschien, jetzt, zwei Tage nach seinem Tod, welche Wesenszüge, Vorlieben, Überzeugungen und Eigenschaften ich erwähnen müsste, um ein Bild zu entwerfen, das ihm gerecht würde. Anfangs achtete ich sehr darauf, die Worte zu wägen, doch das gab sich schnell, ich kam ins Erzählen, und manchmal war ich selbst überrascht, wie sich Anekdoten und Urteile miteinander verknüpften. Gelegentlich stellte er eine Frage, und wenn mir ab und an eine schöne Formulierung gelang, wiederholte ich sie, um ihm Gelegenheit zu geben, sie zu notieren und zu verwenden. Jiri füllte Seite um Seite. Nach eineinhalb Stunden hatte ich das Gefühl, ausreichend Stoff für seine Rede und ein Porträt geliefert zu haben.

Seine unaufdringliche Art gefiel mir, und wie er sich Mühe gab, sich in meine Erzählung und das Wesen meines Vaters einzufühlen. Ich erzählte ihm von der Seebestattung. Auch, dass mir nicht ganz wohl sei bei dieser Vorstellung und sich etwas in mir dagegen sträube, ich aber nicht wisse, weshalb. Natürlich war mir bewusst, dass eine Seebestattung gegen die katholische Tradition verstieß, und mir war klar, dass er versuchen würde, mich davon abzubringen.

So kam es auch. Was mich überraschte und zugleich beeindruckte, war seine Argumentation. Es ginge nicht allein um den Willen unseres Vaters, sagte er. Wir, die Angehörigen, dürften nicht vergessen, an uns zu denken. Er sei tot, wir aber lebten. Wir müssten wissen, auf welche Weise wir uns künftig seiner erinnern wollen, da sei es nicht unwichtig, einen Ort zu haben, den man aufsuchen kann.

Der Gedanke, als Angehöriger, als so genannter Hinterbliebener, nicht allein dem vermuteten Willen des Verstorbenen folgen zu müssen, gefiel mir. Er schien so gar nichts Katholisches an sich zu haben, im Gegenteil, er war pragmatisch und lebensnah. Er hatte recht, genau darum ging es: dem Toten einen Ort zu geben. Das hatte ich jetzt verstanden und ich war fest davon überzeugt, dass der Umstand, dass er nichts über sein Begräbnis verfügt hatte, so zu deuten war, dass mein Vater es uns überließ, eine Entscheidung zu treffen. So war es. Auf einmal fügte sich alles, meine Zweifel wandelten sich in Gewissheit. Ich würde die Seebestattung absagen, die Urne mit der Asche würde nicht irgendwo anonym in der Nordsee versenkt, sondern einen Platz bekommen, auf dem Friedhof, neben der Eiche, unter dem dicken Ast.

Jiri hatte meine Sympathie. Ich sah der Trauerfeier nun gelassen entgegen, ich dankte ihm, und verabschiedete mich. Nichts deutete darauf hin, dass sie in einem Desaster enden würde.

Meine Schwester und meine Mutter lächelten, als ich von meiner Begegnung mit dem Pfarrer erzählte, und konnten es kaum fassen, als ich seine Argumente zu den meinen machte. Wie am Abend zuvor saßen wir zusammen, aßen, tranken Wein und redeten. Allein, dass wir an zwei aufeinanderfolgenden Tagen gemeinsam den Abend verbrachten, war eine Besonderheit. Aber es kam noch etwas anderes dazu. Zum ersten Mal spürte ich, dass wir jetzt einer weniger waren. Wann immer es etwas zu besprechen gab, was die Familie betraf, wurden alle verständigt. Meist fand das am Telefon statt und folgte ungeschriebenen Gesetzen. Diese Ordnung gab es jetzt nicht mehr, die Rolle meines Vaters war vakant.

Als ich ein sehr kleiner Junge war, erklärte er mir einmal, dass es eines Tages allein an mir läge, ob es künftig noch Reichardts gäbe. Damals machte das großen Eindruck auf mich. In diesem Moment habe ich sicher nicht an diese Worte gedacht, doch ich merkte, wie sich etwas zu verändern begann. Ich fühlte mich jetzt verantwortlich.

Alle waren einverstanden. Meine Schwester war nicht wirklich überzeugt, aber sie akzeptierte es. Klara und meine Mutter waren erleichtert. Endlich war nun geklärt, wie die Trauerfeier für unseren Vater aussehen würde.

Am Freitagvormittag würde in der Kirche am See die Trauerfeier stattfinden, mit »wenig Bibel« und viel Musik. Anschließend führe man auf den etwas entfernt gelegenen Friedhof. Dort wäre der Sarg vor der Aussegnungshalle aufgebahrt, die Gäste würden sich darum versammeln, der Pfarrer nochmals ein paar Worte sprechen, einen letzten Segen erteilen, dann könnte jeder vor den Sarg treten, ein paar Blumen auf ihm ablegen und Abschied nehmen. Ein Trompeter spielt einen letzten Gruß, dann kommen die Träger, verladen den Sarg in den bereitstehenden Leichenwagen, schließen die Klappe, der Fahrer startet den Motor, fährt an, und die Trauergäste sehen dem Wagen nach, wie er sich langsam entfernt. Zur Wahl hatte auch gestanden, nach dem letzten Gruß einfach zu gehen und den Sarg auf dem Friedhof zurückzulassen. Dem davonfahrenden Wagen hinterher zu sehen, fanden wir, sei als Schlussbild stimmiger. Schließlich ist er es, der geht.

Der Wagen fährt davon, direkt ins Krematorium. Für Montag war die Einäscherung vorgesehen, Sarg und Leichnam würden also noch zwei Tage in einer Kühlkammer zubringen müssen. Zwei Wochen später, so war vereinbart, würde die Urne beigesetzt.

Am nächsten Morgen kaufte ich mir einen neuen Anzug. Endlich etwas, auf das ich vorbereitet war. Nichts schien mir in diesen Tagen so gewiss, als diesen einen Vorsatz einzulösen, den ich irgendwann einmal gefasst hatte: wenn mein Vater stirbt, kaufe ich mir einen schwarzen Anzug.

Was genau ich mit dieser fixen Idee verband, weiß ich nicht mehr. Ich nehme an, ich versprach mir davon ein Stück zusätzliche Souveränität, die zweifellos nötig wäre im Moment vor dem Sarg, und anschließend, wenn Freunde, Bekannte und Kollegen kämen, um zu kondolieren. Vielleicht auch war es eine Geste dem Vater gegenüber, der es verstand, bei solchen Anlässen bis ins kleinste Detail vollendet aufzutreten.

Ich trug ein weißes Hemd, einen schwarzen Pullover und schwarze Jeans, als ich den Laden betrat. »Ich suche einen schwarzen Anzug«, sagte ich und schickte hinterher: »Für die Beerdigung meines Vaters.« Die Verkäuferin schien nicht überrascht, offenbar kam es vor, dass Männer genau aus diesem Grund nach einem schwarzen Anzug verlangen. Sonderbar war das also nicht. Nötig allerdings auch nicht.

Zwei Anzüge hatte ich in meinem Schrank hängen, die geeignet gewesen wären. Der anthrazitfarbene weniger, einfach, weil ihm eine Nuance zum Schwarz fehlt, der andere, der einzige Maßanzug, den ich besitze, allemal. Ich ließ ihn mir einmal auf Mauritius von einem einheimischen Schneider anfertigen, ohne Bügelfalte, sagte ich, aber das verstieß gegen seine Ehre. Egal, ich trug ihn trotzdem gerne.

Sie brachte mir einige zum Probieren, die üblichen Marken. Am besten stand mir einer aus Cord. Vorgestellt hatte ich mir einen Stoff mit glatter Oberfläche. Aber sollte ich deshalb einen Anzug kaufen, der mir nicht stand? Den ich nie wieder anziehen würde, der jahrelang im Schrank hängen würde? Gestern überzeugte mich ein Pfarrer, jetzt eben ein Cordanzug. Ich ließ ihn einpacken und zahlte.

Es regnete nun schon die ganze Woche und so standen wir unter Schirmen, als wir uns vor der Kirche trafen, um die Leute zu begrüßen. Ich fragte mich, ob Jiri auftauchen würde, etwa um meine Mutter oder Klara zu begrüßen, doch er ließ sich nicht sehen. Ein in Gottesdienstfragen kundiger Freund meinte, das sei nicht üblich.

Meine Mutter, Klara, meine Schwester, ihre Kinder und ich nahmen in der ersten Reihe Platz, hinter uns füllten sich die Reihen. Es wurde voller, als ich dachte.

Ich trug meinen alten Anzug aus Mauritius. Am Morgen zog ich den neuen an, band eine Krawatte und sah kurz in den Spiegel. Er stand mir genauso gut wie gestern, aber ich fand: Das geht nicht, Beerdigung und Cordanzug.

Musik setzte ein, dann trat Pfarrer Jiri an sein Pult und begann zu sprechen. So satt die Orgel eben noch klang, auf seiner Stimme lag etwas zu viel Hall, man brauchte einige Momente, sich daran zu gewöhnen. Weiter hinten, dachte ich, würden die Worte nicht wie in Watte gepackt klingen und fand mich damit ab. Die anderen würden besser verstehen. Er war gerade dabei zu erklären, weshalb man zusammengekommen sei, als ich meinte, ihn Timo sagen zu hören.

Möglich, dass ich falsch verstanden hatte, der Hall, der Akzent. Doch ein paar Momente später war es wieder zu hören, er sprach von Timo, nicht von Tino Reichardt. Ich sah meine Schwester an, sie hatte es auch gehört. Ihre Mundwinkel zogen sich leicht nach unten, ein knappes, verächtliches Lächeln. Timo, es bestand kein Zweifel, immer wieder sagte er Timo. Es war kein Versprecher, kein einmaliges Versehen, er hatte sich den Namen offenbar falsch notiert. Ich war fassungslos, hoffte, dass bald Musik einsetzen und er seinen Fehler bemerken würde. Selbst wenn er mich neulich falsch verstanden haben sollte, dachte ich, es gab doch Dokumente, die Traueranzeige, noch am Eingang zur Kirche stand sein Name richtig geschrieben.

Ich dachte kurz an einen entschiedenen Zwischenruf »Tino, nicht Timo!«, auch daran, Jiri einen Zettel zu reichen. Doch würde er derart brüskiert nicht erst recht aus dem Konzept geraten und die Trauerfeier zur Farce werden? Ich ließ es sein und zwang mich, seinen Worten zu folgen. Außer seinem Versprecher hatte ich bislang kaum etwas mitbekommen. In seinem Skript war er nun an dem Punkt angekommen, an dem es persönlich wurde und er sich daranmachte, zu erinnern, wer und wie Tino Reichardt war. Ich bemerkte es, als er eine meiner Formulierungen gebrauchte.

Was erzählte er da? Es war nicht die behäbige Ausdrucksweise oder der umständliche Satzbau, der irritierte. Was er sagte, war Unsinn. Er schuf Kausalitäten, wo es keine gab, stellte Zusammenhänge her, die nicht existierten und gab dem Leben von Tino Reichardt einen neuen Sinn. Ich ließ ihn reden, was sonst sollte ich auch tun, seine absurde Umdeutung wäre durch einen Zwischenruf ohnehin nicht zu korrigieren gewesen. Offenbar hatte er die

Notizen, die er auf seinem Block untereinander angeordnet fand, neu zusammengesetzt, sei es, weil er nicht mehr erinnern konnte, wie sie zusammengehörten, sei es, dass er seine Aufzeichnungen nach seiner eigenen Vorstellung montierte, auf eine Art, die ihm schlüssig erschien. Ähnlichkeiten mit dem Leben meines Vaters blieben nicht aus.

So war es auch nur konsequent, dass er am Ende der Zeremonie bat, den Verstorbenen auf den Friedhof zu begleiten. Dort würde er seinen letzten Segen erhalten. Unser Bruder Timo.

Als der schwarze Leichenwagen um die Ecke bog, hatte es aufgehört zu regnen, die Wolken begannen sich zu verziehen, Schirme waren nicht mehr nötig. Alle, die gekommen waren, luden wir ein, mit uns in ein Wirtshaus am See zu kommen, in dem er ein paar Tage zuvor selbst noch bei einem Entenbraten saß.

Sobald alle Platz genommen und ihre Bestellung aufgegeben hatten, wich die andächtige Stille Gläsergeklirr und ersten Gesprächen, die Stimmen nahmen nun wieder ihre gewohnte Lautstärke an, nach und nach lösten sich auch die Mienen. Niemand kam auf die wirre Rede zu sprechen, sei es aus Nachsicht mit dem Pfarrer oder aus Pietät. Es war, als kehre das Leben zurück und mir wurde bewusst, dass genau dies der Zweck dieses Brauches ist, sich gegenseitig zu versichern, dass es weitergeht, auch wenn einer nicht mehr mit dabei ist.

Einigen antwortete ich auf ihre Fragen, was geschehen und wie es zu Ende gegangen war. Auch das hörte bald auf und stattdessen holten sie Erinnerungen hervor, wie sie ihn kennenlernten und was sie mit ihm erlebten. Meist waren es lustige Anekdoten, man lachte und erzählte selbst eine.

Es waren Menschen da, die ich kannte, aber lange nicht gesehen hatte, wie etwa eine alte Freundin meiner Mutter. Als es etwas ruhiger wurde, kam sie zu mir und erzählte, dass mein Vater einer der ersten Menschen war, die sie traf, als sie nach München kam,

1948. Er sei ein schöner, junger Mann gewesen damals, sie habe ihn wirklich sehr geschätzt und, tja, auch recht gut gekannt. Sie und mein Vater? Davon hatte weder er noch meine Mutter, noch sonst irgendjemand je erzählt. Ein gut gehütetes Geheimnis offenbar, jetzt, fand sie, könne man es erzählen.

Ich brachte in Erfahrung, wer die Menschen waren, die ich nicht kannte, woher sie meinen Vater kannten, schüttelte Hände, erzählte und hörte ihnen zu. Ein älterer Mann stellte sich vor, einmal hatte ich ihn wohl schon gesehen, doch ich konnte ihn nicht einordnen. Er nannte seinen Namen, natürlich, vor ein paar Tagen erst hatten wir telefoniert. Es war der, der vom Abhauen gesprochen hatte. Mein Vater hatte ihn oft erwähnt. Sie hatten vor Jahrzehnten mal zusammengearbeitet, er war Grafiker und Fotograf. Irgendwann waren sie sich auf der Straße begegnet, von da an hatten sie wieder Kontakt, sie trafen sich gelegentlich in München. Er zählte jede Menge Namen auf, die ich nicht kannte, und reihte Anekdote an Anekdote. Schließlich sagte er: »Man darf nicht vergessen, der Tino war ein begabter Schauspieler.« Ein Schauspieler?

Ich wollte nicht unhöflich sein und widersprechen, da verwechselte er was. Ich verabschiedete mich, ehe seine Geschichten noch kruder wurden.

Samstag fuhr ich hinaus aus der Stadt, Richtung Berge, die Sonne schien, eine Jacke genügte, keine Wolke war am Himmel zu sehen, ein herrlicher Spätsommertag. Einem Film würde man derlei Metaphorik übel nehmen: nicht endende, wasserfallartige Regengüsse am Tag des Todes, kriechende Nässe, Dunkelheit und Kälte in den Tagen darauf, am Tag der Beerdigung erste Auflockerung und nun das. Es war, als knüpfe das Leben dort an, wo es vergangenes Wochenende aufgehört hatte.

Ich fand einen guten Rhythmus, war schnell unterwegs, schneller als üblich und mit jedem Schritt, so hatte ich das Gefühl, kam ich meinem inneren Gleichgewicht näher. Die Ereignisse der vergangenen Woche begannen sich zu sortieren und gaben den Blick frei auf das, was vor mir lag. Beim Abstieg vom Gipfel kam ich an einer Alm vorbei. Ich setzte mich an die Hauswand, die Sonne schien mir ins Gesicht, ich blickte hinunter ins Tal und dachte an einen Satz, den mir ein älterer Kollege mit auf den Weg gab, als ich nach dem Anzugkauf im Büro vorbeischaute. »Du wirst sehen«, sagte er, »so groß deine Trauer jetzt auch ist, der Tod deines Vaters wird dich stärker machen.« Ein schöner, auch ein tröstlicher Gedanke, fand ich, aber was genau meinte er?

Dass der Tod des Vaters eine derart essenzielle Lebenserfahrung bedeutet, dass man gar nicht anders kann, als gestärkt und damit als ein Anderer daraus hervorzugehen? Der Vatertod gleichsam als Initiationsritus, der Bewusstsein und Sensorium erweitert, ein größeres Verständnis für Zusammenhänge verschafft und den allerletzten Schritt zum Erwachsensein markiert?

Oder ist dieser Satz nicht eher als Gleichnis zu verstehen, wonach mit dem Tod des Vaters ein Teil seiner Stärke, seiner Eigenschaften, seiner Verantwortung auf den Sohn übergeht, schon allein dadurch, dass dem Sohn in der Regel eine neue Rolle zuwächst, zumindest dort, wo es noch Familien und Reste von Traditionen gibt.

Mit beidem mochte es zu tun haben. Ich blieb noch eine Weile sitzen, sah hinüber auf die Bergwiesen und die von der Nachmittagssonne orangerot beschienenen Felsen und ging die vergangenen Tage durch, als ich auf eine seltsame Einsicht stieß: Am Tag, als mein Vater starb, war ich in der Form meines Lebens.

Irgendwann im Frühjahr hatte ich beschlossen, meine Marathonzeit zu verbessern. Sechsmal war ich die Distanz bereits gelaufen, diesmal nahm ich mir vor, alles, was ich über das Laufen wusste, über Training, Ernährung und richtige Vorbereitung, zusammenzufügen und nichts dem Zufall zu überlassen.

Mitte September befand ich mich in einer körperlichen Verfassung wie nie zuvor. Ich stellte eine persönliche Bestzeit nach der anderen auf, rechnete die Zeiten hoch und staunte über mich selbst. Mein Ziel würde ich erreichen, selbst dann, wenn etwas Unvorgesehenes eintreten sollte. Es war wie ein Rausch, Politiker müssen sich so fühlen, wenn ihnen die Demoskopen eine satte Mehrheit vorhersagen.

Eine Woche vor dem Lauf, am letzten Wochenende im September, war meine Vorbereitung abgeschlossen. In den verbleibenden Tagen ging es nur noch darum, Kräfte zu sammeln und darauf zu achten, mich nicht zu verletzen oder zu erkälten und Sonntag Morgen um neun in gut drei Stunden all das umzusetzen, wofür ich ein halbes Jahr trainiert hatte.

Tino hatte ich nichts davon erzählt. Sicher erwähnte ich mal am Telefon, dass ich eben vom Laufen käme, aber dass ich mich auf einen Marathon vorbereitete und wie ernst ich es diesmal nahm, darüber kein Wort. Ihm war meine Lauferei immer völlig suspekt. Er sah darin nichts weiter als eine »Quälerei«, eine überflüssige Anstrengung. Als ich meinen ersten Marathon lief, gab er sich noch Mühe, mich von »dieser Schinderei« abzuhalten. Von Lauf zu Lauf ließ das nach, bis wir kaum noch darüber sprachen. Er kam nur darauf zurück, wenn er eine Meldung las, dass bei einem Stadtlauf jemand kollabiert war oder eine Studie erschien, die auf Gesundheitsschäden durch Überbeanspruchung hinwies. Eine solche Gelegenheit ließ er, den man zu einem Spaziergang überreden musste, niemals aus.

Erst eine Woche vor dem Marathon weihte ich ihn ein. Samstag Mittag, am Telefon. Er rief an, als ich in einem Café saß und Zeitung las. Zweimal hatten wir uns in der vorangegangenen Woche knapp verpasst. Als ich anrief, hielt er Mittagschlaf, als er es versuchte, saß ich in einer Besprechung und schlug vor, am Wochenende zu telefonieren.

Er fragte, woran ich arbeite, ich erzählte ihm ein wenig, auch dass ich ein recht interessantes Angebot hätte. Das freue ihn, sagte er, schön. »Kommende Woche«, begann ich, »fahre ich nach Berlin.« »Um den Marathon zu laufen«, ergänzte er, das habe er schon gehört, sagte er, von der Schwester. All die väterlichen Reflexe, mit denen ich rechnete, blieben aus. Er sagte bloß, das sei so ziemlich das Letzte, was ihm einfallen würde, er könne meinen Ehrgeiz überhaupt nicht begreifen. Es klang ein wenig resigniert, auch ein wenig verächtlich. Ich ging nicht weiter darauf ein, und es war offensichtlich, dass auch er es nicht weiter vertiefen wollte. Der Anlass seines Anrufs war ohnehin ein anderer.

»Willst du meinen Volvo haben?«, fragte er unvermittelt, ohne jede Ankündigung. Gespräche über Autos gehörten zum festen Bestandteil unserer Telefonate. Diese Leidenschaft verband uns, seitdem ich Matchbox-Autos sammelte, mithilfe von Quartetten die technischen Daten aller geläufigen Modelle auswendig lernte und dankbar seine ausgelesenen *auto, motor und sport*-Hefte studierte. Die Autos meiner Schwester, meiner Mutter und mir betrachtete er als Familienangehörige, entsprechend sorgte er sich um sie. Ein loser Auspuff löste bei ihm denselben Kümmermechanismus aus wie ein Hüsteln am Telefon. Irritiert fragte ich zurück, wie das denn zu verstehen sei. »Anfang Oktober«, sagte er, »habe ich doch diese Operation, und …«

Ich unterbrach ihn.

Seine Bauchdecke hatte einen Riss, er wusste das seit dem Frühjahr. Nichts Bedrohliches, bei Gelegenheit musste man es eben operieren. Allerdings, machte sein Arzt ihm zur Auflage, müsse er zuvor einige Kilo abnehmen, da sonst Komplikationen auftreten könnten. Ob er bereits damit begonnen hatte, wusste ich nicht. Falls ja, dann sicherlich mit einigem Widerwillen.

Im Sommer erzählte er mit großer Genugtuung die Geschichte von einem sehr dicken Mann aus England, den Hooligans überfallen, ausgeraubt und anschließend mit einer Kettensäge traktiert hatten. Er überlebte, weil das Kettenblatt nur in die Fettschicht eingedrungen war, die Organe aber verschont blieben. Seinem Arzt habe er diese Geschichte auch erzählt, in der Hoffnung, dass er ihm das Abschmelzen seines Bauchfetts erlasse. Immerhin, er lachte. Und gab ihm den Rat, bald mit dem Abnehmen zu beginnen. Der Termin stand, in knapp drei Wochen sollte es so weit sein.

»Das ist doch ein Routineeingriff«, entgegnete ich, ahnend, dass eine Abhandlung über Unwägbarkeiten und Risiken folgen würde. Seine Antwort fiel ungewohnt knapp aus:

»Meinst du?«, sagte er.

Viele Male habe ich seither versucht, mir in Erinnerung zu rufen, wie diese beiden Silben klangen. Lag die Betonung mehr auf dem Du, so dass es zu verstehen gewesen wäre wie: »Das glaubst auch nur du. Weil du nicht Bescheid weißt. Es ist alles andere als ein Routineeingriff, die Risiken sind erheblich, es wäre geradezu fahrlässig, den worst case nicht in Betracht zu ziehen.« Oder betonte er die erste Silbe, so dass es sich eher um eine rhetorische Frage gehandelt hätte, in der Erleichterung mitschwang darüber, dass ich das so einschätze. »So siehst du das also, schön. Ich habe dennoch Angst davor und wäre froh, wenn ich die Narkose, das Krankenhaus und alles, was sich in der Folge daraus ergibt, vermeiden könnte. Vielleicht mache ich mir tatsächlich zu viele Sorgen.«

Ich ging nicht weiter darauf ein, an seinem Tonfall war zu hören, dass er nicht über die Operation, sondern über das Auto sprechen wollte. Er wollte Begeisterung aus mir herauskitzeln, wollte hören, dass ich die Aussicht großartig finden würde, seinen silbergrauen Volvo zu fahren, er wollte, dass ich Fragen stelle, vielleicht hoffte er auch, dass ich einen Testbericht gelesen hätte, so wie früher, und wir uns dann über die Vorzüge und Werte des neuen Modells unterhielten, zumindest aber, ob eine Zweilitermaschine ausreiche, um ein so großes und schweres Auto zu beschleunigen oder ob er sich nicht doch für die Zweieinhalbliter-Version hätte entscheiden sollen. Vor allem wollte er sicherstellen, dass ich sein Auto mit derselben Andacht behandeln würde wie er.

Seine Frage überraschte mich, aber sie beunruhigte mich nicht. Ich dachte an die Telefonate vor seinen Reisen. So war er eben. Immer Risiken vor Augen, die nur er sah. Ich schlug vor, übernächste Woche, wenn ich zurück aus Berlin sei, auf das Oktoberfest zu gehen, wie jedes Jahr. »Ja«, sagte er, »ein Bier und ein Hendl, das wäre schön.« Es war unser letztes Gespräch.

Am Montag nach der Beerdigung ging ich wieder in mein Büro. Ehe ich begann, Mails zu lesen, Listen zu schreiben, was zu tun sei, wen ich treffen und anrufen müsste, gab es noch etwas zu erledigen. Etwas, das ich in der Woche zuvor schon vor hatte, zu tun. Es ergab sich nicht, vielleicht fehlten mir die Nerven dazu, die Ansage abzuhören, die er vor einer guten Woche auf meiner Mobilbox hinterließ.

Draußen war es kühl gewesen, zu kühl für Ende September, zu kühl für einen Tag im Grünen. Vormittags stand ein kurzer Lauf an, danach duschte ich heiß, las, schlief eine Stunde und verließ das Haus. Das erste Mal in diesem Herbst trug ich einen Mantel, ich gab acht, mich unter keinen Umständen zu erkälten, machte einen Spaziergang, kaufte unterwegs die Sonntagszeitungen und kehrte ein in einem Lokal, das auf dem Weg lag. Es war voll mit Menschen, die ein spätes Frühstück weit in den Nachmittag dehnten und nach einer durchfeierten Nacht allmählich wieder zu sich kamen. Ich las die letzten Einschätzungen zum Ausgang der Wahl, Schröder und Stoiber lagen gleichauf, es würde knapp werden. Kurz vor halb sechs brach ich auf. Beim Hinausgehen sah ich, dass ich zwei Anrufe verpasst hatte. Mein Telefon befand sich in der Tasche meines Mantels. Ich hatte ihn zusammengefaltet neben mich gelegt, doch das Futter dämpfte das Klingeln so weit, dass ich es überhörte. Zwei neue Nachrichten, meldete meine Mailbox. Die erste stammte von einer Freundin, die fragte, ob ich sie auf eine Wahlparty begleiten wolle. Die andere war die meines Vaters.

Ich war schon auf der Straße, als ich sie abhörte. Es hatte zu regnen begonnen, und ich hatte ein gutes Stück vor mir. Er sagte, ich solle mich kommende Woche bei einer Bekannten melden, der ein schönes Mietshaus gehöre. Ich suchte damals eine neue Wohnung. Danach sprach er noch eine ganze Weile weiter, sein Tonfall geriet zunehmend melancholischer, an einigen Stellen klang Pathos durch.

Das kam vor, zumal an Sonntagen, wenn sich bei ihm das Gefühl einstellte, seine Kinder zeigten nicht ausreichend Interesse, wenn er zum Hörer griff und niemanden erreichte. In solchen Augenblicken schien sich seine Enttäuschung zu verdoppeln. Erst wartete er vergeblich auf einen Anruf von mir oder meiner Schwester, nun, da er notgedrungen selbst anrief, erreichte er niemanden und so blieb nichts, als nach dem Piep in die Leere einer Mailbox zu sprechen. Offenbar wurde ihm während des Sprechens bewusst, wie trostlos das war, jedenfalls erklärte ich mir so, dass er am Ende solcher Ansagen oft ein wenig bedrückt und beleidigt klang.

Ich wollte auf keinen Fall die erste Hochrechnung verpassen und war inzwischen in Eile. Ich sagte die Wahlparty ab und beschloss, mich morgen bei ihm zu melden, wenn die Wahl entschieden und Zeit wäre, ausführlich die Ergebnisse zu bereden und die Sache mit der Wohnung zu klären. Es gab keinen dringenden Grund, mich sofort zu melden.

Jetzt wollte ich die Nachricht nochmals in Ruhe anhören, auf den Wortlaut und den Klang seiner Stimme achten, hören, ob sich ein Hinweis finden ließe, der etwas verraten würde über seine Verfassung, etwas, das im Nachhinein Aufschluss geben könnte, ob er zu diesem Zeitpunkt eine Ahnung davon besaß, nicht mehr lange zu leben, etwas, das ich beim flüchtigen Abhören auf der Straße nicht mitbekommen, dem ich keine Beachtung geschenkt hatte.

Als ich seine Nachricht damals abhörte, vor gut einer Woche, war sie nichts weiter als eine seiner vertrauten, väterlichen Ansagen. Nun waren es die letzten Worte, die er an mich gerichtet hatte.

Ich hatte einen Block vor mir liegen, um mir schon beim ersten Anhören ein paar Stichworte zu machen. Ich war darauf gefasst, dass es Überwindung kosten würde, seine Stimme zu hören, auch, dass es womöglich ein wenig gespenstisch wäre, ihn, den wir eben beigesetzt hatten, mit einem Knopfdruck für ein paar Momente herbeizuholen. Später würde ich den kompletten Wortlaut notieren und so ein kleines Andenken erhalten.

»Wollen Sie Ihre bereits abgefragten Nachrichten abhören?«, hörte ich die Mailboxstimme sagen, eine kurze Pause einlegen und dann fortfahren, »drücken Sie die Eins.« Ich drückte die Eins und vernahm die zuletzt gespeicherte Nachricht, sie stammte vom Wochenende. Eine Reihe von Nachrichten waren aufgelaufen. Sobald ich erkannte, von wem sie stammten, sprang ich zur nächsten. Nach einigem Tastendrücken war ich beim vergangenen Montag angelangt. Einmal noch die Zwei drücken, dann wäre ich am Ziel. Sonntagnachmittag, viertel nach fünf. Ich drückte die Zwei und es geschah – nichts. Ich versuchte es nochmals, aber alles, was ich zu hören bekam, war die Mailbox-Stimme. »Es liegen keine weiteren neuen Nachrichten für Sie vor.« Ich probierte es ein weiteres Mal, nun noch mal von ganz vorne. Ein Freund, der von einer frei werdenden Dachwohnung erzählte. Bekannte, die sich erkundigten, wann die Beerdigung beginnt und um Rückruf baten. Kollegen, die kondolierten. Meine Schwester, meine Mutter, der Aufsperrservice. Das Ergebnis war dasselbe wie zuvor. Ich verstand nicht, wo der Fehler lag. Die Nachricht konnte ja nicht einfach verschwunden sein.

Ich rief die Telefongesellschaft an, ließ mich mehrmals verbinden, bis ich mit jemandem sprach, der sich mit »Technischer Support« meldete. Ich schilderte ihm den Fall, und bat ihn um Rat.

Seine Antwort ließ nicht lange auf sich warten. Mit der Routine des geschulten Callcenter-Mitarbeiters sagte er ganz ruhig: »Herr Reichardt, ich kann Ihnen da leider nicht weiterhelfen. Die Telekom speichert Mailboxansagen genau eine Woche lang, dann werden sie automatisch gelöscht.«

Das war mir neu.

»Es ist eine sehr wichtige Nachricht«, sagte ich und versuchte ruhig zu bleiben. Daten endgültig zu löschen, das weiß doch jeder, der mit einem Computer arbeitet, ist gar nicht so einfach. Irgendwelche Fragmente bleiben immer erhalten und lassen sich rekonstruieren. Das, sagte ich ihm, müsse doch auch möglich sein mit Nachrichten auf einer Mailbox.

»Herr Reichardt«, sagte er so freundlich wie regungslos, »ich würde Ihnen gerne helfen. Es gibt dafür jedoch keine technische Handhabe. Wie gesagt: alle Nachrichten werden nach genau einer Woche automatisch gelöscht.«

Ich war fassungslos.

»Ich muss an diese Nachricht herankommen«, sagte ich, »egal, wie aufwändig es ist und was es kostet.«

Er blieb weiter geduldig.

Ich müsse mir vorstellen, welche immensen Datenmengen zu speichern seien, wenn es diesen Mechanismus des automatischen Löschens nicht gäbe. Es tue ihm leid, er könne wirklich nichts in dieser Angelegenheit für mich tun und hoffe, dass mir allzu große Unannehmlichkeiten erspart blieben. Er hatte alles gesagt, was er sagen konnte. »Moment«, sagte ich und überlegte, ob ich ihm erzählen sollte, worum es ging. Dann sagte ich Danke und legte auf. Ich konnte es nicht glauben. Ich hatte ein und denselben Anruf ein zweites Mal verpasst.

Bis gestern Nachmittag hätte Gelegenheit bestanden, alles genau so zu machen, wie ich es mir vorgestellt hatte: seine Nachricht abzurufen, anzuhören, aufzuzeichnen und zu notieren, bis sich etwa um Viertel nach fünf ein unsichtbarer Mechanismus, eine imaginäre Löschtaste, in Bewegung setzte, und die letzten Worte meines Vaters an mich, die ich sicher auf meiner Mailbox verwahrt glaubte, in ihre digitalen Einzelteile zerstoben, sich in Einsen und Nullen auflösten und für immer verschwanden.

Unwiederbringlich.

Mit einem Mal stand dieses Wort, sperrig wie es ist, vor mir, wie etwas, das sich einem in den Weg stellt und beinahe zum Stolpern bringt. Staunend stand ich davor, als ob es mir noch nie untergekommen wäre und eignete es mir an, so wie man am Strand eine Muschel, die unter vielen herausragt, aufhebt und in die Tasche steckt. Vor einer Woche hatte ich ihn zuletzt gesprochen, ich war an seinem Totenbett gestanden, an seinem Sarg, hatte anderen erklärt, was geschehen war, aber erst jetzt erschloss sich mir der Sinn dieses Wortes. Unwiederbringlich. Aus, vorbei, keine Wiederkehr. Für immer.

Von nun an blieb die Erinnerung, an ihn und an diese Nachricht.

Ich notierte alle Sätze, die ich im Gedächtnis hatte. Sein Tonfall, sein Satzbau, seine Melodie war mir vertraut, ich brauchte nur kurz zu überlegen, was er gesagt hatte, um zu wissen, wie er es gesagt hatte.

»Lieber Sohn«, fing er an, »es ist Sonntag Spätnachmittag, schade, ich kann dich nicht erreichen.« Die Anrede zu Beginn war ein Zeichen dafür, dass er vor hatte, zu plaudern. Wenn er es eiliger hatte, nur etwas mitteilen wollte oder um einen Rückruf bat, nannte er nur kurz den Tag, die Uhrzeit und, völlig überflüssig, seinen Namen. Ein Relikt, nehme ich an, aus einer Zeit, als Reporter noch Geschichten durch das Telefon diktierten. Diese Ansage war eine Lieber-Sohn-Nachricht. Es folgte die Sache mit der Wohnung, er erklärte, wer die Bekannte sei, wo ihr Mietshaus sich befände, dass dort jemand gekündigt habe und er sie gebeten habe, so lange keinen Mieter zu suchen, bis ich sie anriefe. Er bat mich, das zuverlässig zu tun, damit er nicht blamiert sei, die Nummer habe er gerade nicht zur Hand. Er kam auf ein Telefonat mit meiner Mutter zu sprechen, sie hatten über mich geredet, beiden war nicht klar, wie das Jobangebot aussah, von dem ich erzählt hatte. Jeder wusste etwas anderes, und das widersprach sich. Er fragte, wie es sich nun verhalte, ob stimme, was er wisse, oder das, was meine Mutter behaupte. Er machte eine kurze Atempause.

Vielleicht hatte er in diesem Augenblick gehofft, ich würde das Gespräch doch noch annehmen. Als ich noch einen Anrufbeantworter besaß, kam es manchmal dazu, wenn ich das Telefon nicht schnell genug erreichte oder erst hören wollte, wer anrief.

Ich war erstaunt, dass mir das alles einfiel. Schließlich hatte ich seine Ansage nur ein einziges Mal gehört, auf der Straße, beim Gehen im Nieselregen. Sehr genau war mir in Erinnerung, was jetzt folgte. Ich machte einen Absatz.

Sein Tonfall bekam jetzt etwas Schwermütiges. Er sprach langsamer. Er sagte, er fände es schade, dass wir so wenig voneinander wüssten, wir sollten mehr miteinander reden. Nie zuvor hatte ich ihn so etwas sagen hören. Eigenartig. Schließlich folgten seine letzten Worte: »Lieber Sohn, mach's gut. Dein Vater Tino.«

Ich kann nicht ausschließen, dass er diese Worte als genau das verstanden wissen wollte, was sie nun waren: Abschiedsworte.

Im Nachhinein erscheint das plausibel, doch es hieße, einiges zu unterschlagen, etwa den Umstand, dass diese Art des Pathos keineswegs ungewöhnlich war. »Dein Vater Tino«, das war ein geläufiger Gruß, den er ebenso unter Geburtstagsbriefe setzte, wie auf Postkarten, auch viele seiner Mailboxansagen endeten damit. Jede Silbe betonte er lange und bewusst, so dass die drei Worte zusammen den Eindruck eines akustischen Stempels hinterließen. Je nach Lage mengte er seinen Worten Zwischentöne bei, die selbst einem harmlosen Gruß etwas Bedrohliches verleihen konnten. Darauf verstand er sich, sehr gut sogar und er setzte diese Wirkung gezielt ein, insbesondere wenn ihm danach war, mir oder meiner Schwester ein schlechtes Gewissen einzureden, weil wir ihm seiner Ansicht nach nicht ausreichend Aufmerksamkeit entgegenbrachten. »Dein Vater Tino« konnte zugleich Verstimmung, Vorwurf und Anklage enthalten und so viel bedeuten wie: »Darf ich dich daran erinnern, dass du einen Vater hast? Seit Tagen habe ich nichts von dir gehört und du hast auf keinen meiner Anrufe reagiert. Muss ich dich tatsächlich darauf hinweisen, dass es durchaus erlaubt, wenn nicht sogar üblich ist, als Sohn sich gelegentlich nach dem Befinden des Vaters zu erkundigen? Ich weiß, du hast viel zu tun, aber ein paar Minuten für deinen alten Vater könntest du schon erübrigen, meinst du nicht?« Insofern war an diesem Satz nichts Ungewöhnliches, nichts Beunruhigendes.

Beim Niederschreiben fragte ich mich zum ersten Mal, wie dies Gespräch wohl verlaufen wäre, hätte ich durch das Futter meines Mantels das Klingeln gehört.

Da war die Sache mit der Wohnung und dem Jobangebot, ich hätte es ihm erklärt und natürlich hätten wir über den Ausgang der Wahl geredet. Wir hätten Tipps abgegeben, wer Kanzler werde, wie viel Prozent die verschiedenen Parteien bekommen würden, und wäre er in Stimmung dazu gewesen, hätte er mich ein weiteres Mal gefragt, wie ich dazu käme, Rot-Grün zu wählen, wo diese Regierung doch so viel Murks gemacht habe, und überhaupt der Schröder, den könne er gar nicht mehr leiden, ich hätte gefragt, ob er wirklich Ernst damit gemacht habe, Stoiber zu wählen, er hätte es nicht zugegeben, vielleicht auch deshalb, weil er Stoiber dann doch nicht gewählt hatte, und ihm nur die Pose gefiel, meiner Schwester, meiner Mutter und mir gegenüber damit zu kokettieren, dass er ihn gewählt haben könnte. Möglich auch, dass wir kurz auf die Fußballergebnisse zu sprechen gekommen wären, Bayern hatte am Samstag gegen Cottbus gewonnen. Sicher wäre er doch noch kurz auf den Marathon eingegangen, möglich, dass ihm in der Zwischenzeit noch ein Ratschlag eingefallen war. So ähnlich hätte es begonnen.

Wie aber weiter?

Wollte er das Gespräch vom Vortag noch mal aufnehmen, weil ihm in der Zwischenzeit bewusst geworden war, dass sein ominöses »Meinst du?« und die Frage, wie mir sein Auto gefalle, einen kryptischen, rätselhaften Eindruck hinterlassen haben musste und er es für angebracht hielt, ein paar erklärende Worte hinterher zu schicken?

Angenommen, er hatte zu diesem Zeitpunkt eine Ahnung vom nicht mehr fernen Tod, hätte er mir dies gesagt? Ich denke nicht. Vielleicht etwas wie, er fühle sich elend, dieses oder jenes falle ihm schwer, und in seinem Alter müsse man jederzeit damit rechnen, dass es schnell vorbei sein könnte.

War ihm, als er auf meine Mailbox sprach, vielleicht bewusst, dass wir keine Gelegenheit mehr haben würden, uns zu unterhalten, sofern ich nicht umgehend zurückrufen würde? Ahnte er, noch während er sprach, dass die letzte Chance vertan war, und wählte vorsichtshalber Worte, die im Fall des Falles auch einen würdigen Abschiedsgruß abgeben würden? Oder kam der Tod für ihn ebenso unerwartet wie für uns?

In diesen Tagen tauchte erstmals eine Vorstellung auf, die mich lange verfolgte. Bilder, die noch Monate später immer wieder vor meinem inneren Auge auftauchten. Der alte Vater, müde, voll Verdruss über die Gesichter der Politiker, die routiniert ihre Wahltagssätze in die Mikrofone sprechen, wie er sich mit einem Ächzen aus seinem Stuhl vor dem Fernseher erhebt, sich von Klara verabschiedet, sagt, er gehe jetzt ins Bett, man sehe sich morgen, vielleicht noch fragt, ob sie das wirklich so sehr interessiere, das Geschwätz von diesen … und dann eines der verächtlichen Schimpfworte, die er gelegentlich für Politiker bereithielt, vielleicht aber auch mit einer gewissen Genugtuung, dass Schröder nicht mehr Kanzler sein würde, dass der nun Stoiber hieße, von dem man zwar nicht wisse, ob er es besser könne, aber immerhin nicht mehr Schröder, die Fernbedienung auf den kleinen Tisch mit den Zeitschriften legt, das Zimmer verlässt und die Stufen hinaufsteigt in den ersten Stock, wo sich sein Zimmer befindet, jeder Schritt womöglich begleitet von einem Ächzen, mit dem ältere Menschen gelegentlich unterstreichen, dass sie jetzt alt sind, das Licht anschaltet, seine Kleider ablegt, seinen Pyjama anzieht, nochmals ins Bad geht, sich auf die Bettkante setzt, ein Medikament nimmt, seine Armbanduhr abstreift und auf dem Nachttisch ablegt, die Beine hochwuchtet und eine Position einnimmt, die es erlaubt, unter dem Licht der Nachttischlampe noch ein wenig im *Spiegel* zu lesen, und nach ein, zwei Geschichten, als er merkt, dass die Müdigkeit immer stärker wird, und er die Geschichte über die Kriegsvorbereitungen der Amerikaner im Irak auf Seite 120 zu Ende gelesen hat, das Heft beiseitelegt und das Licht löscht und die Decke ein wenig höher bis knapp unter das Kinn zieht.

Wann immer mir Sequenzen aus diesen letzten Momenten im Leben meines Vaters in den Sinn kommen, frage ich mich, wie er sich in diesen Augenblicken fühlte, was er wusste, was er ahnte. Ahnte er, als er sich aus dem Sessel erhob, dass ihm sein letzter Gang bevorsteht und es für ihn kein Morgen mehr geben würde? Spürte er etwas Bedrohliches, eine aufkommende Schwäche, vernahm er ungewohnte Signale, dass in seinem Organismus etwas nicht stimme und aus der Balance geraten ist, irgendeine verdammte Kleinigkeit, die ein ganzes System zum Erliegen bringen kann? Ist es denkbar, dass ihm, etwa als er die Treppe hinaufsteigt, einen kurzen Moment lang klar wird, dass er sich genau jetzt am Ende seines Lebens befindet, er nur noch eine bestimmte Anzahl von Atemzügen vor sich hätte, dass es nun gleich vorbei wäre? Ist ein solcher Moment der Ankündigung vorgesehen? Ist er vielleicht nur den Sensiblen und Zartfühlenden vergönnt? Angenommen, es wäre so, was macht man in diesem Moment durch? Bleibt man ruhig, nimmt man es hin, oder möchte man nicht vielmehr laut schreien, um sich schlagen und sich wehren, um doch noch davonzukommen? Oder fühlt sich auch der letzte Gang ins Bett kein bisschen anders an als die vielen zuvor? Man sagt Gute Nacht, legt sich schlafen und wird morgens einfach nicht mehr wach. Spätestens hier endet meine Vorstellungskraft.

Nach und nach kamen mir Telefonate aus den vergangenen Monaten in den Sinn, einzelne Sätze, Fragen, die nun im Nachhinein eine neue Bedeutung erhielten. Einmal, im Juli oder August, stand ich an der Kasse einer Tankstelle, als das Telefon klingelte. Ich ging ran, weil noch zwei andere vor mir standen und ausreichend Zeit war, um sich für einen Rückruf zu verabreden. Gegen seine Gewohnheit, ohne Gruß, ohne lange Vorreden kam mein Vater gleich zur Sache:

»Ich frage mich eben«, sagte er mit ganz ruhiger Stimme, »was dich im Leben treibt. Ich habe eben darüber nachgedacht und festgestellt, dass ich es nicht weiß.« Ich antwortete, ich sei gerade auf dem Weg ins Büro, beim Tanken, doch wir könnten uns gerne darüber unterhalten, »vielleicht an einem der nächsten Wochenenden«, sagte ich. Als der Mann vor mir seine Quittung zusammenfaltete, beendete ich das Gespräch und zahlte.

Seltsam, dachte ich. 38 war ich jetzt und nie zuvor hatte er mir eine Frage wie diese gestellt. Ich schwankte zwischen Ärger und Rührung. Immerhin, es schien ihn zu beschäftigen.

Mehrere Male sagte er in diesem Sommer, dass wir wenig voneinander wüssten, manchmal führte das dazu, dass er sich ganz genau nach etwas erkundigte, als wolle er auf der Stelle damit beginnen, das zu ändern. Einmal fragte er, ob ich nicht Lust hätte, ein Wochenende bei ihm draußen auf dem Land zu verbringen, essen zu gehen und einfach ein bisschen Zeit zu haben. Ich ging darauf ebenso wenig ein, wie auf eine andere Frage, die er mir am Telefon stellte und die mir wie ein Monolith vor die Füße fiel. »Ich frage mich, ob ich ein guter Vater gewesen bin.« Ich kam nicht darauf zurück, es blieb bei der Frage.

Ahnte er, dass es dem Ende zuging, spürte er, dass seine Kräfte nachließen? Im Zusammenhang und im Rückblick betrachtet ergeben diese wenigen Sätze ein stimmiges Bild von einem Mann, der sein Leben resümiert. Möglich auch, dass es genau umgekehrt ablief: dass ihm der Lebensmut abhanden kam, als er sich endlich einmal Zeit nahm auf sein Leben zurückzublicken, auf die Wendepunkte, auf die verpassten Möglichkeiten, auf die wichtigen Entscheidungen, die ein Leben prägen.

Damals stellte ich keine Verbindung zwischen diesen Anrufen her, ich nahm jeden für sich, es lagen Wochen dazwischen. Und wäre es nicht völlig übertrieben, geradezu hysterisch, gleich auf den nahenden Tod zu schließen, nur weil der ohnehin gelegentlich zur Melancholie neigende Vater den einen oder anderen melancholisch klingenden Satz von sich gibt?

Das letzte Mal hatte ich ihn an meinem 38. Geburtstag getroffen. Wir waren in Ambach am Starnberger See verabredet, beim Bierbichler, draußen im Wirtsgarten. Meine Mutter, meine Schwester und ihr Sohn, mein Neffe. Wir saßen schon eine Weile, als er kam, aber das hatte er angekündigt. Er trug ein schwarzes Polo-Shirt und hielt unter dem Arm einen großen Karton. Er drückte mir fest die Hand, sah mir in die Augen, gratulierte mir und entschuldigte sich, dass er nicht mehr dazu gekommen sei, das Geschenk einzupacken. Er gab sich Mühe, einen fröhlichen, vergnügten Eindruck zu machen, passend zum blauen Himmel und der Hitze dieses Spätsommernachmittags.

Gewöhnlich fiel es ihm leicht, wie auf Knopfdruck seine gute Laune anzuknipsen, amüsant zu erzählen und eine Tischrunde zu unterhalten. Dieses Mal schien es ihm mehr als üblich abzuverlangen und es war nicht zu übersehen, dass seine gute Laune arg aufgesetzt wirkte. Doch er ließ es sich nicht nehmen, so zu tun, als sei mein Geburtstag das Wichtigste an diesem Tag.

Über den Tisch reichte er mir den Karton, ich öffnete ihn und fand darin einen großen Nudeltopf. Es war der zweite, den ich an diesem Tag bekam, den anderen, einen etwas kleineren, hatte mir meine Schwester geschenkt. Ich lachte, aber sie fand das gar nicht komisch. Noch ehe mein Vater eine Bestellung aufgeben konnte, war ein Gespräch nach vertrautem Muster in Gang gekommen. Sie sah ihn vorwurfsvoll an, sagte, es sei abgemacht gewesen, dass sie mir den Nudeltopf schenke, und er sich etwas anderes überlege. Er reagierte beleidigt, dass man ihm Vorwürfe wegen eines Geschenks machte, für das er »stundenlang rumgerannt sei«. Üblicherweise hätte meine Mutter nun den Part gehabt, mit einer spitzen Bemerkung das Gespräch weiter anzuheizen, ihm eine Wendung ins Grundsätzliche zu geben und es hätte mindestens ein Essen lang, wenn es dumm liefe, aber auch Tage gebraucht, das Knäuel aus Missverständnis, Beschuldigung und Kränkung zu entwirren. Diesmal verzichtete sie darauf, und auch meine Schwester sah ein, dass es unpassend war, ausgerechnet jetzt klären zu wollen, wer wem wieder einmal nicht zugehört hat. Wir wussten ja, weshalb er später gekommen war und sein Lächeln etwas Angestrengtes hatte. Er kam von der Beerdigung seines Freundes Walter. Jahre später erzählte Klara, sie habe gefürchtet, er überstehe die Trauerfeier nicht, so mitgenommen habe er gewirkt. Sie habe der Zeremonie kaum folgen können, weil sie ihn ständig im Auge behalten und schwer atmen gehört habe.

Ich bedankte mich für die schönen Töpfe und stellte die einzige Frage, die in diesem Moment angemessen war: wie es war auf dem Begräbnis. Gefasst begann er zu erzählen von der Kirche, dem Blumenschmuck, dem Licht, der Musik, den Sargträgern, der Witwe, und wie immer gelang es ihm, seine Beobachtungen und Eindrücke dramaturgisch so geschickt zu verknüpfen, dass sie sich zu einer Geschichte fügten, die einen in Bann zog. Er machte Pausen, setzte Akzente, um das eine oder andere Detail noch anschaulicher zu machen, seine Worte fügten sich zu einem mitreißenden Rhythmus und es war ihm anzumerken, wie sehr ihn bewegte, wovon er sprach. Das Begräbnis lag ja erst ein, zwei Stunden zurück. Als er fertig war, stellten wir ihm ein paar Fragen. Er antwortete, aber es fiel ihm zunehmend schwerer, Contenance zu bewahren. Er, der Meister der Contenance, kämpfte mit den Tränen. Seine Stimme wurde brüchig, seine Augen saßen tief in ihren Höhlen. Der Tod seines Freundes schien etwas in ihm zum Einsturz gebracht zu haben.

Es ist nicht viel, was ich über Walter weiß. Er war ein paar Jahre jünger als mein Vater, war Manager bei einem Chemiekonzern. Er besaß ein Pferd, ausreichend Geld, ein angenehmes Leben zu führen, einen Herzschrittmacher, und wie mein Vater aß er gerne. Kennengelernt haben sie sich wohl beim Reiten. Sie verabredeten sich in den Wirtshäusern der Gegend, luden sich gegenseitig mit ihren Frauen zum Essen ein, am meisten schätzten sie wohl aber, wenn sie unter sich waren. Gelegentlich, wenn Tino sich besonders gut amüsiert hatte und noch am Tag darauf ganz unter dem Eindruck der Begegnung mit Walter stand, gab er die Gespräche wieder, und oft staunte ich darüber, wie albern zwei alte Männer sein können, und worüber sie lachten.

Es gibt ein Bild der beiden, auf dem sie aussehen wie Jack Lemmon und Walther Matthau und es würde mich nicht wundern, wenn sie sich manchmal selbst so sahen. Mein Vater hatte gerade eine Knieoperation hinter sich, konnte kaum gehen, wollte auf zwei Wochen am Meer aber nicht verzichten und so besorgte er sich einen Rollstuhl. Walter schob ihn darin an den Strand, ins Restaurant und wo immer es sie gemeinsam hinzog. Sie haben auf diesem Foto ein Lachen, dass man meinen könnte, die Sache mit dem Rollstuhl sei nur eine Finte, ein Vorwand für ein Alte-Männer-Vergnügen.

Ein paar Tage vor meinem Geburtstag besuchte Walter meinen Vater. Sie saßen draußen, tranken Wein und erzählten sich ihre Geschichten. Sonntagabend bekam er einen Anruf von Walters Frau. Er habe sich an die Brust gefasst, versucht aufzustehen, sei umgefallen und tot gewesen. Genau drei Wochen, bevor mein Vater starb.

Nie zuvor habe ich meinen Vater so erschüttert erlebt wie an diesem Tag. Und dennoch war nur ein paar Augenblicke lang zu erahnen, wie sehr ihn der Tod seines Freundes traf. Dann räusperte er sich, fand seinen Halt wieder und nahm seine gewohnte Rolle wieder ein. Das Einzige, was mir in diesem Moment einfiel, war ein Witz, den ein Kollege mir ein paar Tage zuvor erzählt hatte. Ich zögerte, der Moment war alles andere als passend dafür, doch aus irgendeinem Grund war ich der Ansicht, dass ein Witz jetzt genau das Richtige sein könnte. Er ging so:

Ein Mann gewinnt im Lotto, sechs Richtige. Er kündigt daraufhin seinen Job, sein Chef bedauert dies, für seine Verdienste verspricht er ihm 500 000 Euro. Als er nach Hause kommt, findet er seine Frau auf dem Küchenboden, tot. »Wenn's läuft«, sagt er, »dann läuft's.«

Er lachte, und war vielleicht dankbar für diesen etwas brachialen Versuch der Aufmunterung. Wir saßen noch eine Weile zusammen, sprachen über Belangloses, dann brach er auf. Wie immer beim Abschied drückte er mir fest die Hand, sah mir in die Augen und wünschte mir einen schönen Abend. Ich nahm meine beiden neuen Nudeltöpfe, begleitete ihn zu seinem Auto und sah ihm nach, wie er davonfuhr. Aus der Ferne hörte ich ihn noch mal kurz hupen.

In den Telefonaten, die wir in den Tagen danach führten, kam er auf Walters Tod nur kurz zu sprechen. Es gehe ihm sehr nahe, sagte er dann, Walter sei ein besonders lieber Mann gewesen. Kein Wort mehr, schon gar nicht, was es mit dem Nahegehen auf sich habe, oder dass er fürchte, er könne der Nächste sein. Was ihn bewegte, behielt er für sich.

Es tat mir leid, dass er einen Freund verloren hatte, auch, dass es ihn derart traf. Seine angegriffene Verfassung, die Bemerkungen der vergangenen Wochen, ich verknüpfte es nicht miteinander. Ich hatte ganz anderes im Kopf.

Eine langjährige Beziehung war auseinandergegangen, ebenso die Affäre, in die ich mich anschließend gestürzt hatte. Ich hatte eine eben erst bezogene Wohnung aufgegeben, der Marathon stand an, ich überlegte, ob ich München verlassen und wieder zurück nach Berlin gehen oder den angebotenen Job annehmen sollte. Ich lebte mein Leben, er das seine.

Und so übersah ich auch noch ein paar andere Dinge damals. Das heißt, ich bekam sie natürlich mit, aber ich stellte keinen Zusammenhang her. Das nahe Ende von Numa etwa. Numa, ein Entlebucher Sennenhund, war schon seit Wochen krank, und die Frage, ob es noch eine Chance für ihn gebe oder ob man ihn einschläfern müsse, um dem »armen Tier« Leiden zu ersparen, beschäftigte ihn unentwegt. Kein Telefonat in dieser Zeit, das nicht mit einem ausführlichen Bulletin begann: was Numa fraß, ob er es bei sich behielt, welchen Eindruck seine Augen machten, wie er sich bewege, wie es ihm gelang, sein Geschäft zu verrichten und wie der Tierarzt seine Chancen einschätzte.

Antwortete ich mit einem knappem »Aha« oder unterbrach ich ihn, nahm er das übel und es bedurfte einigen Geschicks, das Gespräch wieder in seine Bahnen zu lenken.

Es war ein alter Streit. Mir und meiner Schwester warf er vor, wir zeigten zu wenig Interesse an ihm, wir monierten, dass, sobald man ihn anriefe, er insbesondere von seinem Pferd, seinem Hund oder von vor dem Fenster wassernden Vögeln sprach und allenfalls gegen Ende des Gesprächs nach seinen Enkeln fragte oder wissen wollte, woran ich arbeite. Es war absurd. Oft meldete ich mich nach solchen Gesprächen eine Weile nicht mehr. So war es auch damals. Als Numa nicht mehr richtig fraß, hob mein Vater ein Grab für ihn aus, wenige Tage vor seinem eigenen Tod. Der Hund überlebte ihn um sechs Wochen.

Verdrängt hatte ich zu diesem Zeitpunkt auch eine andere Geschichte, die sich etwa ein halbes Jahr vor seinem Tod zutrug. Was genau sich damals abspielte, ist schwer zu sagen. Tino erzählte mir davon, aber ich erinnere weniger die Details und Abläufe, als die finstere Stimmung, die seine Erzählung hinterließ.

Mitten in der Nacht sei er aufgewacht, schweißgebadet aufgestanden, ohne Ziel durch sein Zimmer gelaufen, dann über den Flur, an Regale stoßend und dabei so lärmend, dass Klara wach wurde, sich um ihn kümmerte und einen Arzt rief. Es klang, als hätte er das Bewusstsein verloren und zugleich über enorme physische Kraft verfügt. Unheimlich.

Vor allem ein Satz ist mir in Erinnerung geblieben: er glaubte in diesem Moment, er müsse sterben, noch nie hätte er sich dem Tod so nahe gefühlt.

Er kam in ein Krankenhaus und blieb dort einige Tage zur Beobachtung. Ich rief ihn dort an, er erzählte, was geschehen war, was die Ärzte vermuten, dass es noch dauern werde, ehe eine verlässliche Diagnose zu erwarten sei. Er klang wie immer, ich bemerkte keine Veränderung in seiner Stimme, vor allem schien er selbst begierig darauf zu erfahren, was ihm zugestoßen war. Ich sagte, ich käme ihn besuchen, fragte, ob ich etwas tun könne. Er lehnte beides ab.

Nach einigen Tagen diagnostizierten die Ärzte eine retrograde Amnesie, was so viel bedeutet wie den Verlust gespeicherten Wissens. Auslöser war ein Hirnschlag, der offenbar aber nicht seine volle Wucht entfaltet hatte. Die Folgen waren kaum zu bemerken, für mich jedenfalls nicht. Seine Gedächtnisaussetzer waren eine vorübergehende Erscheinung, vor allem Namen fielen ihm eine Zeit lang nicht ein. Er sagte dann etwa: »Der Trompeter, der immer mit dem Rücken zum Publikum spielt«, wenn ihm Miles Davis nicht einfiel. Sobald man den Namen nannte, konnte er ihn sich wieder merken.

Von da an kokettierte er gerne mit seiner Amnesie, deutete den Verlust in eine Art Privileg um, nicht mehr alles wissen zu müssen und redete sich, wann immer es ihm passte, auf die Diagnose heraus. Er bereitete ihm Vergnügen, seine angebliche Vergesslichkeit zu inszenieren und das Stück »Der alte Mann, der von nichts mehr weiß« aufzuführen und wann immer jemand etwas ansprach, worüber er nicht reden oder Auskunft geben wollte, zu antworten: »Ich kann mich nicht erinnern.«

Wir lachten darüber, ebenso wie er, weil wir ahnten, dass es knapp gewesen war und vermutlich nicht viel gefehlt hätte und wir einen entstellten Mann zum Vater gehabt hätten, einen Pflegefall, der nicht mehr in der Lage wäre, sich mitzuteilen.

Er selbst war in medizinischen Dingen versiert genug, um zu wissen, dass dieser nächtliche Zusammenbruch bereits sein Ende hätte bedeuten können, und es würde mich wundern, wenn er den glimpflichen Ausgang nicht als das begriffen hätte, was es war: als Ankündigung des nahenden Endes, als Gong zur letzten Runde. Offen war nur, wie lange sie sich hinziehen würde. Ein paar Wochen, ein paar Jahre?

Über seine gesundheitliche Verfassung war er im Bilde. Er wusste, dass er zu dick war, zu viel wog und hätte abnehmen müssen, nicht nur im Hinblick auf die anstehende Operation, sondern um den Blutdruck zu senken und sein Herz nicht so stark zu belasten. Zu einem Infarkt war es nie gekommen, aber es war nicht mehr das stärkste, er ging auch aus diesem Grund zu Ärzten, ließ sich checken, Diagnosen stellen und beraten. Ab und an fuhr er nach München in eine Klinik, um sich am Oberkörper dunkle Flecken entfernen zu lassen. Alle paar Monate tauchte ein neuer auf, jedes Mal legte er sich unters Messer, jedes Mal ließ er mich an der Sorge teilhaben, es könne sich um einen bösartigen Tumor handeln, jedes Mal war sie grundlos.

Ab und an machte auch sein rechtes Knie Probleme, das rührte von einer lange zurückliegenden Meniskusoperation her, was genau damit nicht in Ordnung war, weiß ich nicht. Jedenfalls tauchte er gelegentlich mit einem Stock auf, auf den er sich stützte. Insgeheim verachtete er diese Stockmänner, aber es bereitete ihm Vergnügen, deren Haltung probehalber anzunehmen. Ein paar Wochen später sah man ihn dann wieder ohne und so nahm ich das nicht allzu ernst und schrieb es seiner Neigung zu, sich ab und an in verschiedenen Alter-Mann-Rollen zu inszenieren.

Er verschwieg seine Leiden nicht, im Gegenteil, er sprach gern und ausführlich davon und scheute auch nicht davor zurück, maßlos zu übertreiben. Sobald er hustete, vermutete er eine aufkommende Lungenentzündung, die sich schon allein deshalb nie einstellte, weil er die Erkältung rechtzeitig mit allen Mitteln bekämpfte. Das führte allerdings dazu, dass meine Schwester und ich seine Selbstdiagnosen kaum ernst nahmen. Seine Bulletins zählten zu den Telefon-Ritualen, die er nutzte, gesteigerte Aufmerksamkeit und Anteilnahme einzufordern. Um einschätzen zu können, was ihm tatsächlich fehle, gewöhnten wir uns an, gut die Hälfte von seinen Diagnosen abzuziehen. Mal lachten wir darüber, wenn wir verglichen, von welchen Symptomen er mir und ihr gegenüber sprach, mal empfanden wir es einfach nur als lästig, jedenfalls waren wir irgendwann weitgehend immun dagegen.

So kam es, dass ich, und wohl auch meine Schwester, seinem Hirnschlag nicht die Bedeutung zumaßen, die er tatsächlich hatte. Was er darüber erzählte, klang zwar unheimlich und löste vorübergehend Befürchtungen aus, doch die Folgen schienen mal wieder nicht so arg zu sein.

Doch vielleicht führt der Versuch, mit aller Macht im Nachhinein verstehen zu wollen, warum ich all das damals nicht richtig eingeschätzt habe, dazu, dass sich der Blick zurück ein wenig verzerrt. Biegt man sich durch die ständige Wiederholung bestimmter Momente in der Erinnerung Zusammenhänge zurecht, die es vielleicht gar nicht gibt?

War es tatsächlich nichts weiter als ein merkwürdiges Zusammentreffen, dass zwei gut befreundete Männer im Abstand von genau drei Wochen sterben, jeweils an einem Sonntagabend, jeweils unerwartet für ihre Angehörigen? War es möglich, dass die beiden eine heimliche Verabredung getroffen haben? Gut möglich, dass sie das Altwerden ähnlich empfunden haben, ähnliche Erfahrungen machten, damit haderten, nicht mehr alles tun zu können, nicht alles essen und trinken zu dürfen, dass die besten Geschichten alle schon ein wenig zurücklagen, und so viele neue nicht mehr hinzukamen. Vermutlich sprachen sie darüber und schätzten das aneinander.

Ein solcher Pakt, wäre ihm das zuzutrauen gewesen? Was weiß man schon, wie es aussieht im Innern eines alten Mannes.

Vermutlich war es einfach so, dass Walters Tod meinen Vater mehr traf, als er selbst vermutete, seine Lebenslust minderte und seinen Lebenswillen angriff. Mir scheint die Vorstellung nicht abwegig, dass er sich eine Frage stellte, auf die er keine überzeugende Antwort mehr fand: Wozu?

Wozu sich von Ärzten disziplinieren lassen? Wozu abnehmen, wozu sich Genüsse versagen? Wozu sich der Mühsal einer Operation aussetzen, der Narkose, der Nachsorge, den wochenlangen Strapazen? Wozu, wozu, wozu, wenn die lustigen Unterhaltungen ausbleiben, und er bald damit rechnen musste, seinen Hund begraben zu müssen? Wozu, wenn die Antworten auf diese Frage auf einmal nicht mehr so deutlich zu erkennen sind, wozu, wenn die Gewissheit nachlässt, dass noch etwas Neues kommt, wozu, wenn die Aussichten sich verfinstern?

Im August trafen wir uns einmal in München zum Essen. Nach Ansicht seines Arztes hätte er damals schon längst mit dem Abnehmen begonnen haben sollen. Er wusste es, ich wusste es. Am Abend zuvor, erzählte er, habe er im Eisfach seiner Münchner Wohnung eine Großpackung Vanilleeis gefunden, ein Kilo, das Verfallsdatum war kürzlich abgelaufen. Erst habe er nur einen Löffel probiert, um zu schmecken, ob es noch gut sei, dann noch einen zweiten, schließlich habe er alles aufgegessen, auf einen Satz. Ein Kilo Eis. Noch als er davon erzählte, war in seinen Augen, in seinem Lachen über sich selbst, nur eines zu erkennen: Glück.

Im Nachhinein betrachtet, inzwischen mit einem Abstand von mehr als fünf Jahren, und miteinander verbunden runden sich die Beobachtungen zu einer stimmigen Skizze, die erklärt, weshalb sein Tod so unerwartet nicht hätte sein müssen. Und doch besitzen diese Indizien keine Zwangsläufigkeit. Ebenso gut wäre es möglich gewesen, dass er mit all seinen Operationsnarben und Flüchen auf das Altwerden noch ein paar Jahre hätte leben können.

Es verging einige Zeit, ehe ich das begriffen hatte. In den Tagen und Wochen nach seinem Tod stellte ich mir die Frage, weshalb ich nicht in der Lage gewesen war, die Verbindungslinien zwischen meinen Beobachtungen und seinen Bemerkungen zu knüpfen, den für seine Verhältnisse völlig ungewöhnlichen Äußerungen nicht mehr Beachtung geschenkt, und daraus den richtigen Schluss gezogen hatte: ihn zu besuchen, mit ihm zu reden. Ich hatte das Gefühl, versagt zu haben.

Klara erzählte irgendwann, im Sommer habe er zu ihr gesagt, er glaube, er habe nicht mehr lange zu leben. Ich fragte mich, was geschehen wäre, hätte er diesen Satz zu mir gesagt oder sie mir einen Wink gegeben. Wäre es anders gekommen? Hätte dieser Satz mich alarmiert und ich wäre nach dem Tanken nicht sofort nach Hause gefahren, sondern hätte ihn angerufen und versucht, mich so bald wie möglich mit ihm zu verabreden?

Wie wären diese ungeführten Gespräche verlaufen, hätten sie stattgefunden? Was wäre dabei herausgekommen, wenn wir darüber gesprochen hätten, ob er ein guter Vater war? Hätte er sich seinem Sohn offenbart? Seine Irrtümer, seine Ängste, die ihn ein Leben lang begleitet haben und ihn vielleicht daran hinderten, ein ganz anderes Leben zu führen? Seine späten Einsichten? Wäre diese Art von Gespräch, die es bis dahin nie gab, überhaupt möglich gewesen?

Oder wie waren diese Telefonsätze, die wie aus dem Nichts zu kommen schienen, zu verstehen? Gab es da etwas, das der Vater an seinen Sohn weitergeben wollte, eine letzte Erkenntnis, eine Überzeugung, ein Geheimnis? Vielleicht nur seine Ahnung, von der er auch schon Klara erzählt hatte? Oder wäre ihm ein solches Gespräch vielleicht doch zu unheimlich gewesen und es wäre am Ende wieder wie immer gewesen, dass wir nach einem Essen in einer Wirtschaft erst die Formel-1-Ergebnisse, dann ein bisschen Politik, und schließlich eine Schlagzeile aus der *Bildzeitung* durchgenommen hätten?

Ich hatte nicht mitbekommen, dass mein Vater am Ende seines Lebens angekommen war. Ich hatte die letzten Gelegenheiten verpasst, Gespräche mit ihm zu führen, die bis dahin nie möglich waren. Als er dann tot war, hatte ich eine Gewissheit immerhin gewonnen: Viel ist es nicht, was ich über meinen Vater weiß.

# Die Wohnung

War es der Geruch?

Nicht, dass ich auf Zehenspitzen ging, doch sobald ich die Wohnung meines Vaters betrat, verhielt ich mich, als würde ich mich an einem Ort herumtreiben, an dem ich nichts verloren habe und in Sachen stöbern, die mich nichts angehen.

Ich kam mir vor wie ein Eindringling und suchte sie in den ersten Wochen nur auf, wenn es unbedingt sein musste. Sobald ich gefunden hatte, wonach ich suchte – Unterlagen, Schlüssel, Telefonnummern –, sperrte ich ab und verschwand, erleichtert, wieder draußen zu sein.

Der Geruch, den ich so häufig an ihm wahrgenommen hatte. Der Geruch, der noch heute, Jahre nach seinem Tod, in T-Shirts und Pullovern steckt, die, ungetragen, nun in meinem Schrank liegen. Ein Geruch, der alles andere als unangenehm und so eigen ist, dass es schwer ist, einen Vergleich zu finden.

Seinen Ursprung hatte er im Zimmer mit den vielen Schränken, von dort verbreitete er sich, in geringerer Dosis, über die ganze Wohnung. Er setzte sich zusammen aus den Aromen verschiedenster Duft- und Rasierwässer, dem Frischeduft von in Wäschereien gewaschenen Hemden, gereinigter Anzüge, dem Dunst getragenen, aber gepflegten Leders, und vermutlich mengte sich noch ein wenig Talkum und Mottenkugel hinein. Früher habe ich mir darüber nie Gedanken gemacht, da war das einfach: Vatergeruch. Guter Vatergeruch.

Sobald ich ein paar Schritte in seine Wohnung tat, war er wieder da. Der vertraute Wohlgeruch, der mir seit Kindheit an die Nähe meines Vaters signalisierte, selbst jetzt noch.

Sowie ich die zwei Sicherheitsschlösser aufgesperrt hatte, ging ich zügig durch den langen Gang, warf einen flüchtigen Blick in sein Schlafzimmer, auf die zurückgeschlagene Bettdecke und den antiken, mechanischen Kalender, der den Tag anzeigte, an dem er die Wohnung das letzte Mal verlassen hatte, vorbei am Schlafzimmer, vorbei an seinem Schrankzimmer, Bad und Toilette in den einen großen Raum, in dem er seine Bücher, seine Platten, seine Sofas, seinen Schreibtisch und seine Schreibmaschine stehen hatte. All das war seins. Seine Wohnung, seine Möbel, seine Ordnung. Sollte sich daran etwas ändern, nur weil er tot ist?

Er lebte hier, allein. Niemand hatte Zutritt zu dieser Wohnung, niemand besaß einen Schlüssel, niemand hat sie jemals in seiner Abwesenheit betreten. Wenn er länger auf Reisen war und mich bat, nach seiner Post zu sehen, gab er mir einen speziellen Schlüsselbund, an dem sich Schlüssel für Haustür und Briefkasten befanden, nicht aber der zu seiner Wohnung.

Wie oft hatte ich ihn hier besucht? Achtmal, zehnmal, zwölfmal? Bestimmt nicht öfter. Meistens blieb ich nur ein paar Momente, um ihn abzuholen oder etwas an mich zu nehmen. Ich erinnere mich an einen einzigen Abend, den ich in dieser Wohnung verbracht hatte, ich glaube, gemeinsam mit meiner Schwester. Wir tranken Wein und aßen Käse.

Fast genau zwanzig Jahre zuvor war er hier eingezogen, ich half ihm damals Kisten packen. Was ihn damals bewog, sich ausgerechnet für diese Wohnung zu entscheiden, habe ich nie recht verstanden. Klar, sie war gut geschnitten, für einen allein war sie mehr als groß genug, sie verfügte über zwei Balkone, und bei schönem Wetter sah man über viele Münchner Dächer hinweg die Alpen.

Doch sie befand sich im siebten Stock eines unauffälligen Neubaus, in einer Ecke von München, die gerade so eben noch zu Schwabing zählt, dort, wo längst keine schönen Altbauten mehr stehen, es kaum erwähnenswerte Lokale gibt, dafür eine Ausfallstraße und Getränkediscounts. Dafür war sie nicht mal günstig. Für das gleiche Geld hätte er ebenso gut eine ansehnliche Altbauwohnung in einem der Viertel gefunden, wo die gut verdienenden Medienleute in München damals üblicherweise lebten, in Bogenhausen, im schönen Teil Schwabings oder in der Nähe des Englischen Gartens.

Er war in diese Wohnung nach der Trennung von seiner zweiten Frau gezogen. Mit ihr hatte er in einer Villa im Herzogpark gewohnt, mit riesigem Garten, Hund und Personal. Er tauschte das repräsentative Haus gegen eine Wohnung in der Anonymität. Ein größerer Gegensatz war kaum vorstellbar.

Ich nehme an, er fand Gefallen an dem, was die Makler damals als Komfort anpriesen, etwa, dass man von der Tiefgarage aus mit dem Lift vor seine Wohnungstür gelangte, das Garagentor sich mit Knopfdruck aus dem Auto heraus öffnen ließ, der Müll sich ein paar Schritte von der Wohnungstür entfernt über einen Müllschlucker entsorgen ließ und im Bad eine Fußbodenheizung verlegt war.

Insbesondere aber sah er in dieser Wohnung wohl eine Festung, uneinnehmbar, uneinsehbar, von zwei Sicherheitsschlössern versperrt – ein Refugium, das er mit niemandem zu teilen brauchte, das ihm absolute Souveränität verlieh und das er ganz auf sich und seine Bedürfnisse zugeschnitten hatte.

Hier galten seine Regeln und das ließ er einen auch spüren. Er behielt seine Gäste im Auge, achtete darauf, dass man nichts anfasste und bestimmten Dingen nicht zu nahe kam. Am liebsten war ihm, man setzte sich auf das für meinen Geschmack viel zu weiche, beige Sofa, wo es kaum Gelegenheit gab, einen falschen Handgriff zu tun, und er einen unter Kontrolle hatte. Niemals etwa wäre ich auf die Idee gekommen, vor ein Regal zu treten und ein Buch herauszuziehen. Probierte ich es doch einmal, fand er mit Sicherheit einen Vorwand, es selbst zu tun. Er wollte darum gebeten werden, selbst aufstehen, danach suchen. Um es dann mit einer Geste zu überreichen, die zu verstehen gab, dass es Ausdruck besonderer Wertschätzung sei, dass er einem ein Buch aus seinem Besitz leihweise und vorübergehend anvertraue. Der neue John le Carré war nicht einfach der neue le Carré, den man lieh, um ihn zu lesen, sondern das neue Le-Carré-Buch, das man von seinem Vater in Empfang genommen hatte.

Ich verband wenig mit dieser Wohnung. Hier fand nichts statt, was sich in meiner Erinnerung verankert hätte. Keine Feste, keine nennenswerten Begegnungen, noch nicht einmal eine Auseinandersetzung. Meine Erinnerungen an die wenigen Momente, die ich hier verbrachte, sind ausgesprochen blass. Am präsentesten ist mir noch das Bild, das er abgab, wenn er in der Tür stand, um mich zu verabschieden und noch einen Augenblick wartete, bis der Aufzug kam, ich einstieg und sich die Aufzugstüren schlossen.

Mitte 50 war er, als er Anfang der achtziger Jahre einzog. Zu diesem Zeitpunkt war es, abgesehen von der Lage, eine perfekte Wohnung eines Mannes, der viel und erfolgreich arbeitete. So, wie er sie anfangs eingerichtet hatte, war zu erkennen, dass hier jemand lebte, der ein sicheres Gespür für Stil besaß und schon einiges gesehen hatte von der Welt.

Siebziger-Jahre-Design verband sich mit Antiquitäten, Hightech und kleinen Plastiken, die er von seinen Reisen in alle Welt mitbrachte. Ein weißes, beschichtetes Regalsystem, das auf Chromstreben ruhte, Strahler, die für gutes indirektes Licht sorgten, zwei, drei schöne alte Lampen, eine Stereoanlage, die damals sicher zu den besten gehörte, Technics-Boxen, ein Eames Chair. Die Bilder an den Wänden stammten von Malern, die er kannte, jedes hatte eine Geschichte, keines hing nur aus dekorativen

Gründen. Sobald man ein paar Momente in dieser Wohnung zubrachte und sich umsah, vergaß man ganz ihre Lage. In London oder Paris dürfte eine Journalistenwohnung zu dieser Zeit nicht viel anders ausgesehen haben. Eine Männerwohnung im besten Sinne.

Als er Anfang der neunziger Jahre aufhörte zu arbeiten, begann sich ihr Charakter zu verändern. Er war inzwischen wieder liiert und verbrachte nicht nur die Wochenenden bei Klara auf dem Land, sondern den Großteil der Woche. Er kam nun nur noch tageweise nach München, die Wohnung wandelte sich zu einer Zuflucht und einem Stauraum, der sich immer mehr füllte. Mit Büchern, mit Katalogen, Zeitschriften, mit Dingen, die er von Reisen mitbrachte. Irgendwann begann er, Videos zu sammeln. Einige kaufte er, die meisten Filme zeichnete ein Freund für ihn auf. Die ersten drei-, vierhundert fanden noch Platz in einem seiner Schränke. Als es dort eng wurde, begann er sie auf dem Boden zu stapeln, schließlich ging er dazu über, sein schönes großes Seventies-Sofa, das nahezu drei Meter lang ist, als Ablage zu benutzen. Als Sofa war es damit nicht mehr zu gebrauchen, aber rund 1000 Videokassetten fanden darauf Platz.

So ähnlich verhielt es sich auch mit Büchern, Zeitschriften oder Ordnern. Auf den Regalen war schon kurz nach dem Einzug kein Platz mehr, was hinzu kam, legte er obenauf und als es auch diese Möglichkeit nicht mehr gab, wuchsen die Bücherstapel vom Boden die Wände hoch. Um der Wohnung ihr ursprüngliches Gesicht wiederzugeben, hätte er neue Regale installieren, ein Lager anmieten oder einfach ausmisten müssen. Von Jahr zu Jahr gab es weniger Platz in der Wohnung, irgendwann schien ihm das egal zu sein. Viel Zeit verbrachte er dort ja nicht. Regelmäßig ließ er eine Putzfrau kommen, doch sie hatte nicht viel zu tun. Keine Minute ließ er sie allein, er gab acht, dass sie keinen Stapel verrückte, und so blieb ihr meist nicht viel anderes übrig, als Fenster zu putzen, das Bett zu machen, zu saugen und ein paar Flächen zu wischen. Die Klasse der frühen Jahre war noch zu erahnen, aber sie verschwand allmählich unter der Fülle gestapelten Allerleis. So wie ich sie vorfand, glich sie einem Museum ihrer selbst. War das möglich, den Zustand seiner Wohnung gleichzusetzen mit seiner inneren Verfassung am Ende seines Lebens? Zumindest, was seine äußere Erscheinung betraf, schien diese Gleichung aufzugehen. So, wie er zu viel an Masse mit sich herumschleppte, so häufte er auch reichlich Nutzloses und Überflüssiges in seiner Wohnung an.

Es bedurfte keines ausgeprägten Spürsinns, um zu erkennen, dass er diese Wohnung zuletzt weniger bewohnte als benutzte. Doch ich war erstaunt, wie deutlich seine Gewohnheiten sich ablesen ließen, wie leicht zu bemerken war, worauf er Wert legte und worauf nicht.

Mit Sicherheit hatte er seit Jahren keinen der beiden Balkone betreten. Der eine nach Süden, der andere nach Norden ausgerichtet, verliehen sie der Wohnung etwas Besonderes; der große Raum bekam durch die großen Fensterpartien entlang der Balkone enorm viel Licht. Die Betontröge waren zugewuchert von anspruchslosen, flachwurzelnden Nadelgewächsen. Die Zweige hingen weit über die Brüstung hinunter, wo sie sich wiederum in Netzen verhedderten, die er spannen ließ, um zu vermeiden, dass Tauben den ganzen Balkon vollschissen – gemeinsam mit dem Geäst verstärkten sie den Charakter einer Trutzburg.

Auf dem größeren der Balkone stand neben allerlei Krempel ein Teakholztisch mit einer Bank dazu, er war abgedeckt mit einer Plastikplane, die nach all den Jahren ihre Farbe verloren hatte und in deren Furchen sich nach Regenfällen kleine Pfützen bildeten. Auf dem kleineren, auf den man durch die Küchentür gelangte, fand ich ein komplett durchgerostetes Trimmfahrrad. Es muss Jahre dort in Schnee und Regen verbracht haben.

Auch in die Küche dürfte er nur selten einen Fuß gesetzt haben. Ich halte es für nicht unwahrscheinlich, dass er in den knapp 20 Jahren kein einziges Mal dort gekocht hat. Mag sein, dass er zu der Zeit, als er noch arbeitete, abends ein paar Früchte aß, ein Käsebrot, vielleicht machte er sich mal ein paar Würste heiß. Mehr nicht. An der Ausstattung lag es nicht. Pfannen, Töpfe, Besteck, Teller, Gläser, es war alles da, alles in allen Größen, für alle Zwecke. Die Küchenmesser waren scharf wie am ersten Tag, die Ceranplatte zeigte ebensowenig Spuren des Gebrauchs wie die Spülmaschine, die Anrichte nutzte er als Stellfläche für Geschenke, Pakete und all den Kram, für den es irgendwann woanders keinen Platz mehr gab. Der Kühlschrank war bestückt mit ein paar Flaschen Champagner, vor allem aber mit Konserven. Eine entdeckte ich, deren Haltbarkeitsdatum Ende der achtziger Jahre abgelaufen war.

Womit er seine Zeit verbrachte, war leicht zu erkennen. Er schlief hier, ein-, zweimal die Woche. Die Bettdecke war zurückgeschlagen, vor kurzem erst bezogen, bereits mit einem warmen Winterstoff. Sicher war das kein Zufall, bestimmt hatte er die Zugehfrau darum gebeten, den frotteeartigen Bezug zu nehmen, auch wenn es erst Mitte September war. Er hatte es gerne warm.

Er sah fern. Der Fernseher war wohl das Letzte, was er sich für diese Wohnung angeschafft hatte, ein schönes, großes Gerät von Loewe, dazu einen passenden Videorecorder. So wie er den großen Raum angelegt hatte, wäre es eigentlich möglich gewesen, von fünf verschiedenen Plätzen aus einen guten Blick auf den Bildschirm zu haben. Zwei Sofas standen im 90-Grad-Winkel um einen niedrigen schwarzen Holztisch gruppiert, ein Drei- und ein Zweisitzer. Tatsächlich aber gab es nur einen freien Platz, auf den anderen stapelten sich Zeitschriften, Bücher und Kataloge.

Er telefonierte. Nur einer der fünf über den Raum verteilten Tische diente nicht als Ablage und war auch als Tisch zu benutzen. Er stand nicht weit von der Küche entfernt, er war gedacht als Esstisch, bestand aus Kirschbaumholz, trug eine Rauchglasplatte in der Mitte und war umgeben von drei schwarzen Freischwinger-Lederstühlen. Von dort aus führte er seine Telefonate, was daran zu erkennen war, dass auf dem Tisch nichts weiter lag als ein Notizbuch mit Telefonnummern, ein Block, Stifte in verschiedenen Farben, einige Briefe, auf denen Nummern unterstrichen waren, ein Anrufbeantworter und eben das Telefon. Die Schnur reichte gerade noch hinüber zu dem freien Sofaplatz, so dass er, wenn es nichts zu notieren gab, auch von dort aus, das Telefon auf den Knien, sprechen konnte, aber nicht bis zu seinem Schreibtisch, so dass er die Telefonate, die sich aus der am Schreibtisch geöffneten Post ergaben, drüben am kleinen Esstisch erledigen musste.

Er machte seine Post. Den Briefkasten zu leeren, Briefe zu beantworten und Rechnungen zu zahlen, war oft der einzige Anlass, nach München zu kommen und gelegentlich wohl auch ein willkommener Vorwand. Dafür setzte er sich an den schwarzen, auf Chromfüßen ruhenden Schreibtisch. In der Mitte stand seine elektronische Schreibmaschine, in Griffweite befand sich alles Nötige: sein Briefpapier, Kuverts, Briefmarken, Ordner, ein Stapel zu öffnender Briefe, einer mit bereits geöffneten, auf die er vorhatte zu antworten, einer mit Rechnungen. Oft hatte ich ihm erklärt, wie einfach es sei, telefonisch zu überweisen, aber er zog es vor, Formular für Formular selbst auszufüllen, und so fand sich auf seinem Schreibtisch auch ein Packen mit Überweisungsformularen.

Die eigentliche Herausforderung bestand darin, zum Schreibtisch zu gelangen. Er war nur über eine enge Schneise zu erreichen, die an einem Bücherregal entlang und am Eames Chair vorbeiführte und auf der anderen Seite von zwei Couchtischen begrenzt war, die über und über mit Zeitschriften und Büchern beladen waren. Theoretisch hätte es noch einen weiteren Zugang gegeben, vorbei am Sofa mit den Videokassetten und den beiden Couchtischen, aber dieser war vollends verstellt mit Taschen, in denen sich irgendwelche Unterlagen und Kataloge befanden, und somit gänzlich versperrt. Oft lag auf dem Boden davor auch noch ein großer Koffer. Als ich die Wohnung das erste Mal alleine betrat, waren es zwei. Einer stand, einer lag.

Er packte. Jede seiner Reisen nahm hier ihren Anfang und ihr Ende. Packen war eine Beschäftigung, die ihm einiges abverlangte und für die er sich viel Zeit nahm. Wenn er sagte, er müsse noch packen, dann hieß das: er hat keine Zeit. Ich erinnere mich an unsere gemeinsamen Reisen, wenn er mit konzentriertem, angespanntem Blick und manchmal auch mit rotem Kopf vor dem offenen Koffer stand. Gut zu packen bedeutete nichts zu vergessen, das allein war Antrieb genug, es ernst zu nehmen. Der beste Platz dafür war offenbar der Wohnzimmerboden. Es war nicht weit zum Bad, es war nicht weit in sein Schrankzimmer. Hier hatte er reichlich Platz, um alles, was infrage kam, mitzunehmen, auszubreiten und alles im Blick zu behalten.

Allerdings hatte er mit zunehmenden Alter die Neigung entwickelt, die Koffer nach seiner Rückkehr nicht mehr komplett auszuräumen. Er öffnete sie, holte heraus, was in die Wäsche musste, die Kamera, um die Bilder zu entwickeln, Mitbringsel, um sie zu verteilen, aber den Rest ließ er drinnen liegen.

So kam es, dass der Koffer Ende September noch am selben Platz stand, wo er ihn Mitte Juni nach seiner Rückkehr aus Tunesien abgestellt hatte. War es Bequemlichkeit, nicht mehr als das Nötige zu tun? Spekulierte er darauf, die Grundausstattung für Reisen in den Süden – Badehosen, Strohhüte, Badeschlappen – einfach für das nächste Mal liegen zu lassen? Es störte ihn einfach nicht. Er war ja ohnehin kaum da.

Mitte Oktober etwa war es, als der Vermieter drängte, einen Termin genannt zu bekommen, zu dem er die Wohnung neu vermieten könne. Ende Dezember, vereinbarten wir, sollte sie leer, renoviert und frisch gestrichen sein. Mir schien das reichlich Zeit zu sein und der späte Herbst dafür ohnehin die ideale Jahreszeit. Anfang Januar hatte ich zugesagt, für einige Monate in Hamburg zu arbeiten, die Dinge fügten sich nach einer unsichtbaren Dramaturgie. Mittlerweile hatte ich seinen Volvo übernommen, aber auch damit ließ ich mir Zeit, und ihn noch ein paar Wochen dort stehen, wo er ihn zuletzt abgestellt hatte. Da er seine Autos mit größter Sorgfalt behandelte, hatte er an seinem neuen Wagen noch keinerlei Spuren hinterlassen. Zwei Sonnenbrillen lagen darin und ein Paar Handschuhe, das er nur beim Fahren trug, sonst nichts. Abend für Abend öffnete ich nun per Knopfdruck die Tiefgarage, stellte ihn dort ab und fuhr mit dem Lift hinauf in die Wohnung, jedes Mal mit neuen, leeren Umzugskartons in der Hand.

Der Geruch war so präsent wie an dem Tag, als ich sie zum ersten Mal alleine betrat, aber ich hatte mich inzwischen daran gewöhnt, ihn wahrzunehmen, ohne gleich meinen Vater in der Nähe zu wähnen. Das gänzlich Fremde hatte die Wohnung inzwischen eingebüßt, was auch daran lag, dass ich innerhalb von drei Wochen öfter dort war als in den zwanzig Jahren zuvor. Ich bewegte mich nicht mehr so verkrampft wie bei meinen ersten Besuchen. Mit jedem Mal, da ich die Balkontür öffnete, um zu lüften, mir die Hände wusch oder den Fernseher einschaltete, ließ meine Beklommenheit ein wenig nach.

Mein Vater war tot, und mit seinem Tod wuchs mir eine neue Rolle zu: ich war nun sein Erbe, wie meine Schwester auch. Damit waren seine Sachen dem Testament nach nun die unseren, aber uns fiel auch die Aufgabe zu, uns um das zu kümmern, wozu er nicht mehr in der Lage gewesen war oder schlicht keine Lust mehr hatte. Anders als meine Schwester konnte ich es einrichten, an den Abenden und an den Wochenenden herzukommen. Ich wollte es auch hinter mich bringen. Wir hatten besprochen, ich würde mit dem Ausräumen beginnen und sie später, wenn sie besser Zeit hätte, dazu stoßen. Deshalb war ich nun hier, allein in seiner Wohnung, allein mit den Dingen, die von seinem Leben übrig geblieben waren.

Ich begann Spuren zu hinterlassen. Das Schlüsselbrett neben der Eingangstür nutzte ich nicht, weil es mir umständlich schien, Zeitschriften und Briefe legte ich auf dem Stuhl im Flur ab und nicht wie er auf dem schwarzen Esstisch. Zog ich eine Schublade auf und nahm einen Papierstapel heraus, sah es beim Schließen in ihr anders aus als zuvor. Seine Ordnung begann der meinen zu weichen. So behutsam ich auch vorging, es war nicht zu vermeiden. Jeder Handgriff, das war mir inzwischen bewusst, führte ein Stück weiter weg vom Originalzustand.

Mittlerweile war der Tod amtlich geworden. Nahezu jeden Tag lag ein Beileidsschreiben einer Versicherung, einer Bank, oder eines Verlages im Briefkasten. Immer dieselben vorgefertigten Formulierungen. Schreiben, die in den Datensätzen ebenso bereitliegen wie die Nachrufe auf bald zu erwartende Tote in den Redaktionen. Manchen genügte die Sterbeurkunde allein nicht, sie verlangten auch einen Beleg für die Geburt des Verstorbenen.

Vom Krematorium erhielt ich neben der Rechnung über die »Durchführung der Einäscherung« auch die so genannte »Einäscherungsurkunde«, eigenartigerweise ganz in Frakturschrift gehalten. Sie bestätigte, dass die Einäscherung »im Beisein des technischen Betriebsleiters vorgenommen« und »nach ca. 2 Stunden beendet« war. »Die vorhandene Asche wurde vollständig in die dafür vorgesehene Urne eingebracht und ordnungsgemäß verschlossen.«

Mitte Oktober lag auch die Telefonrechnung für den September im Briefkasten. Wie immer warf ich erst einen Blick auf die Summe, dann auf die aufgeführten Verbindungen. In der zehnten Zeile etwa blieb ich hängen. Ich las die Zahlenfolge von links nach rechts, einmal, zweimal, dreimal. Das Datum, dann 7:16:51, 00.00.26, schließlich 0,1234. Dann die Zeile darunter. Dasselbe Datum, 7:19:33. 00.00.42. Und noch mal: 0,1234. Es waren die Daten der beiden Gespräche am Montagmorgen. Das bedeutete: Um 7.16 Uhr klingelte das Telefon, 27 Sekunden lang sprach der Anrufer seine Nachricht darauf, dann endete das Gespräch, 12 Cent wurden dafür berechnet.

Ich war beeindruckt, ohne genau zu wissen, ob mir dieses überaus genaue Protokoll dieses Augenblicks, das weder Zweifel noch den geringsten Spielraum für Verklärungen und nachträgliche Interpretationen zuließ, nun gefallen oder ob ich es abscheulich finden sollte.

Es war der Mechanismus, der mich faszinierte, der diesen Augenblick meines Lebens, der sich als Bild und Gefühl in mein Gedächtnis gebrannt hatte, mit der kühlen Präzision eines Computerprogramms, das nur Anfang, Ende und die Zeit zwischen diesen Impulsen erfasst, in zwei Zahlenkolonnen auflöste.

26 Sekunden dauerte die Ansage, zwei Minuten und 42 Sekunden vergingen, ehe ich aufstand, die Nachricht abhörte, ins Bad ging, dort nach einem Hinweis suchte, dass das nicht wahr sein könne, mein Herzrasen so weit abgeklungen war, dass ich das Telefon greifen konnte und bereit war, mir von Klara alles in 42 Sekunden bestätigen zu lassen.

Gewöhnlich werfe ich diese Nachweise weg, sobald ich sie mir angesehen habe. Diesen heftete ich zusammen mit der Rechnung ab. Bevor ich den Ordner schloss, las ich die Zahlenkolonne ein weiteres Mal. 26 Sekunden, dachte ich, 26 Sekunden. Das Leben hinterlässt Spuren an Stellen, an denen man es nicht vermutet.

Allmählich begann mir die Vorstellung zu gefallen, in aller Ruhe ein paar Abende in der Woche in der Wohnung zu verbringen und mich dort umzusehen. Auch wenn ich mich nun nicht mehr so verkrampft bewegte, hatte ich doch weiterhin die Absicht, den Charakter der Wohnung so lange als möglich zu bewahren. Ich ging von innen nach außen vor. Zuerst die persönlichen Dinge, dann die Kleidung, anschließend die Bücher, die Platten, die Plastiken und schließlich die Möbel, die Teppiche und Bilder. Erst die Schubladen, dann die Schränke. Erst die kleinen Dinge, dann die großen.

Ich begann in seinem Schlafzimmer. Seinem großen Bett gegenüber stand eine antike Kommode mit vier Schubfächern, zwei kleinen oben, zwei größeren darunter.

Ich nahm mir vor, die Schubladen zu öffnen und alles, was sich darin befand, mit einem Schwung in einen Karton zu befördern, ohne mir anzusehen, um was genau es sich handelte. Jede Lade in einen eigenen Karton, so dass ich später nachvollziehen konnte, wie es zusammengehörte und nach welchen Gesichtspunkten er das geordnet haben mochte.

Als ich die rechte der oberen Laden aufzog, bot sich der Anblick, den ich erwartet hatte. Stapelweise Papiere, obenauf ein Schreiben aus dem vorangegangenen Sommer, ausrangierte Brieftaschen, alte Visitenkarten, abgelaufene Pässe, Presseausweise, ein Arbeitsvertrag aus den Siebzigern, Korrespondenz mit einem Anwalt, Fotos, mal einzeln, mal bündelweise, eine kleine Sammlung von Modellkriegsschiffen. Ich hatte sie noch nie zuvor gesehen und nahm ein Schiff heraus. Es sagte mir nichts. Früher, als wir alle noch unter einem Dach gewohnt hatten, gab es in seinem Zimmer eine Sammlung von Oldtimermodellen. Ford T's, Tin Lizzys, Bugattis, Horchs, Maybachs. Autos aus den zwanziger, dreißiger und vierziger Jahren, es waren ziemlich viele, später kamen auch noch Motorräder dazu. Kämen die auch zum Vorschein? Ich hoffte es.

Sicherlich hatte er sich darin zurechtgefunden, doch für mich war nicht zu erkennen, ob das Aufeinander und Nebeneinander einer unsichtbaren Ordnung folgte.

Darunter, in der einen von zwei großen Laden, fand ich ein Fotoalbum, eine Schachtel mit Briefen, beides aus der Zeit seiner zweiten Ehe. Einen Moment lang fragte ich mich, ob es eine solche Schublade auch für die Zeit mit meiner Mutter gäbe, eventuell gleich die darunter, rein chronologisch ergäbe das Sinn. Ich sah gleich nach, aber ich lag falsch. Natürlich. So gut kannte ich ihn eigentlich, um zu wissen, dass dieser Gedanke Unsinn war, geradezu infam. Sein früheres Leben mit derart kühler Konsequenz zu sortieren, die Exfrauen in Schublade unten und Schublade Mitte zu stecken, das entsprach ihm nicht. So dachte er nicht, so empfand er nicht, so war er nicht.

Tatsächlich enthielt die untere allen möglichen Kram: die Urkunde einer französischen Käse-Gilde, vor Jahrzehnten von meiner Schwester und mir gebastelte Geschenke, ein altes Transistorradio, Flugzeugmodelle.

Ich setzte mich auf sein Bett, vor mir die geöffneten Schubladen, neben mir ein Stapel Papiere. Ich ging ihn durch, warf einen Blick auf das Sammelsurium in seinen Schubladen, sah mir eine Kennkarte an aus dem Jahr 1945, sein junges unfertiges Gesicht. Ich las: »Beruf: Leichtmatrose.« Ich lächelte.

Mit jedem Öffnen einer Schranktür, einer Schachtel, eines Umschlags, mit jedem Aufziehen einer Schublade oder eines Reißverschlusses kämen Dinge zum Vorschein, die etwas über ihn verrieten. Jedes Stück Papier, jedes Foto verband sich mit einer Geschichte, einem Moment seines Lebens und erzählte von Freundschaften und Vorlieben, von Erfolgen und vom Scheitern, von großen und kleinen Gefühlen. Es war fantastisch und beunruhigend zugleich.

Ich sah auf die Uhr auf seinem Nachttisch, einen Braun-Wecker. Wie sollte das gehen? Würde ich in diesem Tempo weitermachen, säße ich kommenden Sommer noch hier. Ich leerte die Kommode, packte vier Umzugskisten voll, beschriftete sie und stapelte sie im Flur gegen die Wand.

Als ich das nächste Mal kam, nahm ich mir das Schrankzimmer vor. Es bestand aus nichts weiter als zwei Reihen von Einbauschränken, die bis unter die Decke reichten und von weißen Lamellentüren verschlossen waren, einem Hocker und einem stummen Diener.

Welche Türe ich auch öffnete, es verbarg sich penible Ordnung dahinter. In einem Schrank die Schuhe, im nächsten T-Shirts, Badehosen und Shorts, daneben Bettwäsche und Pyjamas, ein

Schrank mit Pullovern und Strickjacken, einer mit Hemden und Krawatten, einer mit Hüten, Gürteln, Manschettenknöpfen, Schnupftüchern und Accessoires und schließlich drei Schränke mit Anzügen, Blazern und Jacketts.

Die Hemden, allesamt Maßanfertigungen mit einem Monogramm unterhalb der Brusttasche, gewaschen, gebügelt und mit der weißen Papierbanderole der Wäscherei versehen, gestapelt nach Farben und Mustern, die Schuhe allesamt aufgespannt, perfekt gepflegt, sortiert nach Schwarz, Braun und Andersfarbigen, etliche verstaut in Schuhsäcken aus sehr feiner Baumwolle, die Anzüge tadellos gereinigt und auf hölzernen Bügeln, getrennt nach Sommer und Winter gehängt, die besonders feinen empfindlichen Stoffe zusätzlich mit einer schützenden Hülle versehen.

Es war ein Schrankzimmer wie aus dem Lehrbuch. Alles war bedacht, alles stimmte, es fehlte an nichts. Für jeden Anlass hielt es die passende Ausstattung bereit. Motorrad- und Bergstiefel fanden sich ebenso wie Flossen, Tennis- und Segelschuhe, der Trachtenjanker ebenso wie Lederjacke, Parka oder Lodenmantel.

Der Anblick der geöffneten Kleiderschränke verriet Sinn für eine zweckmäßige Ordnung, sicheres Gespür für Farben und Nuancen, Sinn für Stoffe und beste Qualitäten sowie ein Selbstverständnis, das aus einer Zeit stammte, als Männer keine große Wahl hatten, was ihre Erscheinung betraf. Hemd und Krawatte waren so selbstverständlich wie das morgendliche Zähneputzen, variieren ließen sich Muster, Schnitte und Stoffe, Stil war keine Frage von Labels und Marken. Die Anzüge dokumentierten die Moden der vergangenen Jahrzehnte – Einreiher, Zweireiher, mit schlanken und mit breiten Revers, Nadelstreifen, Glencheck, Hahnentritt-Muster, Pfeffer-und-Salz-Muster, Seersucker, leichte Sommerstoffe, Tweed, Baumwolle, Kaschmir, Samt, Seide, sogar einen weißen und einen grünen Smoking entdeckte ich – und gemeinsam mit Hemden und Pullovern erzählten sie die Geschichte von der zunehmenden Leibesfülle meines Vaters.

Mit Ende dreißig, Anfang vierzig war seine Figur noch nicht außer Form geraten, sein Bauch noch nicht sonderlich ausgeprägt. Ich erinnerte mich an Bilder aus dieser Zeit, auf denen er blendend aussieht, groß, kräftig und mit einem breiten Kreuz, ohne jeden Ansatz einer Wampe. Nur ein paar Zentimeter wären aus den damaligen Jacketts herauszunehmen gewesen, damit sie passten. Wir waren fast gleich groß, ich einen Zentimeter größer als er. Die Unterschiede begannen am Hals, schon da hatte er mehr Masse, und das setzte sich an Schultern, Rücken und Taille fort.

Den Hosenbünden nach zu schließen legte er etwa Mitte der siebziger Jahre, da war er mitten in den Vierzigern, deutlich an Gewicht und Umfang zu, und erreichte die Statur, die mein Bild von ihm maßgeblich prägte: Massig, groß, mit einem gewölbten Bauch, den er mal mehr, mal weniger zu verbergen suchte. Bis Anfang, Mitte der neunziger Jahre dürfte er sein Gewicht in etwa gehalten haben, jedenfalls ist das die Botschaft seines Kleiderschranks. Von da an legten Hosen, Hemden und Anzüge an Umfang und Weite zu. Ich erschrak, als ich einen davon hervorholte und die Hose in ihrer ganzen Breite vor mir aufspannte. Ich hätte wenigstens zweimal hineingepasst. War er am Ende tatsächlich so dick?

Ich stieg auf einen Stuhl, um auch die oberen Fächer einsehen zu können, ich kniete auf dem Boden, um herauszufinden, was sich in Kartons und Schachteln verbarg, und immer wieder musste ich lachen. Die Sportschuhe, allesamt weitgehend unbenutzt und nichts weiter als ein Zeichen guter Absichten. Pantoffeln aus schwarzem Lack und ein maßgeschneiderter Hausmantel von Max Dietl tauchten auf. Hat es tatsächlich Zeiten gegeben, in denen er sich in Hausherrenmanier an den Frühstückstisch gesetzt und darin gefallen hat? Teure Geschenke, nehme ich an.

Ich nahm eines der marineblauen Hemden aus dem Schrank, mit der Knopfleiste und dem Monogramm unter der Brusttasche,

T. R. Gibt es ein Kleidungsstück, das sinnbildlich für meinen Vater steht, dann diese Hemden.

Braun gebrannt und gut gelaunt sehe ich ihn darin vor mir sitzen, die Manschetten zweimal umgeschlagen, so dass seine kräftigen, dunkel behaarten Unterarme zum Vorschein kommen, der oberste Knopf ist offen, der Bauch spannt das Tuch ein wenig, doch im Sitzen ist das kaum zu bemerken. Am Handgelenk trägt er eine Sportuhr mit beweglicher Lunette. Seine blauen Augen, die gesunde Hautfarbe, das blaue Hemd ergeben ein Bild, das für Vitalität, Sinnlichkeit und Entschlossenheit, für eine fast Paul-Newman-hafte Männlichkeit steht. Vater in Bestform, wäre der passende Titel dafür. Er besaß Unmengen von diesen Hemden.

Ich entdeckte die schwarzlila Badehose, die er oft trug, wenn wir gemeinsam Urlaub machten. Sonderbar, dieser Hang zu Knallfarben im Sommer. Doch jetzt, als sie mir aus einem Berg Badehosen entgegenleuchtete, schien mir, dass sich in diesem Popfarbenmuster ein Wesenszug offenbarte, der einem erst bei genauerer Betrachtung ins Auge stach: die Lust an der Übertreibung, an den kleinen Verstößen gegen das Erwartbare, den kleinen Ausbrüchen aus der Konvention, das Vergnügen daran, dem Berechenbaren etwas Unberechenbares hinzuzufügen.

Mehr noch als das Wohlsortierte seiner Schränke mitsamt ihren Merkwürdigkeiten beeindruckte die schiere Masse an Kleidung und Accessoires, die er im Laufe der Zeit angehäuft hatte.

Ich zählte mehr als zweihundert Anzüge. Bedenkt man, dass sie aus drei, vier Jahrzehnten stammten, mag das noch angehen. Wozu aber mehrere hundert Hemden? Stapelweise ungetragene T-Shirts? Hunderte Paare von Kniestrümpfen? Dutzende hellblauer Popeline-Pyjamas? Gürtel in solchen Mengen, dass es großer Koffer bedurfte, um sie alle zu verstauen? Die Krawatten zu zählen, fing ich gar nicht erst an, doch als ich später beschloss, nur die schönsten zu nehmen, füllte sich im Nu eine Reisetasche.

In zwei Fächern eines Schranks stapelten sich eng aufeinander orangerote Plastiktüten. Als ich eine herauszog erkannte ich sie wieder. Die Tüten mit dem Kodak-Logo. Oft, wenn wir uns trafen, trug er eine dieser Tüten mit sich. Sie enthielten Fotos von Urlauben, Weihnachten oder Geburtstagen. Nun begriff ich, weshalb es nie möglich war, wenn ihn meine Mutter oder meine Schwester bat, das eine oder andere Foto nochmals abzuziehen, diese Bilder zu bekommen. Sobald er die Bilder hergezeigt hatte, verschwanden sie in der Tüte, und die packte er oben auf den Stapel – völlig ausgeschlossen, ein bestimmtes Bild jemals wiederzufinden.

Vor allem aber türmten sich in diesem Schrank originalverpackte Rasierapparate, unbenutzte Reisewecker, Flakons mit Rasierwasser und Eau de Toilette, Seifen und Pflegesets. Er gab einen recht lückenlosen Überblick über die Entwicklung der Herrenkosmetik vom Beginn der achtziger Jahre bis zum Ende des Jahrhunderts. Ich weiß nicht, was ihn trieb, immer wieder aufs Neue zu kaufen, was er schon besaß. Lag da nicht in seinem Zimmer auf dem Land ein Packen mit 15 neuen, noch nicht ausgepackten Hemden und ebenso viel Pullovern?

Ein paar Tage später entdeckte ich, in der Nähe des Platzes, an dem er seine Koffer packte, einen Haufen von Plastiktüten. Alle enthielten dasselbe: eine Reiseapotheke, sie unterschieden sich nur durch das Haltbarkeitsdatum. Jedes Mal, wenn er aufbrach, kaufte er sie neu. Mag sein, dass der Gang in die Apotheke zu den Ritualen vor einer Reise zählte, so wie man auch Geld wechseln ging oder sich Lektüre besorgte. Ich kann auch nachvollziehen, dass man neu gekauften Medikamenten mehr vertraut, als solchen, die schon ein Jahr herumliegen. Aber weshalb warf er die Tüten nicht weg, weshalb konnte er sich partout nicht trennen von Dingen, die nutzlos geworden waren? Vergaß er, wenn er sich das neueste Modell eines Rasierapparates vorführen ließ, dass er wenigstens elf andere Geräte besaß, die er noch nicht ausgepackt hatte? Dass er schon für seine letzte Reise sechs neue T-Shirts und vier neue Badehosen gekauft hatte, von denen er zwei gar nicht trug? Worin lag dieses schier unstillbare Bedürfnis nach immer mehr und noch einem begründet? Klara erzählte – auch dort existierten Schränke voller Jacken, Hemden und Hosen –, dass sie ihn einmal fragte, weshalb er immer wieder Neues kaufe. Seine Antwort verriet, dass er sich über den Widersinn seines Sammelwahns vollkommen im Klaren war und sich selbst besser kannte, als er nach außen zu erkennen gab. Er sagte: »Es ist so schön, zu haben.«

Nahezu nichts aus seinen Kleiderschränken passte mir. Seine Schuhe waren mir zwei Nummern zu groß, die Hemden zu weit, die Anzüge ein Witz. Und auch unter meinen Freunden gab es keinen, der auch nur annähernd die Statur meines Vaters besaß. Solange ich nicht wusste, wohin mit all den Sachen, machte es keinen Sinn, sie in Kisten zu verstauen.

Ein paar Tage später kam Klara nach München. Als sie wieder fuhr, hatte sich etwas Entscheidendes verändert. Sie wollte einige Erinnerungsstücke an sich nehmen und einige Bilder, die ihr gehörten. Sie sah sich um, ohne genau zu wissen, wo sie zu suchen hatte, auch sie war nicht oft in seiner Wohnung gewesen. Ich half ihr, die Bilder, ein paar kleine Plastiken, Bücher und Fotos im Auto zu verstauen. Als ich zurückkam, bemerkte ich als Erstes die Lücken an der Wand. Dort, wo bis gerade eben, nahezu zwanzig Jahre lang, vertraute Bilder hingen, ragten nun nur nutzlose Nägel aus der Wand. Das Ensemble der mit Bedacht und Geschick gehängten Bilder war aus dem Gleichgewicht geraten, seine Ordnung war erstmals sichtbar durchbrochen. Wo immer ich auch stand, ich sah nur noch die Lücken. Auf einmal schien sich die Wohnung als Ganzes aufzulösen. Als hätte man aus einem Organismus ein paar Teile herausgenommen und ihn damit vollständig zum Erliegen gebracht und seiner Identität beraubt. Es kam mir nun vor, als sei ich nur noch umgeben von einer riesigen Ansammlung von Gegenständen, zusammengetragen in einem halben Leben und nun übrig geblieben und darauf wartend, eingepackt, verschenkt oder weggeworfen zu werden. Es war der Anfang vom Ende dieser Wohnung.

Am nächsten Abend nahm ich mir die große Regalwand und das Sideboard vor. Ganz unten würde ich beginnen, dort, wo sich Wein- und Reisekataloge stapelten, prall gefüllte Ledertaschen abgestellt waren, dann würde ich die Schubladen sichten und leeren, schließlich die Plastiken, die über alle Regale hinweg verteilt standen, einsammeln, und ganz zum Schluss erst würde ich mich um Bücher und Platten kümmern. So bliebe der Eindruck einer halbwegs intakten Wohnung noch ein wenig erhalten und die verblichene Tapete hinter der Regalwand käme nicht allzu schnell zum Vorschein.

Ich begann mit einer großen, schwarzen Kunststofftasche, auf der fünf große, weiße Buchstaben leuchteten, »Vogue« stand darauf. Zwölf Jahre lang hatte mein Vater dort gearbeitet, sein letzter großer Job. Er war stellvertretender Chefredakteur, doch wenn ich mal vorbeikam, schien sich alles nur um ihn zu drehen. Er war so ziemlich der einzige Mann in der Redaktion, und diese Rolle lag ihm. Als er dort begann, war ich 14. Gelegentlich besuchte ich ihn dort, in seinem Büro, einem kleinen Zimmer mit Blick auf die Leopoldstraße. Meistens holte ich ihn dort ab, wenn wir mittags gemeinsam essen gingen, in ein Steakhaus um die Ecke. Ehe wir loskamen, dauerte es immer noch eine Weile, bis er ein Layout abgezeichnet, ein Telefonat geführt oder Korrekturen an einem Manuskript beendet hatte. Währenddessen saß ich auf einem Stuhl neben seinem Schreibtisch, blätterte in Heften, und eine Sekretärin brachte etwas zu trinken, und es machte mich ein wenig verlegen, dass er das von ihr erwartete.

Als ich den Reißverschluss aufzog, war es, als öffnete ich eine Zeitkapsel aus den 80er Jahren. Mein Blick fiel auf ein Durcheinander aus Kuverts, Fotos, Blöcken, Schachteln, Krimskrams, alles Dinge aus seinem Büro, die sich über die Jahre in Schreibtischschubladen und Büroschränken angesammelt hatten und irgendwann einmal von Bedeutung waren, mit denen sich Geschichten, Konzepte und Ideen verbanden, vielleicht Macht- und Richtungskämpfe. Sie stammten aus einer Zeit, als Layouts noch geklebt, Texte auf Manuskriptpapier geschrieben, und Mitteilungen an Verlag und Redaktion Memos hießen und auf Schreibmaschinen verfasst wurden, samt Durchschlag zum Abheften.

Spannend waren die Fotos. Kein Einziges davon hatte ich je gesehen, die meisten zeigten ihn auf Festen und Bällen, auf Vernissagen und Präsentationen in schwarzem Anzug oder Smoking – nie einem grünen –, fast immer mit einem Glas in der Hand, meistens einem Champagnerkelch, lächelnd, im Gespräch, jovial, bemüht, »bella figura« zu machen. So nannte er das.

Mal posiert er mit den Kessler-Zwillingen, mal mit Björn Borg oder Alain Delon, mit Designern, Köchen und Leuten, die in den 80er Jahren in ihren Jobs irgendwie wichtig waren. Manche Gesichter kamen mir bekannt vor, ohne dass ich sie zuordnen konnte, über einige lässt sich nur sagen, dass sie sehr blond waren, Schulterpolster und irrwitzige Fön-Frisuren trugen. Mal ist er auf einer Yacht zu sehen, mal in der Wüste, mal am Rande eines Formel-1-Rennens. Einige erinnerten mich an Geschichten, die er damals erzählte.

Er war ein glänzender Erzähler. Wenn er von seiner Arbeit sprach, dann nie über eitle Autoren, verpasste Termine oder kostspielige Shootings. Er erzählte Geschichten, über die man lachen und sich wundern konnte und die Einblick gaben in eine ferne, faszinierende Welt. Mit wenigen treffenden Worten schuf er Atmosphäre, er hatte ein gutes Gespür für Details, und es bereitete ihm sichtlich Vergnügen, Geschichten auszuschmücken, Landschaften und Büffets zu schildern, Überfluss, Reichtum und bizarre Charaktere in prächtigsten Farben zu malen. Wenn er erzählte, durchlebte er seine Geschichte ein weiteres Mal, und so klangen seine Erzählungen wie eine Mischung aus Reportage und ein wenig Abenteuerroman. War er in Form, vergingen ganze Abende mit seinen Geschichten. Insgeheim fragte ich mich oft, wie viel man abziehen müsse, um der Wirklichkeit nahe zu kommen, aber ich sprach das selten aus. Es war unerheblich, ob und wie stark er übertrieb. Was hängen blieb, war, dass er den schönsten Ort der Welt besucht, hinreißend schöne wie amüsante Menschen getroffen, unsagbar grandios zubereitete Dinge gegessen hatte, und das Leben, fern von zu Hause, ein einziges Fest und Sinnenrausch sei.

Er füllte diesen Job bei *Vogue* aus, er ging in ihm auf. Manchmal nervte das auch, wenn er nicht bemerkte, dass er keine Konferenz leitete, wenn er mal abends mit uns zusammensaß, er nicht unser Chef war, und wir nicht seine Mitarbeiter waren, sondern Sohn und Tochter.

Ich denke, so gut er sich dort aufgehoben fühlte, so sehr war ihm wohl doch bewusst, dass er eine Rolle angenommen hatte, die er überzeugend und erfolgreich spielte, auch auskostete. Die Bilder zeigten einen Teil seines Lebens, doch er verwechselte sie nicht mit seinem Leben.

Ich bin mir sicher, dass er diese Tasche später nie wieder geöffnet hat, nachdem er sie gepackt hatte. Irgendwann Anfang der 90er Jahre fuhr er mit ihr im Lift nach oben in seine Wohnung, stellte sie in die Ecke, und vergaß sie dort.

Was vorbei war, war vorbei.

Der Musikgeschmack meines Vaters war mir bis zu seinem Tod rätselhaft. Welche Lieder ihn tatsächlich bewegten, welche er auswendig konnte, wozu er tanzte, welche Musiker er verehrte, wessen Stil ihn inspirierte, ich wusste es nie genau zu sagen.

Jahrelang schenkte ich ihm zu Weihnachten und zu Geburtstagen Jazzplatten, weil ich vermutete, dass dies die Musik sei, die ihm am meisten zusagte. Sicher war ich mir nie. Denn man konnte an seiner Reaktion nie genau ablesen, ob er sich aus bloßer

Höflichkeit bedankte oder ob eine Platte tatsächlich einen Nerv getroffen hatte. Das war bei Geschenken immer das Problem: er freute sich über alles, was er bekam, gleichermaßen. Selbst nach jahrelangem Studium seiner Mimik war schwer auszumachen, ob er sich tatsächlich freute oder ob man der Aufführung beiwohnte »Vater freut sich über Geschenke seiner Kinder«.

Was Musik betraf, war er kein Prinzipienmensch, der sein Leben lang einem Pianisten, einer Band oder einem Dirigenten die Treue hält, oder sich über die Bewunderung eines einzigen Musikers, eines Sängers definiert. So ausgeprägt seine Neigung war, Dinge anzuhäufen, es wäre ihm nie eingefallen, etwa alle Aufnahmen von Oscar Peterson zu sammeln oder Ehrgeiz darin zu entwickeln, eine besonders seltene Aufnahme zu besitzen. Er konnte sich begeistern, aber lebenslange Bekenntnisse waren seine Sache nicht.

Tagelang konnte er von einer Arie oder vom Klang eines Waldhorns schwärmen, wenn er ein Konzert besucht hatte. Ebenso begeisterte er sich für Musik aus den Hitparaden, für bulgarische Chöre und jiddische Choräle, in seinem vorletzten Sommer erzählte er, dass er Reggae entdeckt habe. Im Frühjahr vor seinem Tod bat er mich, die Filmmusik von *Hannibal* zu besorgen. Schon im Kino, sagte er, habe sie ihn sehr bewegt, insbesondere ein Stück, »Vide Cor Meum«, hatte es ihm angetan. Er sprach gelegentlich davon und meine Schwester und ich überlegten, es auf seiner Trauerfeier zu spielen, einfach, weil es so ziemlich das Einzige war, von dem wir wussten, dass er damit etwas verband.

Als meine Eltern noch zusammenlebten, gab es ein Regal mit deutschen und italienischen Schlagern, von denen ich nie wusste, was es mit ihnen auf sich hatte. Meine Mutter hörte sie nicht, er auch nicht. Als Kind hatte ich mir immer wieder die bunten Hüllen angesehen mit sonderbaren Köpfen darauf, mich über die Titel amüsiert und mich gefragt, weshalb fast alle Widmungen trugen wie »Für den lieben Tino«. War das die Musik, die meine Eltern in den ersten Jahren ihrer Ehe hörten, nachdem sie ihre ersten Urlaube in Italien verbracht hatten?

Die Fragen wurden nicht weniger, als ich mir seine Platten ansah. Bei Gleichaltrigen klappt das ja immer, ihre Entwicklung in den vergangenen zwanzig, fünfundzwanzig Jahren an ihren Platten und CDs abzulesen und sie anhand ihrer Vorlieben und Ticks einzuschätzen. Der Blick in sein Plattenregal ergab ein diffuses Bild. Vielleicht lag das einfach daran, dass wir nie zusammen Musik gehört hatten.

Ich zog den ersten Packen aus dem Regal, zum Vorschein kamen Singles, die zu finden mich nicht überraschte. Sie stammten aus den späten sechziger und früher siebziger Jahren, viele der großen Hits aus dieser Zeit darunter, viele Soulplatten von Aretha Franklin, Otis Redding, Arthur Conley, Barry White, Donna Summer.

Als er noch bei uns wohnte, bestand eine seiner Gewohnheiten darin, am Samstagvormittag gemeinsam mit mir Besorgungen zu machen. Wir gingen dann zum Friseur, wir fuhren tanken und Auto waschen, kauften Getränke und jedes Mal endete diese Tour in einem kleinen Plattenladen neben einer amerikanischen Kaserne, der die GIs mit der neuesten Musik versorgte. Mit den Leuten dort sprach er Englisch, was ich ziemlich aufregend fand. Auf der Theke stand eine Kiste mit den Neuerscheinungen, sie suchten ihm ein paar heraus, spielten sie vor, und einige nahm er mit. Diese Platten mussten das sein.

Wie erwartet fand ich unter den LPs eine Reihe von Jazzplatten, Milt Jackson, Miles Davis, Oscar Peterson, aus den späten 50ern und frühen Sechzigern, Trompetenkonzerte, das übliche Programm an Bach, Mozart, Beethoven, Popmusik aus den 60er und 70er Jahren. *Sergeant Pepper* stand dort, *Revolver*, das Weiße Album. Wie kamen die denn dorthin? Mein Vater und die Beatles? Ich stutzte, das passte nicht zusammen.

Als *Sergeant Pepper* erschien, war er 40, hatte eine 13-jährige

Tochter und einen fünfjährigen Sohn, wohnte in einem Haus mit Garten, und seine Ehe begann, in die Brüche zu gehen.

Mein Vater und die Beatles, das waren in meiner Vorstellung zwei Universen, die zwar parallel existierten, zwischen denen es aber keine Verbindung gab. Es mag seltsam klingen, denn warum sollte einer, der Soul hörte, nicht auch Beatlesplatten kaufen? In meiner Vorstellung rechnete ich die Beatles meiner Schwester zu, sie wuchs damit auf, es war ihre Musik, nicht die meines Vaters. Hörte er mit meiner Mutter *Love me do*, als sie mich zeugten? Pfiff er *Penny Lane*, wenn er morgens in die Redaktion fuhr? Mochte er das Intro in *Lucy In The Sky With Diamonds*?

Im Gegensatz zu seinem Kleiderschrank erkannte ich ihn in seiner Plattensammlung nicht wieder, sie verknüpfte sich in meinen Augen nicht schlüssig mit seinem Lebenslauf. Jedenfalls nicht mit dem, den ich kannte.

Vielleicht ist es auch einfach so, dass sich über vergangene Zeiten zwar viel in Erfahrung bringen lässt, es aber nicht so leicht ist, sich in sie einzufühlen, wenn man sie nicht selbst erlebt hat. Cool Jazz in den späten 50ern zu hören und Soul in den 60er, entsprang das möglicherweise doch ein und derselben Haltung? War nicht Miles Davis eine Weile mit einer Soulsängerin zusammen? Schließlich gibt es aus den späten 50er Jahren auch ein paar Fotos, auf denen mein Vater enge schwarze Rollkragenpullover trug und fünfzehn Jahre später weite Lodenmäntel.

Ich packte die Platten in Umzugskartons, stellte sie in den Flur zu den anderen. Im Lift nach unten in die Tiefgarage fiel es mir endlich auf: Wo war eigentlich Elvis?

Als *Heartbreak Hotel* und *Blue Suede Shoes* erschienen, war mein Vater 28. War es überhaupt möglich, damals nicht Elvis zu hören? Wenn man Ende zwanzig, Anfang dreißig war, sich für alles begeisterte, was neu war und aus Amerika kam? Hätte Elvis nicht sein Held sein müssen? Seltsam, er schien keine Rolle zu spielen.

Ich erinnerte mich an den Tag, als Elvis starb, den 16. August 1977. Wir waren auf Elba in Ferien, wir stiegen gerade aus dem Auto, als ein Freund meines Vaters uns mit den Worten empfing: »Tino, der King ist tot.« Er war sichtlich bewegt, er hatte sein Idol verloren. Mein Vater fragte nach, was geschehen sei, doch es ging ihm nicht nahe. Für ihn war es eine Nachricht, nicht mehr.

Er las viel, nach Ansicht meiner Mutter aber nicht das Richtige, Bücher etwa, die in den Feuilletons für Debatten sorgten. Er las auch schnell, vor allem Thriller und Krimis. Wann immer wir zu einem Strandurlaub aufbrachen, hatte er einen Packen Taschenbücher dabei, am stärksten haben sich mir die Bände von *Alfred Hitchcocks Kriminalmagazin* eingeprägt. Rechts oben stand ein rotes K auf einem gelben Fond, darunter war der Kopf Hitchcocks platziert, mit weit aufgerissenen Augen und den Zeigefinger an die geschürzten Lippen gepresst. Die Bände waren durchnummeriert, bestanden aus Kurzgeschichten mit Titeln wie »Die Blonde und die Blüten« oder »Mord in Zeitlupe«, und es dürfte keinen gegeben haben, den er nicht kannte. Fast jeden Tag begann er ein neues. Er lese vor allem nachts, erklärte er mir, wenn er nicht schlafen könne. Ich suchte sie, fand aber nur ein paar davon. Ich nehme an, er hat sie verschenkt oder einfach irgendwo liegen lassen.

Ich fand Bücher, die meine Schwester, meine Mutter und ich ihm geschenkt hatten. Lange Zeit hielt ich mich an Thriller, James Ellroy, Thomas Harris, John le Carré, Michael Crichton, Bret Easton Ellis, je härter und finsterer, umso besser, dachte ich. Damit lag ich zumindest nie ganz falsch, er las sie in ein, zwei Nächten und sie lieferten uns Gesprächsstoff.

Auch das *Echolot* von Walter Kempowski, die Gesamtausgabe, fand ich. Mein Vater hatte Auszüge daraus gelesen, sie hatten ihn beeindruckt und schienen etwas in ihm anzurühren. Ich war erleichtert, endlich einmal ein richtig gutes Geschenk gefunden zu haben. Die vier Bände waren mehr, als er sonst von mir bekam, doch ausnahmsweise keine Zweifel zu haben und richtig zu liegen, war es mir wert. Auf diese Weise hatte ich wohl auch gehofft, irgendwie mit ihm ins Gespräch zu kommen über seine Jugend, seine Kriegszeit, über all die Dinge, von denen er kaum sprach. Ich fand die Bände ganz oben auf dem letzten Regalbrett knapp unter der Decke auf andere Bücher gestapelt. Originalverpackt.

Gibt es einen trostloseren Anblick in einer Wohnung als den leerer Bücherregale? Erst ganz am Schluss, wenn alles andere bereits verstaut wäre, nahm ich mir vor, würde ich sie in Kisten packen.

Ein paar Regale weiter standen zwei, drei Schuber, in denen ein paar Jahrgänge *Esquire* gesammelt waren. Er war dort Chefredakteur gewesen, Mitte der siebziger Jahre, ehe er zu *Vogue* wechselte. Ich blätterte einige Ausgaben durch und stieß auf Autorennamen wie Casciano di Murlo, Verena Valdivia, Tino della Selva, Ronald von Rackenroith oder Linda Harlaching, seine Pseudonyme. Er war Blattmacher und zugleich sein eifrigster Autor. Jeder dieser Namen war eine Hommage an das Leben, das er mit seiner zweiten Frau führte. Nachdem sie geheiratet hatten, Anfang der Siebziger, kaufte sie ein Gut in der Toskana. Anstatt alten Kollegen nach Hamburg zu folgen und seine Karriere voranzutreiben, verbrachte er zwei, drei Jahre mit dem Aufbau einer Landwirtschaft. In der Schule musste ich damals einen Aufsatz schreiben, der den Beruf des Vaters erklärte. Meiner trug die Überschrift: »Mein Vater, der Rinderzüchter.«

Was genau dazu führte, dass er doch wieder als Journalist zu arbeiten begann, ich weiß es nicht. Wich die Wirklichkeit doch zu sehr ab von seiner Vorstellung vom Landleben als Gutsherr und künftiger Rinderbaron? Hatte er sich in eine romantische Idee verrannt und die Frage, ob dieses Leben seinen Bedürfnissen entsprechen würde, nicht gestellt vor lauter Glück, mit neuer Frau ein neues Leben zu beginnen? Ich weiß nicht einmal, was er dort zu finden hoffte.

Das mit den Rindern jedenfalls gaben sie irgendwann auf, und irgendwie fand er einen Weg, trotz seines Jobs in München bei *Esquire* einen Gutteil seiner Zeit in der Toskana zu verbringen. Nur nicht mehr als Rinderzüchter, sondern als Journalist, dessen Frau ein Gut in der Toskana besitzt, und der das Leben auf dem italienischen Land schätzt. Eine Rolle, die ihm nicht nur besser stand, sondern auch besser bekam. Seine Pseudonyme waren seine Verneigung davor.

Tino della Selva schrieb etwa über »Mode, die intime Stunden noch schöner macht«, Verena Valdivia über neue Cocktails und von Casciano di Murlo fand ich einen Artikel über »Entwicklungshilfe für den Herrn von Welt, abzunehmen«.

Beim Blättern fiel mir noch etwa anderes auf: ich kannte keinen seiner Artikel. Sein Stil war mir aus Briefen vertraut, die ich zum Geburtstag bekam und von den Postkarten. So ziemlich das einzige Mal, dass ich meinen Vater beim Schreiben erlebt habe, war Mitte der Siebziger, seine *Esquire*-Zeit. Wir fuhren ein langes Wochenende zum Fischen, doch er musste einen Artikel schreiben, ich glaube über Rudolf Nurejew, den Tänzer. Ich sehe den hölzernen Schreibtisch vor mir, die Papierstapel daneben, wie er darum bat, nicht gestört zu werden und von drinnen das Geklapper der mechanischen Schreibmaschine zu hören war und das Geklingel beim Weiterdrehen der Walze.

Worüber aber hatte er eigentlich sonst geschrieben? Vage erinnere ich mich an eine Geschichte, wonach er im Nahen Osten mal ziemlich in Schwierigkeiten kam und festgenommen wurde, gemeinsam mit dem Fotografen, mit dem er damals unterwegs war. Ich kannte sie von meiner Mutter, auch von ihm, und wenn er sie erzählte, begann sie mit den Worten »Als ich einmal fast erschossen wurde«. Früher einmal war er Reporter und schrieb Reportagen, das zu wissen schien mir damals zu genügen. Ich war mir sicher, irgendwo würde sich schon eine Mappe finden, in der er seine alten Geschichten aufbewahrt hatte. Ich hatte ja erst angefangen mit dem Aufräumen. Noch gab es etliche Schubläden, die ich noch nicht aufgezogen hatte. Und der Keller wartete auch noch.

Meine Schwester zeigte wenig Interesse an der Wohnung. Ich nahm ihr das nicht übel, im Gegenteil, ich war ganz froh darüber, alleine fühlte ich mich dort inzwischen am wohlsten.

Ich hielt sie auf dem Laufenden, wie ich vorankam, wir hatten regelmäßig Kontakt, und wenn wir uns trafen, sprachen wir viel über den Vater. Früher hörten wir oft wochenlang nichts voneinander. Sie führte ihr Leben als alleinerziehende Mutter auf dem Land, ich das meine in der Stadt. Unser Verhältnis war nie schlecht, aber auch nicht besonders ausgeprägt, die acht Jahre Altersunterschied machten sich bemerkbar. Unsere Interessen unterschieden sich, unsere Lebensentwürfe, unsere Freunde. Außer den Eltern gab es wenig, was uns verband. Mit dem Tod unseres Vaters änderte sich das.

Auch wenn wir naturgemäß nicht immer einer Meinung waren, irgendwie einigten wir uns, was immer auch zu besprechen und zu entscheiden war. Ende November etwa kündigte sie an, mir beim Räumen zu helfen. Um gar nicht erst auch nur den Hauch eines Verdachtes aufkommen zu lassen, ich wollte mir irgendwelche Vorrechte auf Möbel, Bücher oder Bilder ableiten, durch den Umstand, dass ich mittlerweile etliche Abende in der Wohnung verbracht und mir einen Überblick über seine Sachen verschafft hatte, sortierte ich am Abend, bevor sie kam, seine Bildbände, um sie ihr gleich mitgeben zu können.

Zwei Stapel, die bis auf Brusthöhe reichten, bestanden allein aus Kunstbänden, ein dritter aus einer Sammlung von Kochbüchern. Ich war sicher, sie würde sich freuen darüber, mit Kunstbänden lag man bei ihr immer richtig.

Ihre Reaktion fiel völlig anders aus, als ich erwartet hatte. Ruppig. Abweisend. Schroff. Ohne auch nur einen Blick auf die Titel zu werfen, sagte sie: »Dafür habe ich keinen Platz.« Ich hatte all die schönen wertvollen Bände im Sinn, sie sprach von einem Platzproblem. Ich sah sie fragend an, sie deutete auf die Stapel und sagte: »Kannst du mir vielleicht sagen, wohin damit?«

»Nein«, sagte ich, überzeugt von meiner Geste und ohne Verständnis für ihre Haltung, »da wird sich schon ein Platz finden.«

»Aber nicht in meiner Wohnung!« Sie klang, als wollte ich ihr eine schimmelige Matratze andrehen.

»Was soll dann damit geschehen?«, sagte ich.

»Nimm du sie. Oder wir verschenken sie. Ich will sie auf keinen Fall.«

Ich unternahm einen letzten Anlauf, zog ein paar Bücher aus dem Stapel, zeigte sie ihr. Jetzt erst bemerkte sie, dass ein Stapel ausschließlich aus Kochbüchern bestand.

»Bin ich vielleicht eine Köchin?«, giftete sie mich an. Jetzt auch noch das Rollending. Mann schenkt Frau Kochbuch, Frau beleidigt, Mann sauer. Auweia.

Ich verstand nicht, wie ein Stapel schöner Kunstbücher so viel Unmut auslösen konnte. Ich hatte viel Zeit in den vergangenen Wochen hier zugebracht, mein anfängliches Unbehagen abgelegt, ich führte die Telefonate mit dem Vermieter und mit der Hausverwaltung, gab mir Mühe, die Würde dieser Wohnung so lange als möglich zu bewahren, machte mir Gedanken, wer wohl mit all den Rasierapparaten, Jacketts, Büchern, Radioweckern etwas anfangen könne, und nun musste ich mir gallige Vorwürfe anhören.

»Ich will gar nichts von diesen Sachen!«, rief sie nun, richtiggehend in Rage, öffnete ihre Tasche und holte zum Zeichen, dass es ihr ernst war, einen Packen blauer Müllsäcke hervor, die extragroßen, dazu ein Paar grobe Arbeitshandschuhe. Ich war fassungslos. Kam sie, um einen muffigen, alten Keller zu entrümpeln? Sie merkte, dass mir diese Antwort nicht genügte und fuhr fort:

»Was geht es mich an? Es sind seine Sachen.«

»Eben«, sagte ich, »wir sind die Erben. Aus diesem Grund betreibe ich diesen ganzen Aufwand. Ich habe dir doch erzählt, worauf ich schon gestoßen bin.«

»Was habe ich damit zu tun?«, schleuderte sie entnervt zurück.

»Er war auch dein Vater«, sagte ich.

»Ich will mit diesen Sachen nicht leben und meine Wohnung damit voll stellen. Ich möchte selbst entscheiden, wie meine Wohnung aussieht, ich will nicht, dass sie zum Möbellager wird. Und wenn ich dir einen Rat geben darf …«

»Ja, bitte!«

»Dann rate ich dir, dich nicht damit zu belasten.«

»Wieso belasten?«

»Weil du auch keinen Platz dafür hast. Weil erben nicht heißt, alles aufzuheben, nur weil es dem Vater gehörte. Nur weil er nichts wegwerfen konnte, musst du es ihm jetzt doch nicht nachmachen! Und außerdem hat auch ein Toter seine Privatsphäre.«

Als gelte es auf der Stelle zu beweisen, dass sie recht hatte, nahm sie einen blauen Beutel, ging in die Küche, öffnete den Kühlschrank und nach ein paar Sekunden bereits hörte ich sie rufen: »Schau dir das doch an. Lauter altes Zeug! Marmelade, Fischkonserven, Champignonsuppe. Alles abgelaufen und verdorben. Willst du das etwa auch aufheben?«

Sie brachte die Tüten mit den Medikamenten ins Spiel, sie holte den nächsten Müllsack, und ging damit ins Bad. »Das ist doch alles Wahnsinn. Uralte Rasierwasser! Zahnpasta! Widerlich! Ich schmeiß das alles weg!«

Wir sprachen nicht mehr viel an diesem Abend. Sie füllte noch einen Beutel und ich war froh, als sie ging.

Ich machte weiter wie bisher. Manches verpackte ich, manches ließ ich noch stehen, ab und an setzte ich mich und sah mir etwas genauer an. Eine Stofftasche etwa, in der sich etliche kleine Bände mit weißem Plastikeinband befanden, sie sahen alle gleich aus, ihr Äußeres unterschied sich nur durch die aufgedruckte Jahreszahl. 1996, 1997, der letzte Band stammt aus dem Jahr 2001. »Kay« stand darauf. Ein Verzeichnis deutschsprachiger Schauspieler, alphabetisch geordnet. Ich blätterte es durch. Manche Gesichter kannte ich aus dem Fernsehen, auch einige bekannte Namen waren darunter. Als ich mich gerade fragte, weshalb er seit 1996 alle Jahrgänge besaß, entdeckte ich ein Bild von ihm. Ich kannte es nicht. Gegen seine Gewohnheit trug er ein Halstuch, seine Miene sollte ihn offenbar für eine Charakterrolle empfehlen.

Ich wusste, dass er manchmal zu Castings ging. Ein Freund, der gelegentlich in Werbespots auftritt und in kleinen Fernsehrollen zu sehen ist, hatte ihn mal überredet, mitzukommen und es einfach zu probieren. Ich hielt das für einen Spaß unter alten Männern. Doch dass er eigens Fotos machen ließ, um in diesen Katalog aufgenommen zu werden?

Ich dachte daran, was meine Schwester gesagt hatte. Zugegeben, das war nichts, was ein gänzlich neues Licht auf unseren Vater warf, aber es war doch zumindest komisch, ein bizarres Detail. Ich wusste jedenfalls nichts davon. Verband er mit diesen Einträgen vielleicht Hoffnungen auf die eine oder andere Bellheim-Rolle? Empfand er sein Leben, das er zuletzt führte, als doch nicht so erfüllt, wie er immer behauptete?

Wieso interessierte sich meine Schwester nicht für dieses Lebens-Puzzle? Ich verstand weder ihre Wut noch ihren Widerwillen. Mittlerweile fand ich Gefallen daran, Spuren zu lesen und dem Bild, das ich über die Jahre von ihm gewonnen hatte, ein paar Facetten hinzuzufügen. Nahm sie übel, dass er sich nicht selbst darum gekümmert hatte, seine Wohnung auszumisten und fühlte sich im Nachhinein benutzt?

Was empfand sie als so bedrohlich an einer kleinen Sammlung von Kunstbänden? War es die Sorge, dass ihre Sammlung an

Kenntlichkeit verlieren und verwässern würde, sobald seine Bände sich mit den ihren vermischten? Oder wurden jetzt tatsächlich alte Rechnungen beglichen? Die Müllsäcke als eine finale Antwort auf das, was zwischen Vater und Tochter schwierig war und bis zum Ende unausgesprochen blieb? Es kam mir vor, als würde sie es ihm posthum noch heimzahlen, eine subtile Art der Rache nehmen für Enttäuschungen, welcher Art auch immer.

War ihr Widerwillen mehr ein Reflex auf meine aufwändige Spurensuche, meine Wissbegier, war sie einfach genervt davon, dass ich jeder Kleinigkeit Aufmerksamkeit schenkte, und damit ihm? Oder gar eine späte Antwort auf Auseinandersetzungen, die wir vor 15, 20 Jahren geführt hatten, als sie mir vorwarf, ich würde dem Vater nicht auf die gleiche Weise Kontra geben wie sie, die sich kampflustig in jedes erreichbare Wortgefecht mit ihm stürzte, und in der Folge häufig seinen Zorn zu spüren bekam, sie, die ihm in vielerlei Hinsicht so ähnlich war. War es einfach unvermeidlich, dass nun längst vergessen Geglaubtes und Verdrängtes zum Vorschein kam? Es sah ganz danach aus.

Sie kam nun an den Wochenenden und an einigen Abenden. Doch in der Frage, wie mit den Dingen unseres Vaters umzugehen sei, fanden wir nicht zusammen. Es kam vor, dass Türen schlugen, gelegentlich wurde es laut zwischen uns, Flüche waren zu hören. Manchmal hielt sie mir ein verstaubtes Souvenir unter die Nase und fragte, ob ich das auch behalten wolle.

Umzugskisten standen nun überall verteilt, im Flur, im Wohnzimmer, im Schlafzimmer, alles, was sich noch in der Wohnung befand, teilte sich auf in Dinge, die ich an mich nehmen würde, in solche, die wir zu verschenken beabsichtigten und solche, die tatsächlich in einer Mülltüte oder im Sperrmüllcontainer landen sollten.

Eines hatte ich verstanden nach den vielen Stunden, die ich hier verbrachte. Das Sichten eines Nachlasses bedeutet die Ordnung des Verstorbenen in seine eigene zu überführen, sich anzueignen, was von Bedeutung ist, sich davon zu trennen, was keine Rolle spielt. Man räumt nicht nur die Reste eines erloschenen Lebens auf, sondern ordnet zugleich das eigene.

Einige der Möbel konnte ich gut gebrauchen, da ich gerade in eine größere Wohnung gezogen war. Ich nahm die Platten mit, die Bildbände, ein paar Kisten mit Romanen und Biografien. Ohne einen Blick hineinzuwerfen, packte ich alles ein, was sich in und um seinen Schreibtisch befand, Ordner, Notizbücher, alte Kalender, die Schreibmaschine.

Zwei Pullover und Jacketts aus den Sechzigern packte ich ein, ein paar verwaschene T-Shirts und ein paar Stücke, von denen ich fand, es wäre schön, sie zu besitzen, unabhängig von ihrer Größe. Die schenkellange Lederjacke etwa, die er oft trug, als er Anfang der 70er Jahre einen Ferrari fuhr, eine kurze, handgenähte Lederhose und einen seiner Smokings, den schwarzen. Und auch die lilaschwarze Badehose. Als Erinnerung, nicht, um sie zu tragen. Die besten seiner Maßanzüge, meinte meine Schwester, ließen sich wenigstens verkaufen. Sie gab mir zwei Adressen, und an einem kalten Dezembertag stand ich mit einem Packen Anzüge aus den feinsten Stoffen in einem Laden und legte sie zur Begutachtung auf einen Tisch.

Für drei davon bot mir der Verkäufer 15 Euro, zwei war er bereit in Kommission zu nehmen, den Rest lehnte er ab.

»15 Euro«, wiederholte ich und es war mir wohl anzumerken, dass ich konsterniert war.

»Is ganz schön gearbeitet«, sagte er und strich über das Seidenfutter, »aber danach verlangt keiner. Die Leute wollen Marken. Armani, Dolce, Boss.«

»Verstehe«, sagte ich, nahm die Anzüge, verabschiedete mich und packte sie in meinen Keller. Dort hängen sie heute noch.

Meine Mutter kam vorbei und freute sich über einen kleinen Tisch und ein paar Bilder, meinem Neffen passten einige Schuhe, er packte die Stereoanlage seines Großvaters ein und die Videokassetten, und am Ende entdeckte auch meine Schwester noch ein paar Lampen und Stühle, die ihre Gnade fanden.

Was übrig blieb, boten wir Freunden und Bekannten an, die Farfisa-Orgel schenkten wir einem Kindergarten, das meiste aus seinen Kleiderschränken bekam ein caritativer Transport in die Ukraine. Meine Schwester hatte das organisiert. Ich zählte dreißig Kisten mit Monster-T-Shirts, Maßhemden und Anzügen aus den 80er Jahren.

Ich bestellte einen Möbelwagen, brachte einen Teil der Sachen in meine neue Wohnung, die Reste in ein angemietetes Lager. Darunter auch alles, was sich in seinem Keller befand. Ich hatte keine Zeit mehr dafür. Kistenweise Champagner und Weine aus den frühen 80er Jahren standen dort, jede Menge Koffer, manche leer, manche voll, Souvenirs von Reisen nach Mexiko. Irgendwann, dachte ich, würde ich schon Zeit finden, mir auch das noch anzusehen.

Als Letztes engagierte ich einen Gärtner. Die Wurzeln der Gewächse auf dem Balkon hatten im Januarfrost die Hartnäckigkeit von Stahlträgern angenommen. Sie auszugraben dauerte zwei ganze Tage, ein Haufen grober Werkzeuge war dafür nötig.

# Die Korrespondenz

Es vergingen zwei Jahre, ehe ich einige der Kartons öffnete, die nun in meinem Speicher lagerten.

Abwechselnd arbeitete ich in Hamburg und München, ich lernte eine neue Frau kennen, wir unternahmen einige Reisen, und ich war erleichtert, dass das Leben einfach weiterging und all das, was mit seinem Tod zu tun hatte, hinter mir lag. Ich unternahm auch nichts, als meine Schwester und ich ein dreiviertel Jahr nicht miteinander sprachen. Eine lächerliche Geschichte, die sich am Fernseher unseres Vaters entzündete, einige recht hässliche Wortwechsel nach sich zog und schließlich Schweigen. Unser Streit um die Bücher und die Frage, wie mit Vaters Sachen umzugehen sei, schwelte offenbar weiter. Ich ärgerte mich über ihre, wie ich fand, gefühllose Schroffheit, sie über mein, aus ihrer Sicht, übertriebenes Interesse.

Meiner neuen Freundin – ihr Geburtstag fiel seltsamerweise mit seinem Todestag zusammen – erzählte ich manchmal von meinem Vater, gelegentlich trug ich eine alte Uhr von ihm, manchmal auch einen Pullover und nach ein paar Monaten war ich mit seinem Auto schon mehr gefahren als er selbst. Sein Grab bekam einen Grabstein, Klara hatte einen schönen, bauchigen Findling entdeckt, in dem, wer will, die Form eines Herzens erkennen kann. Vor allem aber ist er rund und massig. Wenn sich sein Geburts- oder Todestag jährte, oder wenn es sich einfach ergab, fuhr ich hin und legte ein paar Blumen auf den Stein. Anfangs hatte ich mir vorgenommen, ein Bild von ihm zu Hause aufzustellen, doch ich merkte, dass sein Eames Chair, sein Sofa und ein paar Lampen als Erinnerung genügten und ließ es sein. Stattdessen gewöhnte ich mir an, auf Reisen eine Kerze in einer Kirche anzuzünden.

Es war Anfang Dezember, als ich in meiner Wohnung an dem Schreibtisch saß, der früher seiner war. Sein Tod war inzwischen Teil meiner Geschichte und was von seinem Leben übrig geblieben war, stand in Kisten verpackt in meinem Speicher. Es war weniger Neugier, als das beklemmende Gefühl, mir mit all diesen Kisten und Taschen voller Papier und Kram etwas angeschafft zu haben, das mich zunehmend bedrängen und mir ein schlechtes Gewissen machen würde, solange ich mir nicht wenigstens einen Überblick verschafft hatte. Das Erste, was ich zu greifen bekam, als ich die Tür zum Speicher öffnete, waren eine Leinentasche und ein Alukoffer. Beide trugen, soweit erinnerte ich mich, den Inhalt einer Schublade seines Sideboards in sich. Ich begann mit der sandfarbenen Leinentasche, einem Ghurka Bag.

Nacheinander holte ich hervor: Kugelschreiber von Dior, Piaget und Parker in Gold und Silber, allesamt in Geschenkboxen, eine kleine Sammlung von Swatch-Uhren, Plastikuhren von McDonald's, eine Fake-Rolex, die ich ihm einmal aus New York mitgebracht hatte, Uhren mit Logos von Zeitungen und Zeitschriften.

Originale, Imitate und Werbegeschenke nebeneinander. Ein Fremder, dachte ich, würde den Schluss ziehen, es mit den Hinterlassenschaften eines in Stilfragen Ahnungslosen zu tun zu haben, oder eines Mannes, der nach einer Phase des Wohlstands schlagartig verarmt war. Beides traf nicht zu. Es verhielt sich vielmehr so, dass der Cartier-Kugelschreiber mehr über die Zeit verriet, in der er ihn sich zulegte, als über seinen Charakter. Er leistete sich solche Dinge eine Zeit lang, weil er es konnte. Doch es ist kein Zufall, dass all diese Sachen, verpackt in Schatullen, sich in einer Schublade befanden und nicht auf seinem Schreibtisch. Ich habe ihn nie damit schreiben sehen. Die Briefe, die ich noch von ihm besitze, sind alle mit einem dünnen Filzstift unterschrieben. Aus heutiger Sicht passt sich all dies dennoch geradezu idealtypisch in das jeweilige Zeitgefühl ein, die Originale in die statusgierigen 80er, die Imitate in eine Zeit, als der Glaube an derlei Statussymbole und Luxus bereits hinfällig geworden war und auch für ihn, nachdem er aufgehört hatte, für ein Modemagazin zu arbeiten, keine große Bedeutung mehr besaß. Dass er nun Uhren zu Neunneunzig am Handgelenk trug und Hemden im Dreierpack kaufte und nur milde lächelte, wenn ich in einem rasend teuren Helmut-Lang-Anzug daherkam, war auch ein Reflex auf sein früheres Leben, seine zweite Ehe, seinen Job. Nicht, dass er der Idee des Luxus auf einmal abschwor, er definierte ihn nur anders. An einem Heiligen Abend, Mitte der Neunziger, sagte er, er möchte uns etwas vorlesen. Etwas, das ihn sehr beeindruckt habe, und ihm aus der Seele spreche, einen Essay von Hans Magnus Enzensberger, er war ein paar Tage zuvor im *Spiegel* erschienen, ein Abgesang auf eine Kultur der Verschwendung, die darauf zielt, Überflüssiges zu mehren. Der Luxus der Zukunft, hieß es sinngemäß, wird aus Ressourcen wie Ruhe, Zeit oder Aufmerksamkeit bestehen.

Es folgten ein Ferrari-Feuerzeug, dazu der passende Kugelschreiber, Brieftaschen, zwei davon aus schwarzem Kroko, manche unbenutzt, einige sichtlich gebraucht. In einer steckte der Kaufvertrag über ein Pferd, Fotos von seinen Enkeln, Bilder eines jungen Hundes. Seinen Namen hatte ich vergessen.

Ich sah mir die abgelegten Brieftaschen genauer an, die darin gesammelten Visitenkarten, Zettel mit Telefonnummern, abgelaufene Kreditkarten. Ich betrachtete sie wie ein Kunstwerk, Collagen eines gelebten Lebens. Hinter jedem Namen stand eine Geschichte, hinter jeder Nummer eine Hoffnung, hinter jeder Notiz eine Absicht, hinter jedem Dokument ein Bekenntnis. Als würde man durch ein Brennglas Einblick in das Leben eines anderen nehmen, einen sehr persönlichen, intimen Einblick.

Wenn die Brieftasche das Einzige wäre, das von einem Menschen übrig bliebe, dachte ich, es würde genügen, einen ganzen Kosmos aufzuspannen, um eine Ahnung zu geben, wer ihr Besitzer ist und was für ein Leben er führte. Ich stellte mir vor, wie die Brieftasche eines Bankdirektors in den zwanziger Jahren ausgesehen haben mag, die eines Taxifahrers in den Sechzigern oder die eines Webdesigners aus den Neunzigern.

Alles, was ich in ihr fand, breitete ich vor mir aus. Geleert war es nur noch eine alte Brieftasche, abgenutzt an den Rändern, das Leder stumpf vom Gebrauch. Ohne all die Zettel und Karten hatte sie nichts mehr zu erzählen, sie hatte nicht nur ihren Inhalt verloren, sondern auch ihre Bedeutung.

Ich steckte die Zettel, Karten und Fotos zurück in ihre Fächer, legte die Brieftaschen und die anderen Sachen zurück in die beigefarbene Leinentasche und zog den Reißverschluss zu. Noch hatte ich nicht gefunden, was ich zu finden hoffte.

Irgendwo in diesen Kisten müssten sich die alten Manuskripte befinden, Mappen mit gesammelten Artikeln, vielleicht Notizbücher mit etwas ausführlicheren Aufzeichnungen als die, die er eine Zeit lang in kleine Taschenkalender eintrug, und für jeden Tag genau eine Zeile vorsahen. Hatte er nicht mal erzählt, dass er abends, ehe er die Redaktion verließ, einen Vierzeiler verfasse, um den Tag abzuschließen? Hatte er insgeheim vielleicht doch begonnen, ein Buch zu schreiben, oder wenigstens damit, Stoff zu sammeln?

Ein, zwei Mal fragte ich ihn danach. Er wich aus, und ich hielt das für einen Bluff. Es wäre doch einer enormen Verschwendung an Talent gleichgekommen, wenn ausgerechnet er, der so großartig erzählen konnte, ein so untrügliches Gespür für Stimmung, Pointen und Timing besaß, wenn gerade er nichts zu Papier gebracht haben sollte. Es wäre nur eine Frage der Zeit, bis ich darauf stoßen würde und ich nicht mehr darauf angewiesen wäre, Brieftaschen und Kugelschreiber zu interpretieren.

In den Kalendern vielleicht? Ich öffnete einen Alukoffer. Darin verstaute ich damals eine ganze Reihe schwarz eingebundener Kalender, die ich auf dem Boden neben seinem Schreibtisch fand. Einige trugen seinen Namen in Goldprägung auf dem Einband, auf dem Rücken befand sich die Jahreszahl. Für jeden Tag war eine Seite vorgesehen, in den unteren Ecken jeweils ein perforiertes Stück zum Heraustrennen, um die aktuelle Seite mit einem Handgriff zu finden.

Ich blätterte den ersten durch, 1989. Hinweise auf Geburtstage, Feste, Einladungen, Listen, was zu besorgen sei, Termine, nichts von Bedeutung. Er missachtete die Zeilen, schrieb mit schwarzem Filzstift quer über die Linien, mal schräg, mal gerade, eben so, wie das Buch vor ihm lag. 1990, 1991, 1992, immer das gleiche. Solange er arbeitete, führte er diese Kalender in seinem Büro, vermutlich warf er sie weg, als er dort aufräumte. Jedenfalls fand sich keiner aus dieser Zeit. 1994 sah abgegriffener aus, er enthielt die üblichen Notizen. Doch er enthielt noch etwas anderes. Jeden Tag einen Eintrag, immer nach demselben Muster.

Erst das Wetter, dann das Gewicht. »Nachts Nieselregen bei + 6 C. Tagsüber diesig und regnerisch bei + 8 C. 115,4 kg.« Das Wetter notierte er oben auf der Seite, das Gewicht ganz unten, in der Mitte der Seite, unterhalb eines Strichs, so dass, wenn man will, eine lyrische Form zu erkennen ist.

Nachts sternenklar bei + 5 C.
Tagsüber vormittags Knallsonne und
bis 24 C warm
nachmittags Gewitterwolken.

112,4 kg

Nachts sehr warm
und schwül bei + 23 C.

Tagsüber brennende Sonne
und sehr hohe Ozonwerte bei + 38 C.

111, 7 kg

Nachts sternenklar
und wieder kalt bei – 4 C.
Tagsüber sonnig,
aber eisfrostig bei + 2 C.

111,5 kg.

So ging es Tag für Tag, gegen Ende des Jahres legte er deutlich zu, kurz nach Weihnachten notierte er 117,3 kg.

Ich fand einen zweiten Band, in dem er diese Notizen fortführte, aus dem Jahr 1997. Die beiden Jahre dazwischen fehlten. Mitte April brechen die Notizen ab, Ende des Jahres nimmt er sie noch mal auf, zuletzt lag er bei 122,4 kg. Sonderbar. Was war das?

Er wog sich also täglich. Vermutlich hatte ein Arzt ihm dazu geraten und ihn überzeugt, regelmäßig auf die Waage zu steigen und den Wert zu notieren, um ein Bewusstsein zu schaffen für die Folgen seiner Essgewohnheiten und auf diese Weise sein Gewicht in den Griff zu bekommen.

Befand sich am Fenster des Bades ein Thermometer? So dass er nacheinander erst die Zahl auf der Waage, anschließend die auf dem Thermometer ablas? War es vielleicht so, dass er den ärztlichen Ratschlag erweiterte zu einem kleinen Ritual vor dem Zubettgehen, um sich die Demütigung zu ersparen, Tag für Tag nichts weiter als eine nackte Zahl zu protokollieren? Zu den Werten wenigstens noch ein paar Worte hinzufügte, und so Abend für Abend mit sparsamsten Mitteln das Einzigartige eines Tages skizzierte und vermutlich Gefallen daran fand, mit der bloßen Angabe seines Gewichts sogar einen Ausdruck für seine Verfassung gefunden zu haben, die von Tag zu Tag variierte, wenn auch nur im Bereich hinter dem Komma. Für derlei Spielereien hatte er durchaus Sinn, aber er zählte nicht zu denen, die Spleens pflegen, um davon zu erzählen. Er genügte sich in solchen Dingen selbst. Auf Reisen etwa schrieb er gelegentlich Postkarten an sich selbst. Eine davon, aus Baros, steckte in einem der Kalender. »Sehr geehrter Herr, dieses zur Erinnerung an zwei sehr schöne Wochen unter Seegetier im Meer von Baros.« Eine Seite an ihm, die ich mochte.

Natürlich ließen sich diese Einträge auch anders lesen, als Ausdruck von Leere etwa. Als Hinweis, dass zu dieser Zeit nichts Nennenswertes geschah in seinem Leben, was lohnte, festgehalten zu werden. Als Beleg und Eingeständnis eines festgefahrenen Lebens. Ganz abwegig schien mir das nicht.

Andererseits: Temperatur und Gewicht, standen diese beiden Werte nicht für zwei seiner ureigensten Bedürfnisse? Genug essen und Wärme, waren das nicht die beiden entscheidenden Koordinaten, an denen er sein Befinden maß?

Die eine Zahl ließ auf seine Form schließen, die anderen beiden gaben eine Ahnung vom Wesen des Tages. »112,7 kg« und »Eisfrost, – 4 Grad,« war das nicht einfach ein Kürzel für: »Dass das Essen gestern gleich so anschlägt? Gestern waren es noch sechshundert Gramm weniger. Oha. Die Weißwürste vor der Ochsenbrust hätte es vielleicht nicht gebraucht, aber mit zwei Brezen und einem Bier schmecken sie halt gut. Irgendwie muss man diesem verdammten Winter hier doch beikommen. Warum tu ich mir diese Kälte nur immer wieder an?«

Die Klage über das Wetter und die Frage, was es zu essen gäbe, gehörte zur Grundmelodie eines jeden Telefonats. Kaum ein Gespräch, ohne den Hinweis, dass es zu heiß, zu windig, zu regnerisch, meistens aber zu kalt war. Selbst im Sommer hielt er immer einen Pullover oder eine Jacke griffbereit, nie hätte er ohne sie das Haus verlassen. Eher wechselte er zweimal am Tag das Hemd, als dass er Gefahr gelaufen wäre, auf das mögliche, wenn auch unwahrscheinliche Umschlagen des Wetters nicht vorbereitet zu sein. Ich dachte an das mit Frotteestoff überzogene Winterbett, in dem er bereits Mitte September schlief, an das Plumeau und die Extra-Wolldecke. An den dicken Bauch, den er mit sich herumtrug wie einen Vorrat, für den unwahrscheinlichen Fall, dass er nicht genug zu essen bekommen sollte.

»Hast du es warm zu Hause? Hast du genug zu essen?« Diese beiden Fragen begleiteten mich von klein auf durch meine Jugend. Ich hasste es, wenn wir telefonierten und er mich fragte, ob ich auch einen Pullover trage, und er anschließend oft noch meine Mutter verlangte, um sie darauf hinzuweisen, dass es kalt sei, und sie, bitteschön, darauf achten solle, dass ich etwas Wollenes anziehen soll. Wenn wir mal was unternahmen, dauerte es selten länger als ein paar Minuten, ehe der Satz fiel. Auch viele Jahre später noch, als ich längst in einer eigenen Wohnung lebte, eigentlich bis zu seinem Tod, gehörte die Frage, ob ich es warm habe in meiner Wohnung zu seinem Standardrepertoire väterlicher Besorgnis.

Der Speicher meiner Wohnung liegt im äußersten Winkel des Daches, dort wo die Raumhöhe nicht mal mehr einen Meter misst. Um dort etwas zu verstauen oder zu suchen, ist es nötig, in die Hocke zu gehen, eine Haltung, die einem nicht viel Zeit lässt. Man muss schnell zugreifen, ehe gar kein Blut mehr in Füße und Waden gelangt. Ich öffnete also die Kiste, die als erste vor mir stand und sah: Ordner. Ich zerrte sie hervor und gleich auch noch zwei andere, die dahinter standen, und machte zwei Schritte rückwärts. Auch sie enthielten nichts als Ordner. Dreißig, fünfunddreißig Ordner aus gut 20 Jahren. Ihr Anblick kam mir vor wie eine Ermahnung an eine lästige Pflicht, mehr Sorgfalt auf den eigenen Papierkram zu verwenden. Gut, dachte ich, das war nicht, wonach ich suchte, doch das würde schnell gehen. Ich würde sie kurz durchsehen, ob das eine oder andere Dokument von Interesse oder Nutzen sich darin befand, und fertig. Irgendwann müsste ich das ohnehin tun.

Ich begann mit 2001. Alles sauber abgelegt, alphabetisch sortiert, nach Eingang geordnet und beschriftet, ausgesprochen gewissenhaft. Ich blätterte durch Kontoauszüge, Rechnungen, Reisebestätigungen, Abobestellungen, langweiliges Zeug. Es war wie damals, als ich die ersten Male in seine Wohnung ging und mich beim Öffnen seiner Schubladen das Gefühl überkam, dass mich das alles nichts angehe und ich eine Grenze überschreite. Trotzdem, ich blieb hängen. Ich war beeindruckt von der Wucht des Faktischen, von der kalten Präzision der Dokumente, davon, wie sich ein Leben in Belegen, Formularen und Computerausdrucken niederschlägt, wie sich Eigenheiten und Vorlieben sogar in der Bankkorrespondenz manifestieren.

Es war gar nicht so sehr der Umstand, dass diese Papiere von meinem Vater stammen. Was mich faszinierte, war ihre Ergiebigkeit, die es ermöglichte, ein facettenreiches Abbild eines Lebens zu schaffen. Das Leben eines Menschen erzählt anhand seiner Kontoauszüge – hat das schon mal jemand versucht?

Selbst ein Fremder, der meinen Vater nie zu Gesicht bekommen hatte, würde einen Eindruck bekommen von einem Mann über 70, der einmal im Jahr auf die Malediven fuhr, mal alleine, mal zu zweit, im Herbst eine Riesenkiste mit Weihnachtsgebäck in Nürnberg bestellte, Kniestrümpfe sich nur im Dutzend schicken ließ und rund 15 Zeitschriften im Abonnement bezog.

Ein Blick auf die Kreditkartenabrechnungen genügte, um einen Eindruck zu gewinnen von den goldenen achtziger Jahren: Käfer, Tantris, Sabitzer, Piazzetta, die Vermerke USA, Italien, Frankreich, die Adressen der großen Hotels in den großen Städten, die Maßanzüge, Wein und Champagner, kistenweise.

Natürlich, Zahlen und Daten erklären und begründen nichts, sie erzählen nichts von Leidenschaften, von Zwängen, lassen nicht erkennen, ob sich einer langweilt oder amüsiert, doch sie dokumentieren die Oberfläche eines Lebens.

Seine Ordner boten einen zusätzlichen Zugang zu ihm. Manches daraus verband sich mit Erinnerungen, etwa der Lebkuchenkiste, die ihn in den Wochen vor Weihnachten im Kofferraum seines Autos begleitete und aus der er, wo immer er hinkam, ein paar Tüten mit Gebäck, Stollen oder Lebkuchen herausholte, um sie zu verschenken. Die Rechnung über 15 Paar Kniestrümpfe verknüpfte sich mit dem Anblick mehrerer hundert Paar hinter einer weißen Lamellentür. Vage Erinnertes ließ sich zuordnen, an einer Jahreszahl festmachen, Ereignisse in eine Reihenfolge bringen.

Ich begann mir Notizen zu machen. Notierte, wann er welche Reise unternahm, wann er welches Auto kaufte, wann er eine Gehaltserhöhung bekam. Ich wusste selbst nicht, was ich damit wollte. War es nicht völlig dämlich, zu notieren, wann mein Vater nach Tunesien fuhr? Und zum französischen Käsemeister ernannt wurde? Was gab es für einen Sinn? Ich behielt es für mich, erzählte niemand davon. Doch ich bemerkte schnell, wozu es führte. Es sortierte meine Erinnerung, an manchen Stellen korrigierte es sie auch, das Leben meines Vaters nahm auf eine ganz neue Art und Weise Gestalt an. Es war beeindruckend zu sehen, wie durch das Untereinanderschreiben von im Grunde willkürlichen Daten eine Art biografisches Gerüst wuchs und ein Lebensweg sich noch mal entfaltete.

So blätterte ich mich durch seine letzten 20 Jahre. Zwischen den Rechnungen und Auszügen fand ich immer wieder Durchschläge seiner Briefe. Typisch, dachte ich, von nichts konnte er sich trennen, nicht mal von seinen Briefen, ohne noch eine Kopie zurückzubehalten, ehe mir bewusst wurde, dass es früher, als es keine Computer gab, in denen man seine Briefe abspeicherte, einfach gar nicht anders ging, der Durchschlag geradezu Voraussetzung für eine funktionierende Korrespondenz war.

Ich dachte an die Entdeckung meiner Schwester ein paar Monate nach seinem Tod, als sie ein Aquarell, das er ihr zum Geburtstag schenkte, aus dem Rahmen nahm, um es mit einem anderen Passepartout zu versehen und dabei feststellte, dass es sich dabei nicht um das Original handelte, sondern um eine Farbkopie. Die Farbkopie eines von ihm gemalten Bildes. Sie war sehr enttäuscht und ich konnte sie gut verstehen. Es irritierte mich, es passte nicht recht in mein Bild des freigebigen, großzügigen Vaters. Oder doch?

Stimmt schon, es war schwierig, etwas zu bekommen, wenn man ihn um etwas bat. Ein einziges Mal fragte ich ihn um Geld. Es war kurz nach meinem Studium, ich wollte, ehe ich meinen ersten Job anfing, eine Reise machen, durch die USA und Südamerika, es war eine einmalige Gelegenheit. Als ich merkte, dass er nicht zog, bot ich ihm an, das Geld zurückzuzahlen, nur: ich brauchte es gleich. Nein, sagte er, er habe kein Geld übrig. Ich solle es mir halt verdienen, wie andere auch. Ein anderes Mal, Jahre später, traf ich mich mit ihm, um ihn zu bitten, einer Bekannten, der es finanziell nicht gut ging, zu helfen. Ich hatte mir einige Modelle überlegt, wie das gehen könnte, nach einer Stunde des Argumentierens lautete seine Antwort, er werde darüber nachdenken. Er kam nie wieder darauf zurück. Selbst als seine Enkelin ein Versprechen einforderte, das er ihr gab, als sie 12 oder 13 war, nämlich ihren Führerschein zu bezahlen, wenn sie 18 würde, gab er vor, sich nicht daran zu erinnern, und es bedurfte etlicher Telefonate und der Intervention ihrer Mutter und Großmutter, ehe er das Geld schließlich doch überwies. Sobald man ihn um etwas bat, fühlte er sich bedrängt und suchte nach Ausflüchten. Rechnete vor, wie teuer das Leben sei, dass ihm als Rentner nicht viel bliebe, wir läsen doch auch die Zeitungen, das müssten wir doch wissen.

Zugleich gefiel er sich in der Pose des großzügigen Gönners, der, wenn man gemeinsam zum Essen ging, darauf bestand, dass alle, die am Tisch saßen, Vor- und Nachspeise bestellten, im Zweifelsfall immer für das größere Gericht votierte, wenn einer nicht ganz sicher war, was er bestellen sollte, und der an Weihnachten mit prall gefüllten Taschen voller Geschenke kam. Er lud gerne ein und machte Geschenke, aber er gab nicht gerne, wenn man ihn darum bat.

Das mit den Durchschlägen war etwas anderes. Ich las die Schreiben, die er an seinen Vermieter, an Reisebüros oder an seinen Steuerberater richtete. Es machte Vergnügen, sie zu lesen, sie waren in einem Ton von ausgesuchter Höflichkeit gehalten, perfekt in der Form, und es war ihnen anzumerken, dass er beim Schreiben immer den Menschen vor Augen hatte, der seine Zeilen lesen würde, nie bloß den zuständigen Sachbearbeiter.

Mit wem auch immer er in Kontakt trat, sei es mit der Kellnerin, dem Mann, mit dem er im Lift fuhr, die Frau an der Kasse der Tankstelle, im Nu gewann er sein Gegenüber für sich, verschaffte sich Respekt mit dem ersten Satz, und so war es eine Selbstverständlichkeit, dass er bevorzugt behandelt wurde, dass er den besten Tisch im Lokal bekam, das schönste Zimmer im Hotel, das größte Stück vom Kuchen. Am meisten aber schätzte er, wenn jemand seine Avancen erwiderte, mit Charme oder Witz antwortete und sich daraus ein kleiner Flirt, zumindest aber ein Geplänkel ergab.

In einige dieser Schreiben aus den letzten Jahren mischte sich ein melancholischer Ton, der mir zwar vertraut war, doch ich war überrascht, in seiner Korrespondenz auf ihn zu treffen. An die Leiterin der Personalabteilung des Verlags, von dem er eine Pension bezog, schreibt er, nachdem er seine neue Bankleitzahl mitgeteilt hat: »Sonst nischt Neues – man lebt so weiter wie bisher mit allem möglichen netten und auch lästigen Krimskrams, hofft, dass man gesund bleibt und spürt, wie schnell die Zeit unter den Fingern verrinnt. … Ich kann nur hoffen, dass es Ihnen gut geht und dass Sie zufrieden sind mit Ihrem Leben. Und so sehr viel anders wird es ja leider nicht – was jetzt passiert, das ist es halt …«

Ein anderes Mal – er antwortet auf die Bitte einer Verlagsbuchhalterin, seine Steuerkarte zu schicken – schreibt er: »Was gibt es zu erzählen? Alles Mögliche und sicher dies und das. Am besten bei einem gemeinsamen Kaffee … Aber ich wage das gar nicht mehr vorzuschlagen, weil es ja meistens doch nichts wird.«

Diese Zwischentöne und Halbsätze waren mir geläufig, sie tauchten auch in Telefonaten ab und an auf, mal in Form eines Seufzers, mal in einer Wendung wie »Sic transit gloria mundi«, gelegentlich in einem seiner späten Mantras, in das manche Erzählung mündete: »Altwerden ist scheiße.« Mal verband sich dieser Satz mit einer Schilderung eines Gebrechens, gelegentlich auch war es auf eine Weise dahingesagt, die nicht erkennen ließ, woran er dachte. Oft hatte ich in solchen Momenten auch keine Lust, nachzufragen. Vermutlich führten zu dieser Einsicht auch Erlebnisse wie jenes im Sommer vor seinem Tod.

Er machte Pläne für eine Reise, hatte aber noch niemanden gefunden, der ihn begleiten wollte. Karla war für Strandurlaube nicht zu begeistern. Er erzählte einer jungen Frau davon, die er schon lange kannte und die sein Pferd ab und an ausritt und im Laufe ihres Gesprächs fragte er sie, ob sie nicht Lust habe, mitzukommen. Sie wolle es sich überlegen, antwortete sie. Als er ein paar Tage später nachfragte, lachte sie nur und sagte, sie habe das für einen Spaß gehalten, nein, das könne doch nicht sein Ernst sein, sie und ein alter Mann gemeinsam im Urlaub. Es war sein Ernst gewesen, natürlich. Das war ihm noch nie passiert, dass man ihm das so ins Gesicht sagte.

Sicher, er war ein alter Mann, doch bisher gelang es ihm noch immer spielend, einen Altersunterschied von ein paar Jahrzehnten mit Humor, Charme und Souveränität zu überspielen. Für einen Flirt unter Reitern oder einen lustigen Abend genügte es allemal. Diese Abfuhr traf ihn. Es kränkte seine männliche Eitelkeit, dass eine jüngere Frau in ihm etwas anders sah als er selbst. Er war doch kein alter Trottel.

Ausdruck fand seine Melancholie auch in einer Verhaltensweise, auf die ich in einer Reihe von Briefen stieß: er entschuldigte sich. Dafür, dass er Briefe nicht beantwortete, auf Ansagen auf dem Anrufbeantworter nicht reagierte, nicht, wie versprochen, zurückrief oder einfach gar nichts mehr von sich hören ließ.

Egal, ob ihm Urlaubsbekanntschaften, alte Freundinnen und Kolleginnen schrieben, aus nahezu allen Briefen ist Bedauern herauszulesen, in manchen Enttäuschung und auch Verärgerung darüber, dass er seinen überschwänglichen Einladungen, den in Aussicht gestellten Treffen und Telefonaten häufig nichts folgen ließ, außer einer gelegentlichen, wohl gelaunten, aber unverbindlichen Postkarte. In seinen Antworten legte er sich mächtig ins Zeug, das verspielte Vertrauen wiederzugewinnen und bot seinen ganzen Charme auf. Meist endeten diese Briefe damit, dass man sich nun aber endlich sehen müsse.

Einer Kollegin aus Hamburg, deren Name mir nichts weiter sagte, schrieb er etwa: »… ich bin bestürzt darüber, dass ich einen so wichtigen Brief mit Ihrer Telefonnummer offensichtlich nicht bekommen habe, sonst hätte ich doch sofort angerufen, mich gemeldet und bedankt! Wie das passieren konnte ist mir ein Rätsel. Hier ist ja sonst niemand außer mir, der die Post in Empfang nehmen und verschlampen könnte. Aber um die Weihnachtszeit ist hier noch so allerhand verloren gegangen. Die Post, darauf angesprochen, meint, das sei normal, dass ab und an bei dem chronischen Personalmangel mal was verloren geht. Und nachforschen könne man ohnehin nur bei Einschreiben oder Geldsendungen.

Also: Hätten Sie Lust, mir Ihre Telefonnummer noch einmal zu schreiben oder auch unter der oben genannten Nummer durchzutelefonieren? Sollte ich nicht daheim sein – und ich bin ja sehr viel unterwegs, läuft ein Tonband und das nimmt auch gern jedwede liebe Botschaft auf.

… und wenn Sie wirklich nach München kommen: Bitte rechtzeitig ein Aviso, damit ich auch wirklich in der Stadt bin und Ihnen meine Aufwartung machen kann – so nennt man das wohl. Wie auch immer: ich freue mich sehr darauf, von Ihnen zu hören, per Brief, per Telefon oder auch ganz direkt!« Sie antwortete mit zwei weiteren Briefen, die darauf schließen lassen, dass es weder zu einem Telefonat noch zu einem Treffen kam.

Aufrichtiges Desinteresse und der Drang nach Unabhängigkeit, abgewandtes Einsiedlertum und Rührung darüber, wie sehr sich da jemand um ihn bemühte, vermengten sich in solchen Briefen zu einer nicht leicht durchschaubaren Haltung. Mir fiel ein, was meine Mutter oft erzählte aus der Zeit, in der sie zusammenlebten. Da sei er, wenn abends Freunde zu Besuch waren, lange bevor der Erste daran dachte zu gehen, unvermittelt aufgestanden, habe die Fenster geöffnet und so ausführlich und penetrant gelüftet, bis alle verstanden hatten und sich verabschiedeten. Der Zeitpunkt, an dem er zu viel hatte von Gesellschaft und Gesprächen, er nur noch allein sein und seine Ruhe haben wollte, war schnell erreicht.

Auch viele unserer Familientreffen liefen nach diesem Muster ab: Sobald alle gemeinsam um den Tisch saßen, begann etwas, das aus der Ferne betrachtet wie eine lebhafte Unterhaltung ausgesehen haben mag, genau genommen aber ein willkürliches Durcheinander war von Anspielungen, Witzen, Spitzen und Provokationen, verschluckten Antworten und unvollendeten Sätzen und immer wieder erzählten Anekdoten und Weisheiten. Kommentare zu Schlagzeilen und Fernsehshows und Buchtipps meiner Mutter lösten einander ab, verwoben sich übergangslos mit kurzen Erzählungen aus der Schule, meiner Redaktion und Freunden meiner Schwester. Geschichten wurden begonnen, gerade so wie sie einem in den Sinn kamen, ohne Rücksicht darauf, ob ein anderer fertig war mit seiner Erzählung oder gerade ansetzen wollte, noch etwas zu sagen. Es wurde unterbrochen, abgewürgt, nicht zu Ende erzählt und vieles falsch verstanden.

Manchmal löste eine Bemerkung einen Streit aus, der dem Treffen immerhin ein Gesicht gab. Diese Zusammenkünfte folgten Gesetzmäßigkeiten, aus denen es kein Entkommen gab. Immer wieder mal hatte ich versucht, dagegenzuhalten und die eingeübten Muster zu durchbrechen. Und doch schien das die einzig mögliche Art und Weise, gemeinsam um einen Tisch zu sitzen und sich zu unterhalten.

Das Tempo und die Atemlosigkeit dieser Runden gingen darauf zurück, dass jeder am Tisch wusste, dass mein Vater als Erster gehen würde. Nach zwei, spätestens drei Stunden verabschiedete er sich, einen Vorwand hatte er immer parat. Das Pferd musste gefüttert, der Hund spazieren geführt werden, die Straßen drohten, zu vereisen, manchmal wollte er einfach nur zu Hause sein, ehe die Dunkelheit hereinbrach. Sobald er aus der Tür war, machte sich Erschöpfung breit. Nach und nach kam jeder zu Wort, wer mochte, erzählte seine vor Stunden begonnene Geschichte zu Ende und es wurde besprochen, was zuvor geredet wurde. Am Ende war jeder mehr oder weniger enttäuscht, einzig meine Mutter war jedes Mal in ihrem Element.

Von heute aus betrachtet denke ich, die Halbdistanz war die Entfernung, in der er sich anderen Menschen gegenüber am wohlsten fühlte, vielleicht auch am sichersten. Sie bot ausreichend Abstand, um nicht verstrickt zu werden in das Leben anderer, gerade noch genug Nähe, um in Kontakt zu bleiben und selbst zu bestimmen, ob und wann er ihn intensivieren möchte. Es war ein Zug, der im Alter offenbar stärker wurde, jedenfalls stammen die meisten dieser Briefwechsel aus den letzten Jahren. Er sah es wohl als ein Privileg des Alters an, Erwartungen nicht mehr entsprechen zu müssen.

Vorhanden war diese Haltung auch schon früher, zwei Briefe von Freunden zeugen davon, sie stammen aus den frühen achtziger Jahren. Beide kündigen ihm aufgrund genau jenes Verhaltens, des Hinhaltens, des Vertröstens, des Nichtzusprechenseins, ihre Freundschaft. Es ist wohl kein Zufall, dass es sich bei den beiden um Männer handelte. Bei Frauen fanden seine gewinnende Stimme, seine wärmenden Worte und sein Charme meist Verständnis und Gnade.

Ein Freund erzählte mir, dass er Freunde und Kollegen von früher nicht mehr treffen wollte, aus Scham über die Form seines Körpers. Nicht, dass er fürchtete, dass man ihn nicht mehr erkennen, aber doch, dass ein Treffen das Bild, das andere, Frauen vor allem, sich von ihm gemacht hatten, beschädigen würde. Lieber brillierte er am Telefon, stellte eine Verabredung in Aussicht, verschob sie aus vermeintlich triftigen Gründen, weil er so viel zu tun habe, und zeichnete nebenbei ein Bild von sich und seinem Leben, das ihm längst nicht mehr entsprach.

Ein paar Wochen nach seinem Tod traf ich eine Bekannte von ihm. Ich kannte sie nur dem Namen nach und aus einigen Erzählungen. In den 50er Jahren hatten sie sich in München kennengelernt, waren eine Weile gut befreundet, verloren sich aus den Augen, irgendwann in den 80er oder 90er Jahren nahm sie den Kontakt wieder auf. Ich besuchte sie zu Hause, sie wollte alles über seinen Tod wissen und erzählte den Beginn ihrer gemeinsamen Geschichte. Es sei lange her gewesen, dass sie sich gesehen hatten, in den letzten Jahren, sagte sie, telefonierten sie fast nur noch. Er sei ja kaum in München gewesen, immer habe er nach Berlin müssen.

»Nach Berlin«, sagte ich und setzte die Betonung so, dass man es als Wiederholung, aber auch als Frage verstehen konnte.

»Ja, er musste dort doch immer synchronisieren. Und dann immer diese Fahrten nach Köln, zu RTL. Und wenn er mal hier war, dann verbrachte er viel Zeit in Unterföhring.«

»In Unterföhring«, unterbrach ich sie.

»Ja«, sagte sie, »er kümmerte sich dort doch um die sprachliche Nachbearbeitung der *Tatorte*. Immer, wenn wir telefonierten, habe ich ihm gesagt, dass er sich zu viel zumute, dass er kürzertreten und weniger arbeiten solle.«

Nichts davon stimmte, doch ich beließ sie in ihrem Glauben. Sie verehrte ihn und vielleicht, dachte ich, gerade dafür, dass er so viel unterwegs war, einen agilen Eindruck machte und am Telefon so schöne Geschichten zu erzählen wusste.

Mir fielen Gespräche ein, in denen er sich ausführlich danach erkundigte, wie es aussehe in der Friedrichstraße, im Borchardt, im Einstein und all den anderen Berliner Lokalen. Er ließ sich alles genau beschreiben und nun ahnte ich, weshalb: er benötigte Stoff, um seine imaginären Berlinreisen auszuschmücken. Ich kann mir gut vorstellen, wie er sein Zeitschriftenwissen mit eigenen Erinnerungen an das Berlin der 60er Jahre und ein paar aktuellen Details, die ich ihm lieferte, zu hübschen, schillernden Geschichten zusammenrührte.

Als ich ging, fragte sie mich: »Wissen Sie eigentlich, was genau er immer in London gemacht hat? Er erzählte immer was von den Universal-Studios.«

»Nein«, log ich, »aber vielleicht weiß es meine Schwester.«

Ich blätterte weiter und stieß auf etliche Befunde verschiedener Ärzte. Von »chronischer Innenmeniskopathie« mit muzinösen Degenerationen war da die Rede, von einer Nabelhernie, von peripheren Beinödemen, Fibroepitheliom, Arteriosklerose und »vereinzelten Rasselgeräuschen in der Lunge«, von »erheblicher Adipositas«. Sein Body-Mass-Index betrug zuletzt 36, bei 25 beginnt das Übergewicht.

Seinen Klagen ließen sich nun die Diagnosen der Ärzte, die Daten von Blutdruckmessgeräten, Ergometern und EKGs gegenüberstellen. Ich las sie wie das Manuskript zu einer Rede, glich ab, an welchen Stellen das gesprochene Wort sich vom geschriebenen unterschied. Manches hatte er exakt so wiedergegeben, wie die

Ärzte es diagnostizierten, manchmal hatte er übertrieben, und manchmal, auch diese Einschätzung bestätigte sich, hatten wir ihn einfach nicht ernst genommen.

Einige Ordner weiter, Ende der achtziger Jahre, fand ich die Kopie eines Formulars, das überschrieben war mit »Antrag nach dem Schwerbehindertengesetz«. Ich erinnerte mich. Er zeigte mir einmal stolz und mit einem Lachen seinen Ausweis, der ihn tatsächlich als Schwerbehinderten auswies. Ich fand das damals geschmacklos, unwürdig, auch unsportlich; freiwillig, ohne Not dieses Etikett anzustreben. Vermutlich erhoffte er sich eine Vergünstigung davon, ich weiß bis heute nicht, welche. Eine Behindertenrente jedenfalls bezog er nicht. Er war wohl ein wenig enttäuscht, dass mich diese Finte nicht genauso amüsierte wie ihn. Sein Freund Walter konnte darüber sicher genauso lachen wie er. Bis er anerkannt war, dauerte es ein ganze Weile und es bedeutete einigen Aufwand, von mehreren Ärzten Gutachten einzuholen, doch offenbar empfand er Genugtuung, die Bürokratie mit ihren eigenen Mitteln ad absurdum zu führen. Mehr als jeder materielle Vorteil reizte ihn der Gewinn einer zusätzlichen Rolle. Falls es ihm opportun erschien, konnte er fortan den Schwerbehinderten geben und Nachsicht einfordern. Ich erinnere mich nicht, dass er das je ausgespielt hätte, zumindest nicht in meiner Gegenwart, allenfalls, wenn er sich mit demonstrativer Umständlichkeit von einem Stuhl erhob.

Der Ordner aus dem Jahr 1983 war prall gefüllt, er ließ sich kaum schließen, ich ahnte, weshalb. In diesem Jahr hatten sich mein Vater und seine zweite Frau getrennt. Er enthielt die komplette Scheidungskorrespondenz.

Ich war mir sicher, zumindest hoffte ich es, dass ich in den Papieren und Schriftwechseln der Anwälte eine Antwort darauf finden würde, weshalb diese Ehe auf einmal so unerwartet zu Ende gegangen war. Nichts hatte darauf hingedeutet, meine Schwester und ich erfuhren erst davon, als es beschlossene Sache war, ein paar Wochen später schon zog er aus. Weshalb, wir wussten es nicht, er sagte dazu auch nichts.

Im Grunde spielte es auch keine große Rolle. Ehen gehen eben auseinander, die zweiten wie die ersten, die einen früher, die anderen später. Mir tat er leid damals, weil ihm anzumerken war, wie nahe es ihm ging, auch wenn er sich noch so sehr mühte, die Contenance zu wahren.

Später habe ich ihn einige Male danach gefragt, doch egal ob meine Schwester dabei oder ich alleine mit ihm war, die Antwort blieb immer dieselbe: er wisse es selbst nicht. Er wisse nicht, weshalb sie ihn auf einmal nicht mehr leiden könne, was sie gegen ihn habe, warum auf einmal zu Ende gegangen sei, was immerhin zehn Jahre lang gewährt hatte. Schleierhaft war ein Wort, das er an dieser Stelle oft gebrauchte. Es sei ihm schleierhaft, warum. Das letzte Mal hörte ich ihn das ein paar Wochen vor seinem Tod sagen. Verbunden war damit die Beteuerung, er wüsste es selbst gerne und auch wenn ich nachbohrte, er müsse doch zumindest eine These haben, einen Verdacht, womit es zusammenhängen könne, war nicht mehr zu hören als: Nein, er wisse es nicht. Einmal, Jahre später, unternahm er wohl einen Anlauf, mit ihr ein klärendes Gespräch zu führen, doch es kam nicht zustande, sie reagierte nicht darauf. So erzählte er es jedenfalls.

Wie kann es sein, dass ein Mann nicht weiß, weshalb er verlassen wird? Gab es da etwas, was er sich nicht eingestehen wollte, was er nicht wahrhaben wollte? Saß sein Schmerz darüber so tief, dass er außerstande war, etwas anderes als eine zur Floskel erstarrte Antwort zu geben? Oder war etwas vorgefallen, worüber beide, weder er noch sie, sprechen konnten?

Es blieb ein Rätsel. Meine Schwester und ich griffen diese Frage immer mal wieder auf, und im Laufe der Zeit entwickelten wir unsere eigenen Theorien. Ich war gespannt und ungeduldig, zu erfahren, ob sich zumindest ein Hinweis darauf in den Unterlagen finden würde.

Besonders bedauert habe ich ihre Trennung damals nicht. Für mich war damit ein Kapitel beendet, dem ich einige sehr schöne Erinnerungen verdanke, aber auch blöde und demütigende Momente, in denen mein Vater mir vollkommen fremd war und ich ihn nicht wiedererkannte. Ich empfand es als würdelos, in welche Lage er sich und auch mich brachte. Sechs oder sieben war ich, als er bei uns zu Hause auszog. Als sie heirateten, gab er seinen Job auf – er war damals in der Chefredaktion von *Jasmin* –, und lebte fortan ein Leben als Ehemann einer reichen Frau. Sie war die Tochter eines Verlegers, eines Mannes, den mein Vater bewunderte, der eine Art Vorbild für ihn war, vielleicht auch eine Vaterfigur. Ein Leben, das ihm wie ein Hauptgewinn erschienen sein muss. Sie unternahmen ausgedehnte Reisen nach Südamerika und durch Afrika, kreuzten mit dem Zweimaster ihres Vaters durchs Mittelmeer, führten ein Leben zwischen toskanischer Landwirtschaft, Pferdegestüten, Rennbahn, Fischgewässern und Münchner Gesellschaftsleben. In diese Zeit fiel nicht nur die Episode vom Rinderzüchten, aufgrund irgendwelcher Verbindungen wurde er auch Vorstand einer italienischen Werft. »Ich bin jetzt Werftdirektor«, erzählte er mir einmal mit breitem Lachen, und vermutlich konnte er es selbst nicht ganz glauben, was das Leben alles für ihn bereithielt. Er ging ganz in diesem Leben auf, er genoss es, es berauschte ihn.

Als er nach drei Jahren wieder anfing zu arbeiten, zunächst als Chefredakteur von *Esquire* und zwei Jahre später zu *Vogue* wechselte, schien sein damaliges Leben vollkommen zu sein. Jedenfalls fand ich eine Reihe von Briefen von seinen Verlegern aus Amerika, die den Schluss zulassen, dass er zu ihnen ein Verhältnis hatte, das über das berufliche hinausging und nahezu immer mit einem Gruß an seine Frau endeten. Nicht schwer, sich vorzustellen, wie sehr das den Amerikanern imponierte: ein stellvertretender Chefredakteur, gebildet, mehrsprachig, mit einer reichen Frau mit Besitz in der Toskana und in Österreich, selbst Tochter eines Verlegers. Es ist wohl kein Zufall, dass diese Briefe nach der Trennung weniger wurden.

Wir verbrachten damals jedes Jahr die Sommerferien zusammen, meine besten Erinnerungen an ihn stammen aus dieser Zeit. Er war vital, kräftig, aber noch nicht dick, lustig, von enormer Energie, ein Kraftbolzen, an dessen Seite sich ein Junge von zehn, elf Jahren ziemlich sicher und selbst sehr stark fühlte. Ich fand es großartig, dass fast immer alles so geschah, wie er es wollte, dass er immer bevorzugt behandelt wurde, und wenn ihm einer dumm kam, er ihn zurechtwies. Falls nötig, wurde er laut und setzte seinen bösen Blick auf, bis sein Gegenüber sicherheitshalber einen Schritt zurückwich und ihm zugestand, wonach er verlangte.

Für mich war es natürlich aufregend, mit auf die Pferderennbahn und zum Fliegenfischen zu gehen oder einen Tag auf dem Segelschiff zu verbringen. Doch ich wurde nie den Eindruck los, dass er, so gut er die Rollen, die sich aus dieser Ehe ergaben, auch ausfüllte, selbst nur Gast war in diesem Leben, das ihm ebenso stand und gut aussehen ließ wie seine Maßanzüge, das aber doch nicht seines war. Wann immer er mich abholte, legte er Wert darauf, dass meine Mutter meine besten Sachen bereithielt, ich vorzeigbar war, als sorge er sich, sein Sohn könne den Ansprüchen des Millionärshaushalts nicht genügen, bei Tisch das falsche Messer benutzen, oder sich sonstwie danebenbenehmen. Immer wieder ging ich hin, natürlich, weil ich meinen Vater sehen wollte, aber sobald ich da war, war ich froh, wenn ich wieder nach Hause konnte.

Saßen noch Gäste mit am Tisch, bekam ich vorher oft noch Anweisungen, wer auf welche Weise zu begrüßen sei, wo ich sitzen soll und wann ich aufzustehen habe. Ein steifes, verkrampftes

Schauspiel und mittendrin mein Vater, der hübsch mitspielte in dieser bizarren Aufführung, die Gäste unterhielt, nachschenkte und mit Sorgenmiene achtgab, dass mir kein Fauxpas unterlief. Es war fürchterlich.

Ich verstand nie, warum er sich das antat. So war er nicht, so kannte ich ihn nicht und ich wollte auch nicht, dass er nun so wurde. So bedeutete es für mich keinen Verlust, als ihre Ehe auseinanderging. Für ihn schien es der Vertreibung aus dem Paradies gleichzukommen. Wie es dazu kam, hoffte ich nun zu erfahren.

In den Schreiben der Anwälte fand sich nicht der geringste Hinweis auf eine Verfehlung, auf besondere Vorkommnisse, auch nichts, was die Thesen meiner Schwester und mir bestätigte, allerdings auch nicht widerlegte. Von »unüberbrückbaren Wesensverschiedenheiten« ist da die Rede, vom »Mangel an Bereitschaft, auf die Ansichten des anderen einzugehen« sowie vom »Bemühen, Ihre eigene Anschauung und Lebensform Ihrer Frau Gemahlin aufzunötigen«. Formulierungen, wie sie in Scheidungsakten wohl üblich sind und viel Raum für Interpretationen, aber kaum erkennen lassen, was die beiden tatsächlich auseinandertrieb. Nach einigem Hin und Her begannen ihre Anwälte zu verhandeln. In den Anhängen finden sich seitenlange Listen von Gegenständen, die er als die seinen reklamierte und solchen, die sie bereit war herauszugeben. Das Gefeilsche mündet in Fragen, wie der, ob ihm etwa auch ein paar »Gardinen, Rohseide, bodenlang« zustehen. Alles in allem ein recht trostloses und deprimierendes Konvolut. Was daraus hervorgeht, ist, dass sie Interesse daran hatte, das Ganze so schnell als möglich hinter sich zu bringen. Wenn ich die Unterlagen richtig verstanden habe, verzichtete er auf etliche seiner Ansprüche, was ein Hinweis wäre, dass er tatsächlich ahnungslos war und hoffte, sich auf diese Weise eine Chance für eine Rückkehr offenzuhalten. Seine Haltung, er wisse nicht, weshalb, taucht auch in den Akten auf. Er sagte seinem Anwalt also nichts anderes als uns. Selbst wenn er den wahren Grund gekannt haben sollte, so hatte er seine Entscheidung, zu behaupten, ihn nicht zu kennen, so sehr verinnerlicht, dass er davon bis an sein Lebensende nicht mehr abrückte. Sollte es tatsächlich ein Geheimnis gegeben haben, dann hat er es tief in sich vergraben.

Alle Dokumente verzeichneten seinen Geburtsnamen. Tino war nicht der Name, den ihm seine Eltern gaben. Er nannte sich Tino. Jeder kannte ihn unter diesem Namen. So stand es im Impressum der Zeitschriften, für die er arbeitete, auf seinem Briefpapier und seinen Visitenkarten. TR lautete folglich das Monogramm, das er auf seine Hemden sticken ließ und das sich auf den Kennzeichen seiner Autos wiederfand, und »Tino Reichardt« steht auch auf seinem Grabstein. Mir und meiner Schwester gegenüber machte er daraus kein großes Geheimnis, dass dies nicht sein richtiger Name war, umso mehr war ich erstaunt, dass nicht einmal Klara, mit der er zwanzig Jahre lang zusammenlebte, darum wusste. Geboren wurde er als Klaus-Dieter.

Das Bedürfnis nach einer Erklärung hatte ich nie. Er hieß eben so, fertig. Dass Tino schöner klang als Klaus-Dieter, war keine Frage. Als Kind fand ich es allenfalls lustig, wenn sich auf einer Reise die Gelegenheit bot, einen Blick in seinen Pass zu werfen und dort ein Mann abgebildet war, der aussah wie mein Vater, aber Klaus-Dieter hieß. Meistens waren wir auf dem Weg in den Süden, ans Mittelmeer, nach Italien, Frankreich oder Spanien, in Orte, an denen ein Mann, der Tino hieß, nicht als Fremder angesehen wurde. Darunter, neben Geburtsort, war zu lesen: Breslau. Klaus-Dieter und Breslau, das war ein Paar, das zusammengehörte.

Breslau schien mir damals ein Ort aus einer Welt zu sein, die es nicht mehr gab, ein Ort, der hinter einer unüberwindbaren Grenze lag, an der die Welt zu enden schien. Ein Ort, der nur in der Vergangenheit existierte und keine Gegenwart hatte. Ganz falsch war das ja nicht. Auf gebräuchlichen Landkarten war ein Ort namens

Breslau nicht zu finden, und so verhielt es sich auch mit seinem Taufnamen: Klaus-Dieter gab es ebenfalls nur in einem kleinen, grünen Reisepass. Mein Vater, das war Tino aus München, nicht Klaus-Dieter aus Breslau.

Dass in seinem Pass ein anderer Name stand, empfand ich als etwas Besonderes. Es hob ihn ab, es machte ihn interessanter, und es war ein kleines Geheimnis, in das ich eingeweiht war, und von dem kaum andere wussten. Welche anderen Väter hatten so was zu bieten? Ich kannte keinen. Die hießen tatsächlich Horst, Hermann oder Rudolf. Einen Tino zum Vater zu haben, war da bedeutend lässiger.

Ich habe ihn wohl auch ein paar Mal gefragt, was es mit dem Tino auf sich habe. Gab es einen Tino, den er kannte, war Tino eine literarische Figur, ein Idol? Hatte ihn jemand so genannt, weil er ihn an einen anderen Tino erinnerte, hatte er sich diesen Namen selbst gegeben? In seinen Antworten wich er wohl aus, denn ich erinnere mich an keine davon. Oder es war so, dass er mir jedes Mal eine andere Geschichte erzählte, und ich daraus den Schluss zog, dass keine davon stimmte. Aus irgendeinem Grund wollte er es nicht erzählen, und sei es nur, um den Nimbus des Unerklärlichen zu bewahren. So scheint mir das heute am wahrscheinlichsten. Meine Mutter jedenfalls lernte ihn bereits als Tino kennen, 1953 muss das gewesen sein, 1955 heirateten sie. Von ihr stammt die Version, dass eine frühere Freundin ihm diesen Namen gab.

Als ich die Ordner wieder verstaute, entdeckte ich einen Karton Unterlagen aus den späten 60er und frühen 70er Jahren. Arbeitsverträge, die Scheidungsvereinbarung zwischen ihm und meiner Mutter, der Austritt aus der katholischen Kirche. Ich las, wie viel er verdiente, wann er die Jobs wechselte und verglich die Jahreszahlen mit meiner Erinnerung. Im Großen und Ganzen lag ich richtig, doch es gefiel mir, wie das Vage nun der Präzision der Zahlen wich.

Zu meiner Überraschung fand ich ein Kuvert mit Unterlagen, mit denen ich gar nicht gerechnet hatte: ein Familienbuch, das eine ganze Reihe von Auszügen aus Geburtenregistern und Standesämtern enthielt. Wusste er selbst überhaupt, dass er das besaß? Die Geschichte seiner Vorfahren hatte ihn nie interessiert, und so lässt sich das Wenige, was ich über seine Familie wusste, in ein paar Sätzen zusammenfassen.

Ein paar Mal zeigte er Fotos, auf denen sein Vater zu sehen war. Ein gütig dreinschauender, weißhaariger alter Mann mit einem breiten Schädel. Er starb 1958, meine Schwester hat ihn vielleicht noch zu Gesicht bekommen. So ziemlich das Einzige, was mein Vater mir über ihn erzählte, war, dass er Baumeister war. Jedenfalls ist mir das in Erinnerung, vermutlich habe ich es mir gemerkt, weil Baumeister ein so schöner, barocker Begriff ist. Mein Großvater, der Baumeister. In den Unterlagen fand ich noch andere Bezeichnungen. Ein paar Mal taucht der Begriff Architekt auf, einmal las ich auch Maurermeister, öfter Kaufmann. Es könnte also sein, dass er als Maurer begonnen hat, Meister wurde, sich Baumeister nennen durfte und später das modernere Wort Architekt benutzte und nebenbei oder später mit Baustoffen handelte. So könnte es gewesen sein.

Ich nehme an, mein Vater hätte mehr über ihn erzählt, wäre ihr Verhältnis inniger gewesen. Offenbar war das nicht der Fall, ich kann mich jedenfalls nicht erinnern, dass er seinen Vater jemals erwähnte oder sich auf ihn berief.

Über die Mutter meines Vaters weiß ich nur, dass sie früh gestorben ist. Mal hieß es, er sei drei gewesen, mal war er vierzehn bei ihrem Tod. Er erzählte es mal so, mal so. Meine Schwester kannte auch die Version, sie sei bei seiner Geburt gestorben. Wahrscheinlich war sie auf einem dieser braunstichigen Fotos mit Zackenrand abgebildet, die ich irgendwo schon einmal gesehen hatte, doch ich verband mit ihr, meiner Großmutter väterlicherseits, kein Gesicht, geschweige denn irgendeine Geschichte oder Eigenschaft. Außer, dass sie früh starb und ich nicht einmal ihren Namen kannte. Viel häufiger in seinen Erzählungen tauchte Tante Martha auf. Doch ob es sich bei ihr um eine echte Tante handelte oder um eine Bekannte, die diese Rolle übernahm, ich weiß es nicht.

Sein Vater heiratete ein zweites Mal, und wann immer die Sprache auf diese Frau kam – sie lebte bis in die 70er Jahre –, fielen unfreundliche Worte. Niemand schien sie leiden zu können, weder mein Vater noch sein Bruder, und wer ihr sonst einmal begegnet war, wusste nichts Angenehmes über sie zu berichten. In meiner Vorstellung war sie eine Art Familienhexe, die zum Glück nie in Erscheinung trat und ihr Unwesen in der Ferne trieb. Das ist so ziemlich alles, was ich über die Familie meines Vaters weiß.

Vor mir lagen nun vergilbte Auszüge, in Sütterlinschrift ausgefüllte Formulare. Zum ersten Mal las ich den Namen meiner Großmutter. Hedwig Luise Helene hieß sie. Geboren 1900, gestorben im August 1942 in Breslau. Da war er noch nicht ganz vierzehn. Wie kam er darauf, zu behaupten, dass er drei Jahre alt war bei ihrem Tod? Kann man vergessen, wann die eigene Mutter stirbt? Erzählte er das bewusst falsch, um sich als mutterlos Aufgewachsenen, als Halbwaisen darzustellen? Entsprach die falsche Version seinem Gefühl, nicht genug von seiner Mutter gehabt zu haben, eine gefühlte Variante der Wahrheit gewissermaßen?

Es war alles da: die Geburtsurkunde meines Vaters, die seines Bruders, die Heiratsurkunde ihrer Eltern, deren Geburtsurkunden, Auszüge aus Standesämtern, Trauregistern und Kirchenbüchern, die zurückreichten bis ins Jahr 1822. Ich las die Namen meines Großvaters, Urgroßvaters und Ururgroßvaters, allesamt respektable deutsche Vornamen: Friedrich Ernst, August Adolf, Carl August. Ich rechnete aus, wie alt sie wurden, verglich ihre Lebensdaten mit denen ihrer Frauen, studierte deren Namen und war überrascht, dass die Männer wie die Frauen über drei Generationen hinweg allesamt aus den gleichen zwei Orten stammten, die, so war aus den Siegeln der Registraturen zu schließen, demselben Kreis angehörten. Es gab also einen Ort, in dem Reichardts über mehrere Generationen lebten. Ich hatte den Namen noch nie gehört. Es musste irgendwo in Schlesien liegen.

Ich holte eine Karte, in der Hoffnung, dass die polnischen Ortsnamen den ehemals deutschen ein wenig ähneln würden, so wie Warszawa und Warschau. Ich ging von Breslau aus und suchte in immer größeren Abständen die Gegend in allen Himmelsrichtungen ab. Doch ich fand nichts. Vermutlich waren die Orte zu klein, um auf einer gewöhnlichen Straßenkarte verzeichnet zu sein. Ich gab ihre Namen in Google ein und es dauerte keine Sekunde, ehe die Fundstellen angezeigt wurden. Ich hätte auf Karten mit kleinstem Maßstab suchen können, ich hätte sie nie gefunden. Jedenfalls nicht in Schlesien. Gommern und Groß-Ottersleben liegen nämlich beide in der Nähe von Magdeburg, in Sachsen-Anhalt.

Seltsam, ich war bis zu diesem Moment fest der Überzeugung, dass die Familie meines Vaters aus Schlesien stammt. Hatte er das nicht immer erzählt? Jedenfalls hatte sich das in meinem Gedächtnis so festgesetzt, und das war ja insofern nicht verkehrt, als er dort geboren war und dort aufwuchs. Doch ich habe das immer so verstanden, dass die Familie ursprünglich von dort stammt und dort ihre Wurzeln hat.

Aber ist man Schlesier, nur weil man dort geboren ist? Ist es nicht eher so, dass man sagt »Ich bin Bayer«, oder »Ich bin Berliner«, wenn zumindest auch die Eltern von dort kommen und man ein paar regionale Eigenheiten angenommen hat und die Sprache von einem Dialekt gefärbt ist? Ich war mir immer ganz sicher, dass die wuchtigen Schädel mit der hohen Stirn meines Großvaters, meines Vaters und auch seines Bruders eine schlesische Eigenart seien. Und wenn mal das Gespräch darauf kam, woher die Eltern stammen, hatte ich es immer selbst so weitererzählt. »Meine Mutter«, sagte ich dann, »kommt aus dem Bayerischen Wald und mein Vater aus Schlesien«, und schob gleich hinterher, um gar nicht erst den Verdacht aufkommen zu lassen, er könne etwas mit den

Menschen zu tun haben, die an Pfingsten in sonderbaren Trachten im Fernsehen zu sehen waren oder sich in Vertriebenenverbänden wohlfühlten: »Aber er lebt schon ewig in Bayern.«

Offenbar war es also so, dass sein Vater ein Jahr vor seiner Geburt zusammen mit seiner Frau und seinem ersten Sohn aus dem kleinen sächsischen Ort nach Breslau zog, mein Vater dort geboren wurde und dort seine Kinder- und Jugendjahre verbrachte, bis er eingezogen wurde.

Immerhin verstand ich nun, was es mit der Geschichte auf sich hatte, als er und sein Bruder Mitte, Ende der siebziger Jahre, ihren Verzicht auf ein Haus in der Nähe von Magdeburg erklärten. Ich hatte damals ein Gespräch mitbekommen, aber nicht begriffen, was die beiden mit dieser Gegend verbunden haben sollte, nur dass es irgendwie mit Verwandtschaft zusammenhing. Offenbar handelte es sich um das Haus ihrer Eltern.

Unter all den Papieren fand ich auch seinen Taufschein. Er war getauft, natürlich. Aber nicht katholisch, wie ich immer dachte, weil ich davon ausging, dass er einer schlesischen und damit höchstwahrscheinlich katholischen Familie entstammte, sondern evangelisch.

Ich dachte an die Beerdigung und das Gespräch mit dem Pfarrer. Damals war ich der Ansicht, ich hätte nur insofern ein wenig an der Wahrheit vorbeigeredet, indem ich verschwieg, dass er aus der Kirche ausgetreten sei. Nun kam hinzu, dass er gar nicht katholisch war. Wobei auch das nicht ganz stimmte, denn vorübergehend war er auch katholisch. Kurz vor der Hochzeit mit meiner Mutter ließ er sich katholisch taufen, wohl um meine Mutter kirchlich heiraten zu können. Auch diesen Taufschein fand ich. Zusätzlich nahm er damals noch den Namen Joseph an. Klaus Dieter Joseph Reichardt, so steht es in seinem katholischen Taufschein. Kurz nach der Scheidung trat er dann aus der Kirche aus. Und wurde Jahrzehnte später unter falschen Vorwand auf einem katholischen Friedhof beerdigt.

# Der Koffer

In meinem Kabuff unterm Dach standen nun noch jede Menge Kisten mit Fotos, Dias aus den späten siebziger Jahren, die während Reisen Ende der siebziger Jahre durch Afrika, Brasilien und Mexiko entstanden, sowie die orangeroten Tüten mit den Abzügen. Was sich in der Schlafzimmerkommode befand, hatte ich durchgesehen und in schwarze Kisten sortiert: die einen enthielten Papiere, die anderen Fotos, zwei weitere allerlei Kram und Erinnerungsstücke. Doch keine Manuskripte und keine Aufzeichnungen. Jetzt blieb nur noch der Keller. Alles, was in seinem gelagert hatte, hatte ich damals ohne ein Blick darauf zu werfen, in den meinen verstaut. Darunter auch einen alten Koffer. Einer von der Sorte, wie man sie von Fotografien aus den 50er Jahren kennt: braune Pappe, etwas schäbig und abgenutzt, übersät von zahlreichen Aufklebern, die davon erzählten, in welche Orte und Hotels sie ihre Besitzer bereits begleitet hatten.

Einmal hatte ich ihn bereits in meine Wohnung hoch geschleppt. Dort stand er eine Weile, aber ich spürte nie recht das Verlangen, ihn zu öffnen, was an dem Mief gelegen haben mag, der von ihm ausging. Zudem waren die Verschlüsse eingerostet. Irgendwann schleppte ich ihn ungeöffnet wieder zurück. Ein Fehler, wie sich herausstellen sollte.

Anstatt ihn auf den eigens ausgelegten Holzpaletten zu lagern, die ihn vor Feuchtigkeit und Nässe bewahren sollten, stellte ich ihn auf dem Kellerboden ab. Schon beim Anheben merkte ich, dass er keine allzu große Stabilität mehr besaß und es kam einem

Wunder gleich, dass nicht schon beim Weg vom Keller hinauf ins Dachgeschoss der Boden durchbrach und alles hinausstürzte.

Mit Hilfe eines Schraubenziehers knackte ich die Schließen. Als sie aufsprangen, fiel mein Blick auf das Desaster, das meine Unachtsamkeit angerichtet hatte: Schimmel hatte sich vom Boden her zu Fotos durchgefressen, manche erfasst, manche bereits zerstört. Alles Papierene war weich, feucht und gewellt und sobald ich etwas in die Hand nahm, war zu spüren, wie es sich mit Nässe voll gesogen hatte. Doch schien nicht alles zerstört zu sein. Ein paar Tage lang ließ ich den Koffer trocknen, ehe ich mich daranmachte, mir alles genauer anzusehen.

Ein paar Augenblicke genügten, um Gewissheit zu bekommen, dass es sich bei diesem Koffer wiederum um eine Zeitkapsel handelte: er enthielt Fotos, Dokumente, Straßenkarten, Zeitungsausschnitte, Briefe aus den frühen 50er Jahren, der Zeit, in der er in München seine erste Wohnung bezog, begann, als Reporter zu arbeiten, ein Stipendium für eine amerikanische Universität erhielt, durch die USA reiste, zurückkehrte und meine Mutter kennenlernte.

Das wenige, was ich über meinen Vater aus dieser Zeit weiß, stammt von ihr. Im Gegensatz zu ihm hatte sie ihre Erinnerungen an ihre Jugend und ihre Eltern nie versiegelt. Im Gegenteil, schon als Jugendlicher hatte ich den Eindruck, dass sie ein wichtiger Teil ihres Lebens waren und so war ich imstande, ihren Lebensweg zumindest in groben Zügen von Kindesbeinen an nachzuzeichnen. Richtig Farbe bekommen ihre Erzählungen Ende der 40er, Anfang der 50er Jahre, sie handeln von einem aufregenden Leben zwischen bescheidenen Schwabinger Zimmern zur Untermiete, wegweisenden Vorlesungen bis heute verehrter Professoren und ausschweifenden Festen, alles nur ein paar Straßen entfernt von dort, wo ich heute wohne. Das Bild meiner Mutter in dieser Zeit besitzt deutlich mehr Facetten als das meines Vaters.

Seine Geschichte dagegen begann in meiner Vorstellung erst

in dieser Zeit, den frühen 50ern. Die Zeit davor, seine Kindheit in Breslau, der Krieg, die zweite Hälfte der vierziger Jahre, erschien mir wie ein Prolog, der seinem Leben vorangestellt, aber nicht Teil davon war. Eigenartig, denn in seinen Erzählungen schlug sich diese Zeit kaum nieder, ein paar Anekdoten, nicht mehr. Dabei war an Stoff wahrlich kein Mangel, diese Jahre schienen sein Leben entscheidend geprägt zu haben. Mit Elan stürzte er sich in ein neues Leben, suchte Abenteuer, feierte erste Erfolge, schuf die Grundlagen für sein späteres Leben.

Woran lag seine Zurückhaltung? Nur daran, dass er sich für das Vergangene nie so recht zu interessieren schien? Nicht zu denen gehören wollte, die sich im Glanz des Gestern sonnten? War es sein Lebenshunger, der ihn nur nach vorn blicken ließ, die Haltung des Journalisten, der Ausschau hält nach der nächsten Geschichte, dem nächsten Thema, die Gegenwart fixiert und die nahe Zukunft, aber nicht, was gestern war?

Meine Vorstellung über diese Zeit bestimmen Bilder aus Zeitschriften, Filmen und Büchern, die eine Art Kulisse bilden, in die ich eine zurückgerechnete Version meines Vaters einsetze wie eine Spielfigur.

Genau genommen fallen mir nach längerem Überlegen drei Geschichten ein. Die Geschichte, wie sich meine Eltern kennenlernten. Das erste Mal begegneten sie sich angeblich auf dem Rücksitz eines roten Porsche. Er gehörte einem Bekannten meines Vaters – wer er war, wie er hieß: keine Ahnung –, sie waren unterwegs zu einem Faschingsfest. Unterwegs holten sie zwei Freundinnen ab, eine davon war meine Mutter. Der Enge wegen nahm sie auf den Knien meines Vaters Platz. Ein paar Mal habe ich sie von meiner Mutter gehört und ich glaube, mindestens einmal auch in Gegenwart meines Vaters, der sie bestätigte und vermutlich noch ein wenig ausschmückte.

Die Geschichte von meinem Vater und Klaus Kinski: Sie hat

keinen Anfang und kein Ende, sie dreht sich einfach nur darum, dass Kinski und er sich nachts in oder vor einem Lokal geprügelt haben. Ich glaube, es ging um eine Frau, jedenfalls würde so eine Geschichte daraus. Ob und wie gut er Kinski kannte, ob sie sich davor schon mal begegnet waren, ob sie Stammgäste im gleichen Lokal waren oder ob das eine zufällige Begegnung zweier Männer Anfang 20 in einer Kneipe war, in deren Verlauf der eine sich vielleicht zu sehr für die Begleitung des anderen interessierte, ich weiß es nicht. Kinski als einen aus Leidenschaft Tobenden sich vorzustellen, fällt ja nicht schwer. Meinen Vater Fäuste schwingend, schlagend, vielleicht blutend und mit blauem Auge, dazu gehört schon einige Fantasie, auch wenn es ihm an Jähzorn nicht mangelte. Eingegraben in meine Erinnerung hat sich jedenfalls der Satz: »Als ich mich mit Klaus Kinski prügelte.«

Die Geschichte, als mein Vater mit Hilde Knef verschwand. Sie spielt in der Zeit, als meine Eltern sich bereits kannten und ein Paar, aber noch nicht verheiratet waren. Ich habe sie einige Male von meiner Mutter gehört, doch so, wie sie es erzählte, nie von ihm. Sicher erwähnte er mal, dass er sie kannte, aber recht viel mehr außer einem verklärten Lächeln war ihm nicht zu entlocken. Vielleicht noch, dass sie eine sehr schöne Frau gewesen sei.

Vermutlich hatte er sie als Reporter kennengelernt, sie interviewt und porträtiert. Jedenfalls, erzählt meine Mutter, sei er eines Tages mit ihr verschwunden, mehrere Tage lang. Sie habe ein imposantes Auto gefahren, von dem sie glaubt, dass es ihn fast genauso beeindruckt habe wie die Knef selbst. Sie hatte damals wohl das Gefühl, alles stehe auf dem Spiel und fürchtete, er käme nicht zurück zu ihr.

Möglich, dass mir auf bestimmte Reize und Stichworte hin die eine oder andere weitere Geschichte einfällt, doch diese drei sind es, die sich eingeprägt haben aus seinen 50er Jahren. Weshalb gerade diese? Weil die Kombination aus Frauen, Autos und berühmten Namen die stärksten Schlüsselreize abgeben? Hat er sie einfach öfter erzählt als andere? Oder haben diese Geschichten einen Platz in meinem Gedächtnis gefunden, weil sich an sie die Frage anschließt, wie es hätte kommen können, wenn die Mutter sich für den anderen entschieden hätte, der später Professor in Chicago wurde, oder der Vater bei seiner amerikanischen Freundin geblieben wäre? Und, wie sein Bruder, vielleicht ausgewandert wäre und sie geheiratet hätte?

Amerika. Über seine Zeit dort wusste ich, dass er ein Stipendium für eine Universität hatte, Kurse in Journalismus belegte, einige Reisen unternahm, und wenn ich es richtig erinnere, spielte auch die Frau eine Rolle, die die Vorgängerin meiner Mutter war. Vor allem aber musste er dort etwas für sich entdeckt haben, was ihn überzeugte, formte und woran er glaubte.

Doch als einer meiner Freunde nach seinem Tod sagte, Tino habe für ihn immer etwas Amerikanisches verkörpert, war ich überrascht. Er meinte das Zupackende, das Pragmatische, sein Bemühen um gute Laune, das Überspielen von Konflikten, seine Entertainer-Qualitäten, sein Interesse für alles Gegenwärtige, für Trends, für Moden, seinen Lebensstil, der so gar nicht in Traditionen verhaftet zu sein schien, ganz im Gegensatz zu vielen Eltern meiner Freunde – wenn man wollte, ließen sich diese Eigenschaften als »amerikanisch« bezeichnen, ebenso wie sein Hang zu Anglizismen. Weisheiten wie »No news are good news«, »Never a dull moment« oder »A lot of shit is flying around« zählten zum Arsenal vertrauter väterlicher Kommentare. Ich hatte das nur nie so gesehen.

Doch wie lange er dort war, ein Jahr, zwei Jahre? An welcher Universität er war, wer seine Freunde dort waren, was genau ihn so sehr beeindruckte und beeinflusste, ein Dozent, die Lektüre bestimmter Bücher, Filme, die Mentalität, die Idee, im Streben nach Glück ein Lebensziel zu sehen? Ich konnte es nicht sagen.

Mit seiner Amerikazeit verbindet sich noch eine in unserer Familie immer wieder gern erzählte Geschichte, ein Standard im Repertoire der Familenlegenden sozusagen. Demnach wollte mein Vater meine Schwester ursprünglich Arizona November nennen, in Gedenken an eine seiner Reisen und den Umstand, dass ihre Geburt für Anfang November vorgesehen war. Meine Mutter verhinderte das, und so wurde aus ihr eine Sabine Julia Maria. Doch was genau ihn an Arizona so sehr faszinierte? Selbst meine Schwester weiß es nicht.

Ich sah mir den Koffer genauer an. Es war wohl der, mit dem er damals in Amerika unterwegs war. Die vergilbten Aufkleber gaben eine Ahnung von seiner Reise: Hilton Hotel El Paso, Texas; Hollywood, Los Angeles, California; The Atlanta Hotel, Atlanta; Hotel New Orleans, New Orleans; Golden Gate Bridge, San Francisco; Pioneer Hotel, Tucson, Arizona; Sun Valley, Idaho; Hotel Empire, New York; Santa Monica, California; Hotel Capitain, irgendwo in Texas; Universitatis Wisconiensis; ein Adressenaufkleber von Greyhound, er gab an: Tino C. Reychardt, 686 North Henry Street, Madison/Wisconsin;

Aus den Unterlagen ließen sich die Umstände seiner Reise leicht zusammensetzen. Von September 1950 an verbrachte er ein Jahr an der School of Journalism University of Wisconsin. Auf Empfehlung eines amerikanischen Presse-Offiziers hatte er eines von drei Stipendien für junge deutsche Journalisten erhalten. Zuvor arbeitete er in München als Reporter für *Heute*, eine von den Amerikanern herausgegebene Tageszeitung. Das Stipendium sah offenbar auch Zeit und Geld für Reisen vor, jedenfalls geht aus den Papieren hervor, dass er insbesondere im Dezember 1950 von Wisconsin aus nach Kalifornien fuhr. Er schloss die zehn Monate Studium mit einem Bachelor of Arts ab und schrieb eine Abschlussarbeit zum Thema: »*Thomas Paine, das demokratische Ideal seiner Zeit – als Zeuge des Doppelgesichts der amerikanischen Revolution in der staatsrechtlichen Auseinandersetzung zwischen Mutterland und Kolonien.«* Möglich, dass er, sofern das Geld reichte, anschließend noch ein paar Monate blieb, Ende 1951 jedenfalls begann er als Redakteur bei der *Münchner Illustrierten.*

Von seiner Verfassung, seiner Haltung, seinem Selbstverständnis erzählen einige Briefe, auf brüchigem, Porto sparendem Luftpostpapier. Sie zeigten ihn in Rollen, in denen ich ihn nicht kannte, nicht kennen konnte: als Freund, als Geliebten, als Bruder und als Sohn.

Mein Vater als Freund. Kurts Name war mir vertraut, doch ich habe ihn nie kennengelernt, er starb recht früh. Kurt war Fotograf, er und mein Vater hatten zusammengearbeitet und waren gute Freunde, das wusste ich. Was ich erst jetzt aus drei Briefen erfuhr, die Kurt nach Madison schickte, war, dass sie ein Reporterteam bildeten, der eine schrieb, der andere fotografierte. Sie hatten sich offenbar bei *Heute* kennengelernt, erfolgreich einige Geschichten zusammen recherchiert und einen Haufen Pläne für die Zeit nach seiner Rückkehr gehabt.

Kurt schien Tino als Autor sehr geschätzt zu haben, in jedem Brief betont er, wie sehr ihn und andere seine ausführlichen Schilderungen aus Amerika amüsiert haben –»Du Armer in diesem Meer von schwarzen Witwen und bösen Schildkröten!« –, und schlägt ihm vor, seine Briefe »literarisch zu bündeln« und zu veröffentlichen. Kurt schreibt, *Life* habe Interesse an einer ihrer Reportagen, auch sei ihm zugetragen worden, dass Helmut Käutner, der Filmregisseur, sich nach einer ihrer Geschichten erkundigt habe, eventuell böte sie Stoff für ein Drehbuch. Immer wieder geht es auch um ein lukratives Angebot, das Kurt in der Zwischenzeit erhalten hat, vier Wochen lang für eine Reportagenreihe nach Italien zu fahren. Er ist unsicher, wie er reagieren soll, er möchte die Gelegenheit nicht verstreichen lassen, doch auf keinen Fall will er ohne Tino und mit einem anderen Reporter losziehen. Tinos Antwort fiel offenbar arg dünnhäutig und beleidigt aus, trotz aller Beteuerungen fürchtete er den Verrat seines Freundes, das Ende ihrer Zusammenarbeit, ihrer gemeinsamen Zukunft und vermutlich auch das ihrer Freundschaft. Es ist bewegend zu lesen, wie Kurt bemüht ist, seine Befürchtungen zu zerstreuen und zugleich selbst fürchtet, Tino könne abtrünnig werden, nicht mehr zurückkehren und in Amerika bleiben. Offenbar hatte er das in einem seiner Briefe in Erwägung gezogen. Ich musste lächeln, als ich den Satz las: »Ich freue mich ja so ehrlich, dass du wenigstens im Gefahrenwittern so genau derselbe geblieben bist!« Gefahren wittern – damals also schon seine Spezialdisziplin.

Die Verbindung zwischen den beiden muss innig gewesen sein, die drei Briefe zeugen von einer tiefen Freundschaft, an die beide enorme Erwartungen knüpften. Dass er zu großen Empfindungen fähig war, zu liebevollen Umarmungen, zu Wutausbrüchen, zu ansteckendem Gelächter, das war nicht neu für mich, doch dass ein anderer, zumal ein Freund, in der Lage war, Bangen, Hoffen und auch Ängstlichkeit in ihm auszulösen, das habe ich vielleicht vermutet, aber nie erlebt.

Kurt war der beste Freund, den er je hatte, habe ich meine Mutter immer mal wieder sagen hören. Angenommen, es war so: erklärt sich daraus, dass keine seiner späteren Männerfreundschaften besonders eng war? War es eine Geste gegenüber Kurt, keinem anderen mehr diesen Platz des einen Freundes zuzugestehen? Gab dieser Verlust ihm einen Knacks und er maß der Freundschaft von da an keinen allzu hohen Wert mehr bei? Ich kannte die Namen einiger Männer, von denen ich wusste, dass er sie mochte und schätzte, von denen es hieß, sie seien befreundet gewesen, auch Geschichten über sie, und den einen oder anderen habe ich wohl auch mal gesehen, doch ich habe ihn nie mit einem von ihnen gemeinsam erlebt. Ich dachte an die Briefe, die ich in seinen Ordnern gefunden hatte, in denen zwei Freunde sich bitter beklagten, dass er sich nicht kümmere, nicht zurückrufe, sie versetze und ihm mehr oder weniger die Freundschaft entzogen. Traf ihn der Tod von Walter deshalb so sehr? Weil Jahrzehnte später sich eine Erfahrung wiederholte und ein Freund mal wieder früher ging und ihn zurückließ?

Mein Vater als Geliebter. Aus der Zeit in Wisconsin fand ich Briefe von zwei Frauen. Die eine schrieb aus München, die andere aus Amerika. In welchem Verhältnis er mit ihnen stand, ging aus den Briefen nicht hervor, aber es liegt nahe, anzunehmen, dass die eine seine Münchner Freundin war, und er die andere während seines Studiums kennenlernte. Jedenfalls nannte sie ihn abwechselnd »Sugarplum«, »Darlingchen« oder »Mein süsser Bube«, begann ihre Briefe in bemühtem Deutsch und verfiel nach wenigen Zeilen auf Englisch. Sie arbeitete bei einem Konsul und gab ihm Ratschläge, wie er seine Einwanderung vorzubereiten habe. Der Konsul würde helfen und wenn er erst mal da sei, würde sich auch der Rest finden. Währenddessen sehnte sich die andere nach ihm, jedenfalls ging das aus Kurts Briefen hervor. Ob sie voneinander wussten? Wie es anfing und was sie schließlich auseinanderbrachte? Was aus ihnen wurde? Seine Wirkung auf Frauen war nicht zu übersehen, doch welche Bedeutung sie jeweils für ihn hatten, darüber habe ich mir nie Gedanken gemacht. Je älter er wurde, umso mehr hing seine Anziehungskraft mit seinem väterlichen Charme zusammen, doch beim Blick auf Fotos, die ihn als 25-, 30-Jährigen zeigen, bedurfte es nicht viel Vorstellungskraft, um zu erahnen, dass er schon damals ziemlich Eindruck machte, wenn auch mit anderen Mitteln. Erzählt hat er von seinen Freundinnen und Affären nie. Eine Andeutung, eine kleine Bemerkung vielleicht, ein verklärtes Schmunzeln, doch das meiste blieb vage, es genügte so eben für die Schlussfolgerung, dass er über reichlich Erfahrung verfügte und Gelegenheiten nicht verstreichen ließ. Da war er zu stark geprägt von der Idee des Gentleman, der genießt und schweigt.

Es kam vor, dass er versuchte, meine Vorlieben in Frauendingen zu ergründen, doch mit Mitte zwanzig empfand ich diese Sorte von Gespräch als suspekt und als Altherrenattitüde und beendete es, kaum dass es begonnen hatte. Die besten Gespräche über Frauen kamen zustande, wenn es schwierig wurde oder vorbei war mit einer meiner Freundinnen. In solchen Momenten war er tatsächlich ein sehr guter Ratgeber, einfühlsam und verständnisvoll. Und es schien auf, dass er sich über die Jahre über das Wesen der Frauen, der Liebe und ihrer Abgründe tatsächlich viel Gedanken gemacht und es zu Expertenstatus gebracht hatte.

Auch Briefe meiner Mutter aus dieser Zeit fand ich. Sie stammten aus dem Juni 1954, rund ein Jahr vor ihrer Hochzeit. Ich überlegte, wie lange sie zu diesem Zeitpunkt wohl schon zusammen waren und stellte fest: ich wusste es nicht. Ein paar Monate, ein Jahr? Viel mehr Eindruck aber machte die Vorstellung, dass die Eltern mal ein Liebespaar waren, dass es einen Anfang gab voller Glanz, großer Gefühle und magischer Momente. Was fesselte sie aneinander, wie mag es ausgesehen haben, das Amalgam der Leidenschaften und des Kalküls, was machte die gegenseitige Anziehung so stark und unwiderstehlich, dass sie sich füreinander und gegen andere entschieden, mein Vater wie meine Mutter? Sie, die Arzttochter aus dem Bayerischen Wald, die Studentin, der sich an der Universität eine neue Welt eröffnete, die dort ihre Freunde fand und für ihre Professoren schwärmte, zwei Jahre älter als er, und der junge Reporter, den es nach München verschlagen, der schon ein Jahr in Amerika verbracht hatte und einfach mit einem Filmstar verschwand. Die Liebe der Eltern bleibt einem als Sohn oder Tochter wohl immer ein Mysterium. Als liebendes Paar jedenfalls habe ich sie nie erlebt, meine Erinnerung reicht nicht in die Zeit vor ihrer Trennung zurück, nicht einmal ein gemeinsamer Urlaub ist mir in Erinnerung.

Ein einziges Foto fällt mir ein, schwarz-weiß, das sie gemeinsam zeigt, auf dem sie aussehen wie ein Paar, das froh und auch ein wenig stolz ist, sich gefunden zu haben. Ich vermute, es ist Anfang der sechziger Jahre aufgenommen, also vor meiner Geburt. Mitten in einer Sommerwiese sitzen sie gemeinsam auf einer Bank an einem Holztisch, vor sich einen Krug mit frisch gepflückten Blumen und eine Flasche Sekt. Meine Mutter trägt eine dunkle Sonnenbrille, mein Vater ein dunkles Hemd, darüber Träger einer Lederhose, er blinzelt gegen die Sonne, beide sehen sehr entspannt aus, man kann sich tatsächlich vorstellen, dass diese beiden Sex miteinander haben.

Mein Vater als Bruder. Aufschlussreich war es auch, Briefe von meinem Onkel Achim zu lesen, dem älteren Bruder meines Vaters. Ernst Joachim hieß er eigentlich. Ich verehrte ihn sehr, weil er so ganz anders als mein Vater war. Großartige Geschichten kursierten über ihn. Eigentlich war er auch mein Patenonkel, aber viel war davon nicht zu bemerken. Wenn mein Vater ihn gelegentlich daran erinnerte, nahm er das übel und ließ erst recht nichts von sich hören. Immerhin: ich besitze noch heute einen riesigen Sombrero und eine Machete, beides brachte er mir mal aus Argentinien mit. Die Erzählungen schilderten ihn als Abenteurer und Draufgänger, als verwegen, mutig und manchmal auch leichtsinnig. Dieser Ruf gründete vor allem auf einer Geschichte, die mir von klein auf vertraut war: In einem kleinen Segelboot überquerte Achim den Atlantik, in Hamburg ging er an Bord, im Hafen von Buenos Aires lief er ein. Angeblich, hieß es, habe er damit auch irgendeinen Rekord aufgestellt. Wenn von ihm die Rede war, klang immer Respekt an, manchmal auch Bewunderung, und es war sicherlich kein Zufall, dass der Gedanke an ihn vor allem Frauen ein Lächeln auf die Lippen zauberte. Ich fand es aufregend, dass so einer zu unserer Familie gehörte.

Oft habe ich ihn nicht gesehen. Nach seiner Überfahrt blieb er in Südamerika, er lebte viele Jahre in Argentinien, später auf Kuba. Alle ein, zwei Jahre kam er ein paar Wochen zu Besuch, wenn seine Frau ihn nicht begleitete, wohnte er auch bei uns. Ich genoss das, weil immer damit zu rechnen war, dass etwas Unvorhergesehenes passierte. Besonders gefiel mir, wenn er meinen Vater anpflaumte und ihn mit ein, zwei Sätzen aus der Fassung brachte, weil er etwas »vor den Kindern« erzählte, was die nicht hören sollten oder Ausdrücke gebrauchte, die unserer Reife nicht förderlich schienen. »Brüderchen« nannte er meinen Vater gelegentlich, aber der schien das zu überhören. Ihm jedoch war es ein Bedürfnis klarzustellen, wer der Große, und wer der Kleine von beiden war, zumindest, was das Alter betraf.

Selbstverständlich brachte er zu seinen Besuchen auch alle seine Gewohnheiten mit, rauchte, wann und wo es ihm gefiel, und goss sich, wenn es abends draußen dunkel wurde, einen Whisky ein, egal, ob Gäste kamen, meine Mutter kochte und alle anderen Wein oder Bier tranken. Unter den Erwachsenen galt es oft als Akt der Höflichkeit und als Zeichen der Wertschätzung, mit ihm ein paar Gläser zu trinken. Nicht selten mit dem gravierenden Unterschied, dass sie den Whisky nicht gewohnt und schon recht bald betrunken waren. Solche abendlichen Spektakel liebte ich und ließ sie mir nach Möglichkeit nicht entgehen. Ich beobachtete, wann dem ersten die Augen zufielen, bei wem die Sprache undeutlich wurde, zählte mit, wie oft der Onkel nachschenkte, und am Ende eines Abends die Kippen im Aschenbecher.

Das eigentliche Wunder aber bestand darin, dass er am nächsten Morgen der Erste war, der aufstand und dabei eine solche Frische, Vitalität und Ausgeschlafenheit ausstrahlte, als sei nie auch nur ein Tropfen Alkohol in sein Blut gelangt. Allein dafür bewunderte ich ihn, es war ja auch eine körperliche Höchstleistung, die er vollbrachte. Noch heute ist mir ein Rätsel, wie er das hinbekam.

Das Leben in der Ferne, der Whisky, die alten Geschichten, das Aufbrausende, Ungezähmte seines Wesens, das machte ihn zu einem Gegenentwurf zu meinem Vater. Wenn Tino der Gefahrenwitterer war, der Risiken aufspürte, um sie zu umgehen, war Achim der Gefahrensucher, der Risiken als Herausforderung verstand, sie zu meistern. Achim hatte viel, was meinem Vater abging. Doch wie das Verhältnis der beiden war, darüber hatte ich mir nie groß Gedanken gemacht.

Achims Briefe aus dem Koffer stammen aus der Zeit zwischen 1950 und 1954, sie tragen alle die Ortszeile Buenos Aires. Anfangs schien noch alles zu sein wie immer. Achim bezieht sein Selbstverständnis daraus, der Ältere zu sein und ganz selbstverständlich trägt er, der Kopf und Kragen riskierte, um ein neues Leben zu beginnen, dem Zurückgebliebenen auf, was zu tun ist, Erledigungen, Botengänge, Briefe schreiben.

Schon bald wird deutlich, dass er sich sein neues Leben in Südamerika leichter vorgestellt hatte. Pläne zerschlagen sich, er kommt nicht recht voran, erlebt Enttäuschungen. »Mir stinkt's im Augenblick gewaltig und ich muss wieder mal einen Stellungswechsel vornehmen. Manchmal bekomme ich richtig Angst vor mir selbst und meiner ewigen Unruhe, die mich nirgends hält und mir nirgend das richtige Zufriedensein gibt. Dazu kommt dann wohl auch noch, dass ich jetzt noch nicht einmal richtig weiss, was ich letzten Endes will. Das ist vielleicht eine Mischung!«, schreibt er.

Währenddessen baut der kleine Bruder mit viel Geschick und ganz ohne die Hilfe des Großen sich ein respektables Leben auf, und zwar genau in jener Heimat, in der Achim keine Zukunft für sich sah. Er findet einen Job als Reporter, bekommt ein Stipendium, reist nicht halsbrecherisch auf einem zu kleinen Segelboot über den Atlantik, sondern bequem mit dem Flugzeug, verbringt zehn prägende Monate in Amerika, hat nach seiner Rückkehr beruflich schnell Erfolg, lernt seine künftige Frau kennen und wird ein Jahr später zum ersten Mal Vater. Sein Selbstbewusstsein macht sich in seinen Briefen offenbar bemerkbar, das Gefälle zwischen großem und kleinem Bruder schwindet. Irgendwann begann Achim damit, seine Atlantiküberquerung niederzuschreiben. Jedenfalls gab es nun Grund, vermutlich zum ersten Mal, auf seinen kleinen Bruder zu hören: er redigierte seine Manuskripte und versah sie mit reichlich Anmerkungen und lotete aus, wer Interesse hatte, sie zu veröffentlichen. Achim blieb nicht viel mehr, als ihn zu ermahnen (»Mein liebes Brüderlein, was machst du mir für Kummer?«), schneller auf seine Post zu antworten (»Nochmals, tu mir den Gefallen und schreibe mir. Ich brauche deine Briefe als Anregung«) und sich über den forschen Ton des Kleinen zu beklagen.

In wenigen Jahren hatte sich das Verhältnis der beiden Brüder umgekehrt. Was sie verband, waren eine Handvoll gemeinsamer Freunde aus früheren Zeiten, an denen Achim mehr hing als Tino, und die Opposition gegen ihren Vater. Für Achim, der so viel riskiert hatte, um seinem Traum zu folgen, muss es bitter gewesen sein, aus der Ferne zu erleben, wie leicht es dem kleinen Bruder fiel, sich eine Existenz aufzubauen.

Hatte mein Vater vielleicht einfach Glück, der Jüngere von beiden zu sein? Im Mai 1945 war mein Vater 16, Achim 21. Diese fünf Jahre Altersunterschied bedeuteten fünf Jahre mehr im Krieg, fünf Jahre mehr an Erfahrungen, fünf Jahre mehr an Ballast, fünf Jahre mehr an fürchterlichen Erlebnissen, die vermutlich nicht einfach zu verarbeiten und zu verdrängen waren. Fünf Jahre, die sich für den Jüngeren in einen Vorsprung verwandelten, als das Leben noch einmal von vorn zu beginnen schien.

Mein Vater als Sohn. Unter den Briefen befanden sich auch einige seines Vaters, des Baumeisters mit den weißen Haaren.

»Mein lieber Dieter« begannen sie. Dieter? Das erste Mal, als ich das las, überlegte ich kurz, wer gemeint war. Offenbar sein Rufname. Diese Variante hatte ich weder gehört noch je gelesen. Natürlich, der Vater nennt seinen Sohn bei dem Namen, den er ihm einst gab. Dieter, ich musste lachen. Hätte ich in meinem Vater den selben gesehen, wäre er, wie von seinem Vater beabsichtigt, als Dieter durchs Leben gelaufen? Hätte sein Leben als Dieter ganz andere Wendungen genommen? Warum auch immer er seinen Namen ablegte, es war eine gute Idee. Ich sah noch mal nach, wie es Achim hielt: er adressierte seine Briefe an Tino Reichardt, sprach ihn aber mit Dieter an.

Schon nach wenigen Zeilen war mir, als hörte ich die Stimme meines Vaters. Ich stieß auf Sätze, die mir sehr vertraut waren: »Du könntest deinem Vater wahrlich des Öfteren mal eine kurze Nachricht zukommen lassen«, las ich etwa. Ein anderer Brief begann mit den Worten: »Man sagt ja, das Zeitungsleute allgemein einen kleinen Tick hätten und folglich so sein müssten; dennoch verstehe ich nicht, wie du dich verhältst. Mag sein, dass deine Zeit furchtbar knapp für private Angelegenheiten ist. Zu ein paar Zeilen jedoch braucht man nicht viel Zeit und wenn man interessiert ist, ist die Zeit dafür auch da. Ich weiß also nicht, mein Sohn, wieso und weshalb.« Er schrieb nicht, ich rief nicht an. Dasselbe Thema, derselbe säuerliche, vorwurfsvolle Tonfall, das vorgetäuschte Verständnis, dasselbe Lamento, das auch ich so oft zu hören bekam: Du interessierst dich nicht für mich, du rufst so selten an, dein alter Vater ist dir wohl gleichgültig, was treibst du eigentlich die ganze Zeit? Genau das Gleiche. Ein anderes Mal schreibt der Vater an seinen Sohn: »Nun ist der Januar bald vorüber und ich habe die Bescheinigung von dir noch immer nicht. Wie kommt denn das, Junge?«

Diese Klage hätte genauso gut von meinem Vater stammen können. Nur dass er es vorzog, derlei Ermahnungen auf meinen Anrufbeantworter zu sprechen.

Einmal hoffte er seinen Sohn auf dem Hamburger Bahnhof zu treffen, sein Zug sollte dort ein paar Minuten Aufenthalt haben, er lief den Bahnsteig entlang, sah in die Abteile, jedoch: »Komisch, nichts, rein nichts vom Dieter! Kannst dir denken, dass ich recht geknickt heimwärts trudelte.«

Es war genau dieselbe Melange aus demonstrativer Enttäuschung, elterlicher Forderung, vergeblicher Ermahnung und der Absicht, ein schlechtes Gewissen zu bereiten. In mir rief diese Haltung regelmäßig Widerstand und Verweigerung hervor, selbst dann, wenn ich bereits mit dem Gedanken spielte, mich zu melden. Ihm erging es nicht anders, er ließ sich offenbar ebenfalls viel Zeit damit, von sich hören zu lassen.

Mein Vater als Sohn. Dass er mir über seinen Vater nur wenig erzählt hatte, ihn so gut wie nie erwähnte, hatte ich immer so verstanden, dass er nicht viel von ihm erwartete und seinen Umgang auf das Nötige beschränkte. Achim schrieb in seinen Briefen immer etwas abfällig vom »alten Herrn«, und in dieser Einschätzung waren sich die Brüder offenbar einig. Sie standen in Kontakt mit ihrem Vater, aber befanden sich außer Reichweite. Woran lag das?

Hing es mit dem Tod der Mutter zusammen? Drei Jahre danach heiratete der Vater erneut. Nahmen sie ihm das übel? Dass der Vater eine neue Frau hatte, sie aber keine Mutter mehr? Schrieben sie ihr unguten Einfluss auf den Vater zu, hatte er sich nach der zweiten Heirat so sehr verändert, dass sie ihn nicht mehr wiedererkannten und dies als Verrat empfanden?

In einem der Briefe geht es um das Erbe der Mutter. Der Vater bittet seinen Sohn, auf alle Ansprüche zu verzichten. »Du dürftest auch wissen, dass es sich bei dem von Mutti ersparten Betrag um mein Geld handelt.« Zwölf Jahre nach ihrem Tod schrieb er das. War es das, was zwischen ihnen stand?

Oder hatte es mit dem Krieg und den Nazis zu tun? Hatte er falsche Entscheidungen getroffen? Wie war das, als Breslau 1945 belagert wurde? Hatte der Vater zu spät reagiert und nicht kommen sehen, was bevorstand? War mein Großvater Parteimitglied, sympathisierte er mit den Nazis oder hielt er es wie viele andere und arrangierte sich, um seine Haut zu retten? Könnte es sein, dass mein Vater, ohne es je ausgesprochen zu haben, seinem Vater nicht verzieh, zu wenig unternommen zu haben, um ihn vor seinem Einsatz im Krieg zu bewahren? Ihn vielleicht sogar dazu ermuntert hatte? Sprach mein Vater darüber nicht, weil er irgendwann beschlossen hatte, alle diese Fragen aus seinem Leben zu verbannen? Ich stellte Spekulationen in jede Richtung an, doch die einzige Gewissheit, die ich fand, war die, dass ich keine Antworten auf diese Fragen hatte. Ich habe Geschichte als Nebenfach studiert, eine Reihe von Haus- und Seminararbeiten über das Dritte Reich geschrieben, las darüber so viel ich bekommen konnte, und kenne noch nicht einmal die Geschichte meines Großvaters.

Die Geschichte der Eltern meiner Mutter dagegen ist mir ziemlich vertraut. Wie sie den Krieg überstanden, was sie verloren, ihre Haltung dem Nationalsozialismus gegenüber, welche Schlüsse sie daraus zogen, was das für meine Mutter bedeutete, das ist mir geläufig. Ich kenne eine Reihe von Geschichten aus der großen Verwandtschaft der mütterlichen Familie. Tragische Geschichten, Geschichten, die einem Respekt und Bewunderung abverlangen, Geschichten, die sich einpassen, in das, was ich aus Büchern, aus dem Studium und in der Schule erfuhr. Es mag daran liegen, dass meine Großmutter mütterlicherseits die einzige war, die ich von meinen Großeltern noch kennenlernte, und sie ein ausgeprägtes Faible dafür hatte, aus dem Leben ihrer Familie zu erzählen. Und ich ein halbwegs konturiertes Bild gewann, was Krieg und Nazitum mit meinen Großeltern anstellte und wie sie das Leben meiner Mutter prägten.

Die Fotos nahm ich mir als Letztes vor. Sie hatten am stärksten unter der Feuchtigkeit gelitten, bei jeder Berührung drohten sie auseinanderzufallen und es bedurfte Sorgfalt und Vorsicht, sie genauer zu betrachten. Auf einigen entdeckte ich meine Mutter, eines zeigte ihn in Badehose am Meer. Sein Haar ist voll, er ist schlank, nicht unbedingt trainiert, aber ohne ein Gramm sichtbares Fett. Einige zeigen Achim in Argentinien, auch sein Vater war ein paar Mal zu sehen. Viele Bilder zeigen Menschen, von denen ich nicht weiß, wer sie sind, auf einigen sind wohl auch seine Freundinnen aus der Amerikazeit zu sehen.

Bei einem ersten flüchtigen Blick war mir aufgefallen, dass einige ihn mit einer sehr schönen Blonden zeigten. Als ich sie mir nun genauer ansah, wusste ich auch, dass ich dieses Gesicht kannte. Aber woher?

Es war Hildegard Knef. Ganz sicher war ich mir, als ich ein groß aufgezogenes Porträt in Händen hielt, das sich vom rechten Rand zur Mitte hin schon aufgelöst hatte und gerade noch ihren Kopf übrig gelassen hatte und eine mehrzeilige Widmung, sie endete: »Love, Hilde.«

Es gab noch eine andere Serie, die ihn mit einer Dunkelhaarigen zeigte, sie erkannte ich gleich, es war Gina Lollobrigida. Offenbar war sie zu einem Ball in München und er begleitete sie, um sie zu porträtieren. Die Bilder zeigen sie in großer Garderobe. Ein Bild zeigt ihn und Kurt, wie sie sie – in Pelzmantel und Blumenstrauß im Arm – vor dem Bayerischen Hof in München in ihre Mitte nehmen. Und auch wenn sie sich alle Mühe gaben, ihren Stolz zu verbergen, so verrät ihr Blick eben doch: seht her, welch ein Fang! Dabei lag auch noch eine alte Ausgabe der *Abendzeitung*, vom 3. Februar 1955. Auf Seite 1 zeigte sie unter der Überschrift »Gina Lollobrigida sieht sich das Münchner Nachtleben an« den Star unterwegs in Bars und Nachtlokalen beim Würfeln, Autogramme schreiben und mit einem Luftballon. Immer an ihrer Seite: ein junger, schlanker, gut aussehender Reporter in Anzug und Krawatte. Wer das war, löste der Text nicht auf. »In letzter Minute bestellte Gina Lollobrigida gestern Nacht ihre Schlafwagen-Karte nach Rom ab und begann vom Bayerischen Hof aus einen ausgedehnten Nachtbummel durch Schwabing.«

Trophäen eines jungen Reporters. Eines Tages, vermutlich vor einem Umzug, gemeinsam mit Manuskriptpapier, Akkreditierungen und Visitenkarten in einen Koffer gestopft, weggesperrt und in einem Keller vergessen. Nun, mehr als 50 Jahre später, illustrieren sie eine Zeit, die ich nicht erlebt hatte, liefern Hinweise auf Zusammenhänge, die nur teilweise zu rekonstruieren sind oder einfach rätselhaft bleiben. Ein wenig anders verhält es sich mit der Knefgeschichte.

Die Bilder und die Widmung fügten der aus wenigen Sätzen bestehenden Erzählung meiner Mutter und dem Lächeln meines Vaters etwas hinzu und gaben der Geschichte Gestalt. Eine Geschichte, die für Tage, für Wochen zwischen meinen Eltern gestanden haben könnte, die vielleicht lange Briefe, Spaziergänge und eine Versöhnung nötig machte, und Jahrzehnte später, auf ein paar Sätze zusammenschnurrt, die nicht erahnen lassen, was sie einst bedeutet haben mag.

Mag sein, dass aus der Distanz von mehr als fünf Jahrzehnten betrachtet nicht viel mehr übrig bleibt als ein prominenter Name, der sich für ein paar Augenblicke mit dem eigenen Leben verknüpfte, eine Episode, die im Rückblick eben nicht mehr die Bedeutung hatte, die ihr einst für ein paar unglückliche Momente lang zugewachsen war, und mein Vater möglicherweise auch nicht an alten Wunden rühren wollte, die ihn selbst nicht in bestem Licht erscheinen ließen. Und so erzählt man nach Jahrzehnten eben das, was noch ein wenig Glanz abwirft, auch wenn es, losgelöst aus dem Zusammenhang und von der Zeit, so rätselhaft erscheint, dass ein unbeteiligter Zuhörer wie ich mir nie ganz sicher war, ob und was daran stimmte.

Plausibel erscheint mir folgende Version der Geschichte: Er arbeitete an einem Porträt über die Knef, lernte sie während eines Interviews kennen, stellt fest, dass er gut mit ihr kann, und sieht die Chance, eine bessere, exklusive Geschichte zu bekommen als die Kollegen, und begleitet sie ein paar Tage zu Dreharbeiten. Mag sein, dass sie ihn im Vergleich zu anderen Journalisten für aufmerksamer, galanter, amüsanter, vielleicht auch nur für besser aussehend hielt – und sich für einen freundlichen Artikel mit einer herzlichen Widmung bedankte. So könnte es gewesen sein.

Alles, was ich in dem feuchten Koffer fand, sortierte ich in drei schwarze Pappkartons, in den einen die Fotos, den anderen die Papiere aus Wisconsin, in den dritten die Briefe. Obenauf legte ich eine kleine Kladde. Ein Tagebuch.

# Das Tagebuch

Unter all den Karten, Fotos und Briefen fiel es erst nicht weiter auf. Es hatte einen grün-schwarz marmorierten, papierenen Einband, der sich an einigen Stellen bereits von der darunter liegenden Pappe gelöst hatte, und aufgrund der Feuchtigkeit schon arg wellte. Doch sie war dick und saugfähig genug, um das Papier zu schützen. Die Seiten waren völlig unbeschadet, nur ein wenig Gilb hatte sie ergriffen. Der Linierung nach zu schließen handelte es sich um ein Kassenbuch. Über den grauen Zeilen lag ein Raster von rosafarbenen vertikal verlaufenden Linien, es war etwas kleiner als DIN A 4, daumendick, und auf dem Umschlag klebte ein Etikett, auf dem geschrieben stand: »Mein Tagebuch, jawohl!« Darüber, nachträglich eingefügt: »30. V. – 16. XI. 1946«.

1946 war mein Vater 17. Natürlich hatte ich all diese Schwarz-Weiß-Bilder aus dieser Zeit im Kopf, von Trümmerfrauen, den Nürnberger Prozessen, den zerbombten Ruinenstädten, den lächelnden GIs, den Schwarzmärkten; ich wusste Bescheid über den Hungerwinter, den Morgenthauplan, die Währungsreform, all das, was Schulbücher, Studium, Filme, Bücher, Zeitschriften hergaben. Doch es fiel mir schwer, ihn in diese Szenerien einzuordnen und ihn mir inmitten dieser im Rückblick so spannend erscheinenden Zwischenzeit vorzustellen. Ein blinder Fleck. Das Einzige, was ich mit seinem Leben in den späten vierziger Jahren verbinde, ist ein Ort in Oberbayern: Marquartstein.

Dort ging er zur Schule und holte das Abitur nach. Marquartstein im Chiemgau, nicht weit entfernt vom Chiemsee gelegen. Wie er dort hinkam, ich weiß es nicht.

Er zählte nicht zu den Vätern, die aus ihrer eigenen Schulzeit erzählen oder damit angeben, wie gut sie in dem einen oder anderen Fach waren. Ich hatte immer das Gefühl, das er Schule als notwendiges Übel empfand und so verhielt er sich auch mir gegenüber: Noten interessierten ihn nur, wenn sie das Vorrücken gefährdeten. Völlig unvorstellbar, dass er Vokabeln abgefragt, einen Aufsatz gelesen oder mir gar etwas Mathematisches erklärt hätte. Sein Desinteresse spiegelte offenbar den Widerwillen, den er der Schule selbst entgegengebracht hatte. Nur eine Geschichte gab es, die mir schon von klein auf vertraut war und die damit zusammenhing. Er hatte sie mir als Kind öfter erzählt.

Noch während des Krieges habe Achim das Silberbesteck der Familie aus dem Haus geschafft und vergraben. Nach Kriegsende habe er es geholt, verkauft und ihm, dem kleinen Bruder, davon den Aufenthalt im Landschulheim von Marquartstein finanziert.

Ich nahm diese Geschichte so, wie er sie erzählte. Gemeinsam mit der von der Atlantiküberquerung begründete sie den Respekt vor der Cleverness meines Onkels, vermutlich erzählte er sie auch deshalb gerne, weil sie seinen Bruder von seiner besten Seite zeigte, vorausschauend, weitsichtig, verantwortungsbewusst. Ich hatte auch verstanden, dass mein Vater ihm dankbar war dafür. Sein Bruder hatte seinem Leben damit in die Spur geholfen. Doch die naheliegenden Fragen stellte ich weder ihm noch mir. Wo befand sich das Versteck? Angenommen, es befand sich in der Nähe ihres Elternhauses in Breslau: wie gelang es dann nach dem Krieg dorthin zu gelangen und – je nachdem, wo er es zu Geld machte – aus der russischen Besatzungszone in die amerikanische zu schmuggeln? Hatte er das Besteck bei der Flucht aus Breslau dabei und erst später vergraben? Wusste ihr Vater davon? Falls nicht, weshalb? Könnte es sogar sein, das diese Geschichte mit zum Zerwürfnis mit ihrem Vater geführt hat?

Ich war gespannt, ob das Tagebuch darüber Aufschluss geben würde.

Was für eine eigenartige Dramaturgie, dachte ich. Genauso gut hätte mir dieses kleine Büchlein schon viel früher in die Hände fallen können. Etwa, als ich den alten Koffer in seinem Keller stehen sah. So, wie ich beim Ausräumen der Kommoden-Schubladen den einen oder anderen Blick auf Bilder und Papiere warf, so wäre es ebenso gut möglich gewesen, ihn an Ort und Stelle schon mal kurz zu öffnen. Vielleicht hatte ich es auch versucht und ließ es nur deshalb sein, weil das verrostete Schloss sich nicht gleich öffnen ließ, ich keinen Hammer zur Hand hatte, in Eile war oder das Kellerlicht nicht lange genug brannte. Seltsam.

Hätte es etwas geändert? Wäre es überhaupt so weit gekommen, dass ich mir seine Ordner angesehen hätte oder seine Kalendernotizen? Oder wäre alles genauso abgelaufen, nur in einer anderen Reihenfolge?

Ich schob es immer wieder hinaus, mit dem Lesen zu beginnen. Die ganze Zeit hatte ich gehofft, Briefe, Manuskripte oder Notizen von ihm zu finden. Dass nun das Einzige an persönlichen Aufzeichnungen ausgerechnet ein Tagebuch eines 17-Jährigen war, empfand ich einerseits als ein unerwartetes Geschenk, andererseits fürchtete ich unbequeme Erkenntnisse. Ein 17-Jähriger, der ein Jahr zuvor noch als Flakhelfer Nazideutschland verteidigen half, im Glauben, für die richtige Sache zu kämpfen.

So neugierig ich auch war, meinem Vater als Jüngling zu begegnen, so unwohl war mir zugleich, als ich das kleine grüne Buch vor mir liegen sah. Würde es etwas zutage fördern, was ich gar nicht so gerne lesen und wissen wollte, etwas, das mich zwingen würde, mein Bild vom Vater zu revidieren? Gab es eben doch Gründe, weshalb er so wenig von damals erzählte, war es vielleicht doch weniger die Unlust, zurückzublicken als ein ganz bewusstes Schweigen, ein Verschweigen? War sein Kopf zu dieser

Zeit noch voll mit Nazimüll? Oder lag es an der Schrift, dass ich zögerte?

Sie war auf den ersten Blick nicht leicht zu entziffern und besaß noch nicht den markanten Charakter, der mir vertraut war. Sie war noch voller Rundungen und sporadischer Schnörkel, doch zugleich sehr ausgeprägt und gleichmäßig. Die typischen, weit nach unten gezogenen kleinen fs und kleinen ts waren im Ansatz schon vorhanden.

Als ich mit dem Lesen begann, war ich darauf gefasst, gleich im nächsten Moment auf eine fürchterliche Stelle zu stoßen, auf eine Ungeheuerlichkeit, auf ein Zeugnis jugendlicher Verwirrung. Ich achtete nicht auf die Einzelheiten, auf die Wortwahl, den Stil. Es dauerte einige Seiten lang, ehe ich seine Handschrift einigermaßen flüssig lesen konnte. Ich las es einmal ganz durch und wusste nun, wo er gewesen war und was er gemacht hatte im Sommer 1946.

Der erste Eintrag stammt vom Himmelfahrtstag, dem 30. Mai. Er ist Schüler in Marquartstein und lebt dort im Internat. Das Schuljahr geht auf sein Ende zu, in allen Fächern stehen Prüfungen an. Tag für Tag schreibt er von mehr oder weniger erfolgreichen Klassenarbeiten (»Französisch habe ich verknallt, dass es nur so gezischt hat«), Nachmittagen beim Baden, abendlichen Festen (»Mensch, haben die geschwoft!«) und nächtlichen Vergnügungen »verbotenerweise auf dem Mädchenstock« (»Im Laufe der Nacht hat sich hier manches getan«). Er erzählt von unbeabsichtigten Explosionen im Chemielabor, heimlichen Ausflügen nach Traunstein, und langweiligen Sonntagen: »Bis zum Essen haben wir gepennt und unsere Bude abgeschlossen. Bestens! Am Nachmittag weiter geranzt und gedröselt bis zum Abendessen. Hernach wüst getanzt.« Von Arresten und Sommerfesten (»Leider hat's geschifft«) ist die Rede, der Eröffnung einer Gemäldeausstellung, »von mir sind auch drei Bilder dabei«. Er mokiert sich über Strenge und Unnachgiebigkeit der Lehrer, urteilt über Mitschüler, sein ganz spezielles Interesse aber gilt den Mädchen. Bis zum Beginn der Sommerferien Mitte Juli erwähnt er siebzehn verschiedene und schwankt täglich, welche er zu seiner »Herzenskönigin« küren soll – nahezu zeitlose Geschichten aus Schule und Internat, wie jeder sie selbst erlebt oder aus Erzählungen, Büchern und Filmen kennt, nur Ton und Wortwahl lassen erkennen, aus welcher Zeit sie stammen.

Mithilfe eines falschen Attestes bricht er mit einer Freundin nach Hamburg auf, nach ein paar Tagen geht es weiter nach Sylt. Dort verbringt er zwei Wochen am Strand, dann geht es zurück nach Oberbayern. Dort muss er sich ein Zimmer suchen, er ist aus dem Internat geflogen, darf aber weiter am Unterricht teilnehmen.

Die Reise scheint etwas angestoßen zu haben, jedenfalls kreisen seine Einträge nicht mehr allein um die Schule, er erwähnt sie kaum noch. Er wohnt nun im Ort, hat anderen Umgang und nach zwei Monaten täglicher Notizen, hatte er im Schreiben offensichtlich so viel Erfahrung gesammelt, dass sich seine Themen nicht mehr wiederholen.

Er fährt nach München, besucht verschiedene Konsulate und schmiedet Pläne. Er hat ein Motorrad in Aussicht, eine 200er DKW, »müsste dafür aber ein lange Lederhose oder zwei Gansdecken geben. Wo, um alle Welt, soll ich das nur herbekommen?« Er verdient sich Geld als Schlagzeuger, von einer Jury »unter Vorsitz von Prof. Meisenbach, Kunstakademie München« bekommt er einen Preis für seine Bilder zugesprochen, der aus einer Reise nach München besteht »mit allem Komfort«. Er lernt eine »nette, freche Südamerikanerin« kennen, die ihm einen Job bei der CIC in Aussicht stellt und experimentiert mit neuen Gewohnheiten: »Seit einigen Tagen rauche ich auf Lunge wie ein Schlot.« Er notiert, ohne jeden Kommentar, die Urteile gegen die Kriegsverbrecher. Das Tagebuch endet, anders als auf dem Einband angegeben, am 2. November, seinem 18. Geburtstag. »Mein Geburtstag! Der schönste, den es bisher überhaupt für mich gab. Das erste Mal liebe ich rein aufrichtig und wahrhaft.«

Hier schrieb ein 17-Jähriger, unfertig wie ein 17-Jähriger eben ist, verletzlich, trickreich, höchst romantisch veranlagt, desillusioniert von seinen Erfahrungen und auf der Suche nach Halt. Was ihn bewog, ein Tagebuch zu führen, darüber lässt er sich ebenso wenig aus, wie über seine Absichten, die er damit verfolgt. Möglicherweise begann er schon viel früher damit, und nur dieser eine Band fand, aus welchem Grund auch immer, den Weg in seinen Koffer. Ich bin mir sicher, dass er aus eigenem Antrieb schrieb. Hätte das Tagebuchschreiben zu den Internatspflichten gehört, wäre sein Widerwille an der einen oder anderen Stelle wohl zu erkennen gewesen. Dafür spricht auch, dass er die ersten Monate Tag für Tag diszipliniert seinen Eintrag macht und später, als er nicht mehr ganz so regelmäßig zum Füller greift, ihn sein schlechtes Gewissen plagt: »Ich sehe ein, ich hätte viel fleißiger mit dem Einschreiben sein müssen.«

Mag sein, dass es ein Vorbild gab, einen Freund, dem er es gleichtun wollte, ein Lehrer ihm dazu riet oder das Tagebuch auch ein Mittel war, sich von seinen Mitschülern ein wenig abzusetzen. Deutlich erkennbar jedenfalls ist sein Bedürfnis, seine widerstrebenden Gefühle zu sortieren, sich klar darüber zu werden, was richtig, was falsch ist, wer er sein und welchen Weg er einschlagen will.

Ich las es ein zweites Mal, mit mehr Gelassenheit. Ich kannte nun zwar die Schauplätze, wusste, wovon es im Großen und Ganzen handelte, doch manches hatte ich auch überlesen und überblättert, wenn ich es nicht gleich entziffern konnte. Dieses Mal blieb ich vor allem an den Passagen hängen, in denen er von den Umständen der Zeit erzählt und seine Haltung dazu deutlich wird. Wie widersprüchlich und zerrissen seine Wahrnehmungen, sein Empfinden und sein Verhalten in diesen Wochen sind, zeigen einige Einträge während der Reise nach Sylt. Der Zug hält, er notiert:

»In Eichenberg hat Ingelein die schwer Fieberkranke markiert und blieb im Abteil. Auf diese Weise hat sie unsere Plätze halten können. Den Amihäuptling habe ich zum Glück besxxxx können, dass er uns ohne Papiere rübergelassen hat, hoffentlich erleben wir auf der Rückfahrt nicht das gleiche Theater. Bei Ingelein schlafe ich in einem lässigen Bett im sogenannten Luftschutzkeller. Aber wie lange noch? Morgen beginnt die Rennerei von neuem.« Es missfällt ihm, dass es den Alliierten nicht gelingt, gegen den Hunger anzukommen. Bei einem Kinobesuch ist als Vorfilm eine Wochenschau zu sehen: »Da wurden Riesenweizenmengen gezeigt, die dem hungernden Deutschland zugute kommen sollen, worauf das Kino vor höhnischem Gelächter fast geplatzt ist. Genauso erging es den Briketts, die als Reparationsleistung weggeholt wurden, wieder lachte alles, aber diesmal war es ein böses und kein gutes Lachen.« Ein paar Tage später, während seines Zwischenstopps in Hamburg macht er eine ähnliche Beobachtung:

»Am nächsten Morgen sind wir dann ins Alte Land zum Kirschenessen gefahren. Auch wieder so ein Krampf. Hier in Hamburg fallen die Leute auf der Strasse um vor Erschöpfung, sind die Krankenhäuser mit Hungerkranken überfüllt, sterben täglich im Durchschnitt 20 Menschen an Hungerödemie und Bauchwassersucht und 20 km von der Stadt entfernt verreckt das Obst auf den Bäumen.«

So sehr ihn das auch abstößt, es hält ihn nicht davon ab, seinen Vorteil daraus zu ziehen. Er zweifelt nicht daran, dass jeder sich selbst helfen muss, so gut er kann, und hat keine Scheu, zu Tricks zu greifen, um im rauen Alltag zu bestehen.

»Um es kurz zu machen, Peter hat 8 und ich 14 Pfund Kirschen gegessen. Ich hätte nie geglaubt, dass man so viel verdrücken kann.

Und zwar haben wir es auch dieses Mal mit Raffinesse gestartet. Man konnte beobachten, wie die verfluchten Schleimscheisser (Pardon) von der deutschen Polizei den Leuten ein bisschen Obst bei der Kontrolle abnahmen und es in ihre eigene Tasche steckten. Um es den verhassten Grünen nun nicht in den Rachen zu stopfen, wurden die Kirschen in Massen verschenkt. Davon haben wir nun schäbigerweise profitiert.«

Die herrschenden Gebräuche widern ihn an, doch er ist pragmatisch genug, die Regeln, die er verabscheut, selbst anzuwenden: »Gestern am Sonnabend wollte ich meine Abmeldung vom Wirtschaftsamt holen, aber die Kugelköppe hatten abgeschlossen, lasen Zeitung und machten nicht auf. Ich hätte die Scheiben einschmeissen mögen. Heute morgen bin ich nach einer Reisegenehmigung rumgelaufen, wenn ich Zigaretten gehabt hätte, wäre es höchst einfach gewesen, aber so!!! Es ist scheusslich, wohin man schaut Korruption und Bestechung.« Sein Schwanken zwischen eigener Abgebrühtheit und Abscheu vor dem Verhalten der anderen zeigt sich auf der Rückfahrt nach Oberbayern. Der Zug hält. »Die Menschenmassen stauten sich. Als der Zug kam, bin ich schnell über die Schienen auf die andere Seite gewetzt und habe auf diese Masche einen Fensterplatz ergattert. Dann quoll das übrige Volk hinein. Als es zu toll wurde, habe ich auf meiner Seite die Tür mit dem Fauststrick zugebunden und selbst die Bahnpolizei war machtlos. Auf der anderen Seite hat ein rabiater Kölner die Masse vom Trittbrett gexxx. So waren wir in einem Abteil, das sonst für 15 Leute berechnet war, nun zu 26. Das Schlimmste war, dass irgendjemand Flöhe oder Läuse hatte, denn bald begann sich alles zu kratzen. In Kreiensen hielt uns gegenüber ein Zug mit Negern, die uns mit toller Fingerfertigkeit Zigaretten zuschnippten. Sie hatten nun hinwiederum ihren Spass daran, wie sich die Menge darum balgte. Ich weiss nicht recht …«

Schon beim ersten Lesen musste ich einige Male laut lachen. Etwa, wenn ich Sätze las wie: »Jetzt möchte ich einen dicken Vanillepudding mit viel Zucker und einigen Eiern drin haben! Ach ne, schön wär das!!!« Ein anderes Mal klingt es, als würde er von einem sportlichen Triumph berichten, als er das wichtigste Ereignis des Tages festhält: »Soviel wie heute habe ich selten gefressen!!! Zum Mittag mehr als genug, und ausserdem habe ich für Jupp, Dieter und mich einen Dreiliterpudding gekocht, von dem ich den Löwenanteil hatte.«

Hier sprach der Mann, der mein Vater war. Der lustvolle Vielesser. Ich dachte an die Geschichte mit der Eiscreme. Fast ein ganzes Leben lag zwischen dem Dreiliterpudding und der Vorratspackung Vanilleeeis im Sommer vor seinem Tod, die Gier und die Lust waren dieselbe. Geschichten, in denen er aß bis zum Exzess, tauchen immer wieder auf: »Gestern habe ich mir soviel Kartoffelschlagsahne gemacht, dass ich mich lang legen musste, um überhaupt alles zu verdrücken. Nur hält der Spass nicht lange vor, denn sobald die verschluckte Luft wieder draussen ist, fängt der Kohldampf von neuem an. Heute habe ich einen riesen Kohlkopf erstanden. Morgen zum Abendbrot geht auch er den Weg alles Verdaulichen. Ein gut Teil habe ich schon roh aufgefressen.«

Kaum ein Tag vergeht, ohne dass er notiert, was und wie viel er gegessen hat. Mal erwähnt er eine »Tasse Kakao«, mal die nachts gepflückten Äpfel, Birnen und Pflaumen, »einen ganz großartigen Pudding«, mal einen »Pferdebraten«.

Seine Sorge, nicht genug zu bekommen, seine Lust am Essen, seine Neigung, Vorräte anzulegen, all das fand sich hier bereits. »Ein Glück nur, dass ich genug zu essen habe hier oben. Sonst müsste ich genauso wie viele andere langsam aber sicher verhungern. Denn was gibt es schon gross? In der Woche genau: 100g Fleisch, 250g Nährmittel, 2kg Kartoffeln, 1500g Brot, und 50g Fett. Da soll mal einer auf die Dauer von leben.«

Dass seine Gedanken pausenlos darum kreisten, fiel auch einem Lehrer auf: »Er nannte mich einen ›Menschen, der nur ans Fressen denkt und den Ernst des Lebens nicht kennt‹.« Diesem

Befund hat er nicht viel entgegenzusetzen, nur schwach beleidigt kommentiert er ihn mit einem in Klammern gesetzten »Haha«.

Dass die Bedeutung, die er dem Essen zumaß, sowie einige seiner Gewohnheiten, etwa die, sich Punkt zwölf zum Essen in einem Wirtshaus zu verabreden aus Sorge, eine Stunde später könnte bereits nichts mehr da sein, ebenso seine enormen Ansammlungen von Hemden, Schuhen, Gürteln, Parfums, Weckern und Rasierapparaten, dass all dies auf eine Erfahrung in seiner Kindheit oder Jugend zurückzuführen war, darüber waren wir uns im Klaren.

Bloß welche? Wann genau, und warum? Weshalb sollte er als Kind zu wenig zu essen bekommen haben? Sein Vater verdiente ausreichend Geld, um seine Familie ernähren zu können. Angenommen, er litt tatsächlich Hunger, dann gab es zwei Möglichkeiten: als Soldat oder unmittelbar nach dem Krieg, eine Zeit, die noch nicht lange zurücklag, als er das Tagebuch schrieb. Seine Aufzeichnungen geben darauf keine Antwort. Ein einziges Mal, auf Sylt, notiert er: »Richtig gehungert habe ich nur einen Teil der Hamburger Zeit.« Ob sich das auf den Stopp vor der Weiterfahrt bezieht oder auf eine Zeit lange davor, geht nicht daraus hervor.

Dass zu Zeiten, in denen es keine geregelte Versorgung gibt und eine tägliche Mahlzeit keine Selbstverständlichkeit ist, einen die Frage des Sattwerdens pausenlos beschäftigt, ist nachvollziehbar. Ebenso, dass er so viel in sich hineinstopfte, wie er nur konnte, sobald sich eine Gelegenheit ergab, einfach weil man nie wissen konnte, wann die nächste Chance dazu sich bieten würde.

Bis heute leuchtet mir allerdings nicht ein, warum sich dieses Thema im Laufe seines Lebens nie erledigt hat. Die Frage nach der nächsten Mahlzeit stellte sich später doch nie wieder. Spätestens ab 1948 bekam er immer genug und meist auch mehr als genug. Lässt sich eine solche frühe Erfahrung tatsächlich ein Leben lang nicht überwinden? Oder kann diese Frage nur stellen, wer mitten in selbstverständlichen Wohlstand hineingeboren wurde?

In seinen letzten Jahren beobachtete ich eine Angewohnheit, die mich zunehmend irritierte und auch störte. Wenn wir essen gingen, leerte er seinen Teller bis auf den letzten Krümel und titschte die Reste der Soße mit einem Stück Brot auf, bis der Teller nahezu blank war. Manchmal verband sich das auch mit einer Art des bewussten, extra langen Kauens, als ginge es darum, die Nahrung bestmöglich zu verwerten. Beim Zusehen empfand ich oft Scham dabei, nicht nur, weil er das, was er meiner Schwester und mir über Tischmanieren, Großzügigkeit und Anstand beigebracht hatte, in solchen Momenten hinter sich ließ, sondern auch, weil ich den Eindruck hatte, dass sich diese Gewohnheit mit der Zeit fast bis zur Zwanghaftigkeit verstärkte. Ich war mir nie ganz sicher, ob ich es als Erscheinung des Alters werten sollte, zumindest im Kreise seiner Kinder keine Rücksichten mehr zu nehmen auf derlei Konventionen, eine Art von Altersradikalität, oder ob es eher eine Geste der Demut war, Dankbarkeit, nie wieder gehungert zu haben?

In vielerlei Hinsicht war er großzügig und nachsichtig, modische Irrtümer verzieh er genauso wie amouröse, aber es empörte ihn, wenn in seiner Gegenwart einer seine Portion nicht aufaß oder lustlos auf seinem Teller herumstocherte. Eine Freundin von mir, die häufig die Hälfte ihres Essens stehen ließ, kostete das enorm an Ansehen.

Dass auch ich den Teller leer machte, darauf achtete er noch, als ich längst erwachsen war, insbesondere bei Geflügel. An einem Knochen noch Fleisch zu entdecken, empfand er geradezu als Beleidigung. Mit einem Gestus, als würde jetzt etwas Grundsätzliches, Immergültiges über das Leben folgen, zeigte er mir dann, wie man ein Huhn oder eine Ente zerlegt und zwar so, dass nichts übrig bleibt, auch nicht das Gekröse unterhalb des Brustknochens. Eine väterliche Botschaft, die ankam. Jedenfalls ernte ich immer wieder staunende Blicke, wenn nach dem Verzehr eines Huhns auf meinem Teller nichts als die blanken Knochen liegen.

Überrascht zu lesen war ich, dass er Essen bereits damals mit einem großen Lustgefühl verband. Die Angst vor dem Nichts oder Zuwenig und die Lust am Überfluss schienen eng beieinander zu liegen. Egal, ob er »14 Pfund Kirschen«, »Kartoffelschlagsahne« oder Kohlköpfe in sich hineinstopfte oder eben den »Dreiliterpudding, von dem ich den Löwenanteil hatte«, Exzesse dieser Art führten zu einem Glücksgefühl, zu einer Art Rausch.

Vermutlich ist es auch kein Zufall, dass er von dem Zeitpunkt an, da er im Tausch gegen seine Lebensmittelmarken von einer Wirtin gut versorgt wurde, das Essen kaum noch erwähnt und viel mehr von seinen Plänen und Absichten berichtet.

Ich stieß auf andere wohlvertraute Muster. Unsere gemeinsamen Urlaube am Mittelmeer etwa liefen im Grunde immer gleich ab: morgens gingen wir ans Meer, mittags saß man lange zu Tisch, aß gut und reichlich, anschließend wurde Siesta gehalten, was mir als Kind als vergeudete Zeit erschien. Doch er legte größten Wert darauf, dass alle sich diesem Ablauf unterwarfen, das sei so üblich in Spanien, Italien, meinte er dann, oder wo immer wir auch waren, nur die Dummen setzten sich nachmittags der Sonne aus. Und so musste ich lächeln, als er seinen Tagesablauf auf Sylt beschrieb: »Mein Leben hier verläuft folgendermaßen. Um 10.00 rum stehe ich auf, nachdem ich im Bett gefrühstückt habe. Dann gehe ich gemütlich zum Strandbad oder lasse meine Schiffchen schwimmen, sonne mich, wenn überhaupt welche da ist und pilgere um 12 rum meistens zum Essen. Dann folgt ein Verdauungsschläfchen und dann geht's wieder runter zum Strand.«

Mit dieser Reise folgte er offenbar einem tiefen Bedürfnis. War er vielleicht mit seinen Eltern schon einmal dort? Jedenfalls lässt er sich weder davon beirren, dass erst ein Freund abspringt, der mitkommen sollte, noch davon, dass eine Bekannte wenige Tage vor Abfahrt ihre Zusage für eine finanzielle Unterstützung der Reise zurückzieht. Irgendwie besorgt er sich ein Attest, das nötig ist, um überhaupt von Marquartstein loszukommen und bricht schließlich mit einer Schulfreundin, Ingelein, gemeinsam auf.

Während ihres Zwischenstopps in Hamburg verdient er sich auf dem Schwarzmarkt Geld und als auch Ingelein alles Nötige beisammen hat, schreibt er: »Ob wir Unterschlupf bekommen werden? Ich sehe schwarz, ganz, ganz schwarz sogar!!! Was riskiere ich? Mein letztes Geld höchstwahrscheinlich. Man schimpft mich, vielleicht mit Recht leichtsinnig.« Trotz allem ist er fest entschlossen, seinem Plan zu folgen. Er mietet sich ein Zimmer – »bloss, teuer, teuer!! Hui, mit Pfeffer, na schweigen wir lieber darüber« – und einen Strandkorb, macht Bekanntschaften – »am Nachmittag habe ich eine nette ›Kleine mit Hund‹ aufgegabelt. Ach Gottchen ja, Kleine ist zuviel gesagt, denn sie ist 31, aber nichtsdestotrotzdem, die albernen Mädchen habe ich fürs erste gewaltig dick.« – bummelt die Strandpromenade entlang, entdeckt »unter anderem Gemüse« auch »Willi Fritsch mit seinem Frauchen und seinem kleinen Sohn. Will Quadflieg auch« und vergnügt sich abends auf einem »großen Sommerball mit der Wahl der schönsten Frau Westerlands«. Er scheint gefunden zu haben, wonach er suchte: »Ach, es ist herrlich hier«, notiert er, nachdem er mit der »Kleinen mit Hund« einen »unverschämt guten Kuchen« gegessen hat. Von seiner Idee des guten Lebens ließ er nie wieder ab. Gut und viel essen, gut und viel schlafen, um sich herum wärmende Sonne, rauschendes Meer und einen netten Menschen.

Nach ein paar Wochen las ich das Tagebuch ein weiteres Mal. Mittlerweile war mir bewusst geworden, dass es auch wie eine Matrix zu lesen war, die Einblick gewährte auf Wesenszüge, die bereits angelegt, aber noch nicht voll entwickelt waren, Einblick auf den Kern dessen, was ihn antrieb und zu demjenigen formte, den ich als meinen Vater kennenlernte.

Seine Einträge, da war ich mir nun sicher, kamen ohne das Kalkül aus, einen imaginären Leser beeindrucken zu wollen, offensichtlich schrieb er aus einem inneren Bedürfnis heraus. Vielleicht ersetzte es ihm gleichermaßen den Freund, dem er sich anvertrauen konnte und den er noch nicht gefunden hatte, wie den großen Bruder, der ihn immer wieder hängen ließ, und den Vater als Ratgeber. Er erwähnt ihn kein einziges Mal. Nur indirekt führt er ihn ein einziges Mal an, als habe er sich vorgenommen, seinen Namen nicht zu nennen. Auf seiner Reise macht er Station in Hamburg, wo sein Vater mit seiner neuen Frau lebt. Er übernachtet dort aber nicht, sondern zieht ein Bett in einem Luftschutzkeller vor. Am 31. Juli notiert er: »Toll, toll, heute bin ich bei ihr zum Essen geladen!!! – Eine Wut habe ich im Bauch! Diese verdammte Wurschtigkeit und dieser kaltschnäuzige Egoismus von eben diesen Leuten bringt mich zur Raserei. XXXX soll man noch immer still sein, still sein und den Mund halten. Ach ja, ich bin auch darüber hinweggekommen, sie leben ihr eigenes Leben und ich meins. Es fällt zwar manchmal etwas schwer, wenn man dran denkt, dass man es ganz hübsch haben könnte und dass es wegen dieser Frau …« Im Jahr zuvor, im März 1945, hatte sein Vater »diese Frau« geheiratet.

Sein Verhältnis zu Achim ist ungetrübt, er freut sich, wenn er eine Nachricht von ihm bekommt und ihn trifft, aber der versetzt ihn ein ums andere Mal. Offenbar ist er der Ansicht, sich das erlauben zu können, weil er der Große ist und der kleine Bruder nichts zu erwarten habe, schließlich hat er ihm den Besuch des Internats finanziert, sofern die Geschichte mit dem Silberbesteck stimmt. Er erwähnt sie an keiner Stelle.

Achim hält sich ebenfalls in Bayern auf, was er dort macht, bleibt unklar. Schon damals trägt er sich mit dem Gedanken, Deutschland zu verlassen und woanders sein Glück zu versuchen. Beide rechnen damit, dass es einen weiteren Krieg geben wird, und vereinbaren für den Fall, dass »es in Old Europe mal krachen sollte«, in New York und Melbourne Adressen, an denen sie Nachrichten hinterlassen wollen.

Einmal schreibt er, »Achim ist abgehauen«, ein anderes Mal »er haut jetzt ab nach Dänemark und von da aus weiter«. Anscheinend hat es nicht geklappt, jedenfalls taucht er ein paar Seiten später wieder auf, mit einem Motorrad. Der kleine Bruder darf hinten mitfahren, doch für den Weg zurück ins Internat fordert Achim Lohn. Er bekommt ein »Dreipfundbrot«.

Er weiß um seine Zerrissenheit, beobachtet sich selbst und sieht sich seinen Emotionen ausgeliefert. »Wann werde ich endlich einmal Herr über meine Gefühle sein«, schreibt er gleich in seinem ersten Eintrag. »Bisher wurde ich immer von ihnen getrieben, niemand weiß, wie sehr ich darunter leide.« Er begreift ihre Macht als Schwäche und als Hindernis beim Erwachsenwerden. Mit Respekt führt er einen Bekannten an, der schnell eine Anstellung als Lehrer gefunden hat. »Er unterrichtet schon. Und ich muss noch immer erst mit mir selbst zurecht kommen. Es ist ein dreimal verfluchter Mist und Dreck. Ich möchte laut Scheisse brüllen!!! So, jetzt ist mir etwas wohler.« Er gibt sich einsichtig und gelobt immer wieder Besserung: »H. hat recht, wenn er mich als rücksichtslos-brutal und zugleich wehleidig-sentimental bezeichnet. Nicht schmeichelhaft für mich, aber treffend. Ich werde mich eben ändern müssen.« So sehr er sich auch müht, es fällt ihm schwer: »Ich war mal wieder blöd und habe jemandem etwas gezeigt, was er eigentlich nicht hätte sehen dürfen. Ich hätte es nicht tun dürfen, aber nun ist es mal geschehen. Es ist aber unbedingt notwendig, dass ich Herr über meine saublöden Stimmungen werde, sonst gibt's noch mal nen Kuddelmuddel. Also Vorsicht!«

Immer wieder ruft er sich zur Ordnung, macht sich selbst Mut und fasst Vorsätze. »Mein oberster Grundsatz soll künftig sein: ›Take it easy!‹ Wenn ich mal Zeit habe, male ich diese Worte und klebe sie über mein Bett!«

Irgendwann später erwuchs aus dieser Einsicht ein Grundsatz, der einen Begriff als Kern hatte: Contenance. Von anderen erwartete er sie selbstverständlich, und es war ihm ein Anliegen, einem nahezubringen, weshalb man sich nicht von seinen Gefühlen leiten lasse dürfe. Wenn er so sprach, klang das ausgesprochen plausibel. Doch viel beeindruckender waren seine legendären Ausbrüche. Etwa, wenn die Familie sich abends um einen von meiner Mutter zubereiteten Berg Tatar versammelt hatte, und sie eine spitze Bemerkung machte – nach siebzehn Jahren Ehe wusste sie genau, wo er empfindlich zu treffen war. Oder meine Schwester eine Machtprobe suchte und ihn frontal angriff.

»Was soll das heißen?«, fragte er dann mit einem anschwellendem Drohen in der Stimme, wartete die Antwort aber gar nicht mehr ab, sammelte sich, und dann wurde es laut. Sehr laut. Sobald sein Jähzorn sich entlud, kam etwas ins Rollen, das durch nichts aufzuhalten war, weder durch Argumente noch mit Widerworten oder Themenwechsel. Solche Abende endeten damit, dass er wütend und beleidigt ging, sich tagelang nicht meldete. Dem Schweigen folgte nach ein paar Tagen ein zerknirschtes Telefonat, in dem er, je nach Anlass des Streits, beteuerte, wie leid es ihm tue und er ganz unaufgeregt seine Erregung zu erklären versuchte.

Manchmal belustigten mich solche Auftritte. Darin, wie er alles niederwalzte, was sich ihm entgegenstellte, und sein Redeschwall sich wie glühende Lava ins Wohnzimmer meiner Mutter ergoss, sah ich eine wundersame Naturgewalt, und staunte. Oft ärgerte ich mich, zumal, wenn ich mich falsch verstanden fühlte oder der Meinung war, er habe mir nicht richtig zugehört, und sein Zorn mal wieder die Gelegenheit zu einem Gespräch zunichte machte. Nie habe ich daran gedacht, dass diese Spannung ihn ein Leben lang begleitet hat und etwas war, mit dem er seit jungen Jahren zu kämpfen hatte und selbst als Schwäche ansah. Und dass seine Mahnung, Contenance zu bewahren, im Grunde an sich selbst gerichtet war.

Auch seine Neigung zu Melancholie scheint bereits an einigen

Stellen durch. Über zwei Mitschüler schreibt er: »Sie quälen wieder, unbewusst allerdings, durch ihre derb-laute Fröhlichkeit, ich beneide sie sehr darum, warum kann ich denn nicht so sein?« Er glaubt, er gerate ins Abseits. »Ich weiss ganz genau, dass ich mich auf die Dauer mit diesen scheusslichen Grübeleien kaputt mache, ich glaube der Einzige, der erkennt, was mit mir los ist, ist Rudi – hoffentlich mein Freund. Er weiss nur nicht, dass ich ihn gern mag. Warum habe denn ausgerechnet ich keinen Halt mehr, warum musste ich nur so viel erleben, dass ich anders als die anderen geworden bin?«

Der letzte Satz ist eine von zwei Bemerkungen, die sich auf seine Erlebnisse im Krieg beziehen. Mehr als eine vage Ahnung lässt auch der Hinweis nicht zu, den er auf Sylt notiert: »Eigentlich führe ich ein recht beschauliches Dasein hier oben und doch bin ich irgendwie nicht ganz zufrieden und so richtig kann ich mich auch nicht mehr freuen. Ist wirklich der Krieg daran schuld? Hat der uns alle so dumpf und stumpf gemacht?« Was er erlebt hat oder mit ansehen musste, darüber schreibt er kein Wort.

Wenn er mal auf seine Zeit als Soldat zu sprechen kam, was selten genug vorkam, dann nie in der Weise, dass er ausführlich davon erzählte, es war eher so, dass er Bemerkungen einflocht, Nebensätze, die sich auf diese Zeit bezogen, aber in einem ganz anderen Zusammenhang standen. »Dumpf und stumpf« löste nichts aus. Ich nahm mir vor, meine Mutter zu fragen, meine Schwester und auch Klara. Ob er ihnen davon erzählt hatte?

Gelegentlich illustrierte er seine Einträge mit kleineren und auch ganzseitigen Skizzen. Sie sind schnell hingeworfen, aber sie verraten Talent, ein gutes Auge und Gespür für Proportionen. Bis er im Alter zu malen begann, wäre ich nie auf die Idee gekommen, dass er dafür eine Begabung besaß, nie habe ich ihn auch nur eine Kleinigkeit zeichnen sehen, noch hatte er je erwähnt, dass einige seiner Bilder den Weg in eine Ausstellung fanden und er einen

Preis gewann. Als ich ihn einmal darauf ansprach und fragte, was ihn dazu gebracht habe, zu malen, erwähnte er mit keinem Wort, dass das eine Vorgeschichte hatte und er einer Neigung nachging, die 50 Jahre lang brachgelegen hatte. War er sich dessen vielleicht gar nicht bewusst? Kann es sein, dass man als alter Mann vergessen hat, was einen als Jugendlichen bewegt hat? Jedenfalls schloss sich mit seinen Aquarellen, die in den letzten Jahren entstanden, ein Kreis.

Zunehmend faszinierte mich das Paradox, wie Notizen, die ursprünglich nichts weiter waren als Momentaufnahmen und Selbstgespräch, nun, 60 Jahre später, ein Leben erklären halfen, das zum Zeitpunkt der Niederschrift noch vor ihm lag, zum Zeitpunkt meiner Lektüre bereits hinter ihm.

Als Schlüsselerlebnis nahm ich, der seine wohlsortierten Kleiderschränke genauso vor Augen hat wie seine, trotz zunehmender Korpulenz, makellose Erscheinung, etwa eine Erfahrung wahr, die er auf Sylt notiert. Er erzählt von einem großen Sommerball. Die eleganten »Damen in Abendkleidern« beeindrucken ihn ebenso wie die »entsprechend fürnehm« gekleideten Männer. Er selbst trägt kurze Hosen, es bleibt ihm keine andere Wahl. Doch sein Verlangen, sich unter die Tanzenden zu mischen und dabei zu sein, ist größer als das Unbehagen, nicht passend gekleidet zu sein: »Wer dumm schaut, soll mir einen vernünftigen Anzug kaufen.« Als bedürfe seine Haltung einer Rechtfertigung, schickt er hinterher: »Aber als ich dann die eisigen Mienen und Blicke sah, dachte ich: Nun erst recht! Und hab mich recht gut unterhalten und sauwohl gefühlt!«

Dieses Erlebnis beschäftigt ihn noch Tage später. Er malt sich aus, welche Chancen sich ihm eröffneten, wäre er in der Lage, sich besser zu kleiden. »Dann wäre jeden Abend was gefällig. Aber so! Man muss sich eben dran gewöhnen, dass man plötzlich 2. Klasse geworden ist, nur weil man sich eben nicht so anziehen kann.« Zwei Monate später, in Marquartstein, gelingt es ihm, sich für einen Ball einen Anzug zu leihen. Am Tag darauf ist er von der Wirkung ebenso fasziniert wie abgestoßen: »Schau, schau: schon blinzeln mir die kleinen Gänschen in meiner Klasse 10mal intensiver als sonst zu und lächeln (grinsen dumm), wenn ich sie aus Zufall mal anschaue. Die allgemeine Blödigkeit könnte mich ankotzen auf die Dauer.«

Ein Schlüsselerlebnis? Wollte er seitdem zu denen gehören, die Anzüge tragen und nicht kurze Hosen? Ist es übertrieben, einen solchen Schluss zu ziehen? Es ist nicht mehr als eine Vermutung. Ich weiß nicht, ob er als Kind sonntags in einen feinen Anzug gesteckt wurde und sich deshalb ein Zweite-Klasse-Gefühl einstellte, weil ihm beim Anblick der Tanzenden der Verlust alter Privilegien bewusst wurde, die mit dem Krieg und dem Bruch mit seinem Vater verschwunden waren. Doch ich stelle es mir so vor und diese Vorstellung scheint mir nicht ganz abwegig.

Am Ende seines Tagebuchs stolperte ich über ein Wort, das ich meinen Vater nie habe sagen hören, weder meine Mutter noch sonst irgendjemand gebrauchte es in Zusammenhang mit ihm. Er begriff sich nicht als Flüchtling und deshalb kam das Wort in seinem Wortschatz einfach nicht vor. Nur in seinem Tagebuch von 1946, ein einziges Mal.

Die Nachkriegsgeschichte, das war das eine, die Geschichte meines Vaters nach dem Krieg etwas anderes. Mied er diesen Begriff aus politischer Überzeugung, weil er es ablehnte, sich mit revanchistischen Thesen gemein zu machen? Weil es ihm nie eingefallen wäre, die neue Lage infrage zu stellen und Ansprüche anzumelden? Weil es seinem Gefühl für Gerechtigkeit und Recht entsprach? Oder war es einfach so, dass er dieses mögliche Selbstverständnis einfach nicht in Anspruch nahm, weil er für sich selbst etwas viel Besseres, Vielversprechenderes gefunden hatte, eine Identität, die sich nicht aus der Vergangenheit speiste, sondern aus einem Versprechen auf eine Zukunft. Eine Zukunft, die viel kräftiger erschien, ein bisschen Glück in Aussicht stellte und ein ganz anderes, neues Leben ermöglichte als das seiner Jugend, das mit der Zeit in Uniform schon recht früh einen moralischen Tiefpunkt erreicht hatte.

Ich denke, beides trifft zu. Dazu kam, dass er vielleicht nicht vergessen, doch erfolgreich verdrängt hatte, dass auch er zu jenen gehörte, die keine andere Wahl hatten, als ihre Heimat zu verlassen, weil aus der deutschen Stadt, in der er aufwuchs eine polnische geworden war. Er wollte die Vergangenheit vergangen sein lassen, und nicht zurückblicken, nicht daran rühren. Deshalb verzichteten er und sein Bruder Ende der siebziger Jahre auch auf die Ansprüche auf das Haus in der Nähe von Magdeburg. Was sollten sie auch damit? Dieser Fall schien erledigt. Vergangenheit, vorbei.

Wann sich diese aus Überzeugung und Verdrängen gespeiste Haltung herausbildete, ich weiß es nicht. Damals jedenfalls war ihm das Wort »Flüchtling« noch geläufig und er gebrauchte es in seinem Tagebuch ein einziges Mal, als er am 23. Oktober 1946 schrieb: »Am 18. X. haben wir Flüchtlinge einen sehr gelungenen bunten Abend gestartet. Der Prinzregent war überfüllt. Ich habe mit Su Gitarre gespielt, im Hot Quintett mitgemacht und auch im Chor mitgesungen.«

Meine Befürchtungen, das Tagebuch könnte peinliche Bekenntnisse offenbaren, weniger sympathische Seiten zum Vorschein bringen und den Blick auf ihn grundlegend verändern, waren unbegründet. Die Lektüre hat den Blick auf ihn und sein Leben geschärft. Ich entdeckte, welche Eigenschaften seines Charakters bereits angelegt und ausgeprägt waren und ich verstand in mancher Hinsicht besser, warum er war, wie er war. Doch ich stieß auch auf neue Fragen. Was etwa waren es für Erlebnisse, die ihn »dumpf und stumpf« machten? Hatte er Menschen sterben sehen? Nagte die Einsicht an ihm, sein Leben in aussichtsloser Lage sinnlos aufs Spiel gesetzt zu haben, peinigte ihn die Scham, auf der falschen Seite gestanden zu haben, noch nicht das Wissen und die Kraft besessen zu haben, widerstehen zu können? Hatte er selbst getötet? Zu gerne würde ich wissen, wann und wie er erkannte, dass die Idee, die er als 15-Jähriger mit einer Waffe in der Hand verteidigte, einem mörderischen System diente. Wie überzeugt war er davon? Das Tagebuch gibt darauf keine Antwort.

Seine Notizen sind das Dokument einer Suche. Eines 17-Jährigen, der vier Jahre zuvor seine Mutter verloren hatte, mit seinem Vater verkracht war und weit entfernt von dort, wo er aufwuchs, ein Internat besuchte. Eines ebenso unsicheren wie einsichtigen 17-Jährigen, der an sich und seinen Stimmungen leidet, aber wild entschlossen ist, einen Weg für sich zu finden, mehr noch: eine Identität. Eine Identität, die Halt gibt, auf der sich eine Existenz aufbauen lässt und die Stabilität verspricht. Denn einmal hatte er eine Identität bereits verloren.

Er saugt alles auf an Inspiration, an Argumenten, an Erlebnissen, alles was in Griffweite liegt, egal, ob es sich um Theateraufführungen handelt, um Filme, um Ausflüge in Wirtshäuser, Tanzlokale und auf Rummelplätze, er nutzt jede Gelegenheit, sich auszuprobieren, ob als Schlagzeuger, Zeichner, Schwarzmarkthändler oder Liebhaber. In seinen Ambitionen unterscheidet er sich kaum von 17-Jährigen früherer oder späterer Generationen.

Was immer er auch unternimmt, er ringt um Haltung. Er reagiert empfindlich auf Autoritäten, ganz gleich, ob sie in Gestalt des gefürchteten Schuldirektors auftreten, als »schartelige Megären« im Zug, als dominante Klassenkameraden, die nicht an das Ende des Nazitums glauben wollen, als hochnäsige Bürokraten, die es vorziehen, Zeitung zu lesen anstatt eine Reisegenehmigung auszustellen oder als »verhasste Grüne«, die den Hungernden das geklaute Obst abnehmen. Er fürchtet einen erneuten Krieg. Insgeheim bewundert er den Habitus der GIs, wenn sie Zigaretten durch die Luft schnippen oder »lässig« über ihre Köpfe hinweg schießen, als ein amerikanischer Lastwagen das Motorrad seines Bruders überholt. Zugleich begrüßt er eine Demonstration gegen die Besatzungspolitik der Alliierten und empört sich, als ein Lehrer einem Schulfreund mit dem Verweis von der Schule droht, falls er weiterhin seine Lederhosen »nach alter Art« umgekrempelt trage. Skrupel überspielt er: »Am Freitag habe ich mich dem Schwarzen Markt gewidmet und ganz schönes Geld verdient. Nicht schön, wird sicherlich mancher sagen, aber schliesslich brauche ich Schulgeld und soviel würde ich mit ehrlicher Arbeit die ganzen Ferien nicht verdienen. Ich kenne da nichts!!!«

Er gibt das Bild eines Einzelgängers ab, der den Unterricht als notwendiges Übel in Kauf nimmt und seine Lehrer ignoriert, bis auf zwei. Den einen schätzt er, weil der sich einsetzt, als er nicht mehr im Internat wohnen durfte. Der andere war der Kunstlehrer, mehrfach nennt er ihn bewundernd »der alte Fürst«. Namen von Freunden tauchen auf, doch den einen besten Freund, den Vertrauten, scheint es nicht zu geben.

Seine Gedanken kreisen, zumindest in den ersten Wochen seiner Aufzeichnungen, fast ausschließlich um Mädchen. Er nimmt die kleinsten ihrer Regungen wahr, ist fix mit seinem Urteil und lässt sich ebenso schnell begeistern wie enttäuschen. Seine Vorstellungen von der Liebe sind durch und durch romantisch, und es ist eine der wenigen, vielleicht die einzige Überzeugung, die er bereits gewonnen hat.

In den fünf Monaten, die seine Aufzeichnungen umfassen, durchläuft er eine spürbare Entwicklung. Die Grübeleien lassen nach, ebenso die Stimmungswechsel, er wird selbstgewisser, seine Verunsicherung beginnt Einsichten zu weichen. Manche legte er nie wieder ab, jedenfalls waren mir einige sehr vertraut: »Sucht und verlangt man etwas, dann wird es einem nie zuteil. Wenn man aber mit dem, was man hat, zufrieden ist und alles laufen lässt, dann fallen einem die schönsten Sachen von allein zu.«

Lachen musste ich auch, als ich seinen Hang zum Bequemen, seine immerwährende Sorge und seine daraus resultierende Lust, es sich gut gehen zu lassen entdeckte: »Aber warum soll ich mir denn das Leben schwer machen?«, schreibt er. »Wer weiß, was alles noch kommt, ob wir überhaupt über diesen Winter kommen, so ganz sicher ist das gar nicht mal. Und schliesslich, muss man nicht ein ganzes Leben beinahe nur von seinen Erinnerungen zehren? Zu bedauern der, der sich keine geschafft hat!«

Offensichtlich ist er bereits in dieser Zeit auf einen entscheidenden Baustein seiner neuen Identität gestoßen: den Namen, den er sein Leben lang trug, Tino.

Zunächst hatte ich den Hinweis überblättert, er befand sich gleich auf der mit Karton verstärkten Umschlagseite. Mit derselben Tinte, die er zum Schreiben seiner Einträge benutzte, stand dort in großen, verzierten Lettern, quer über die ganze rechte Seite mehr gemalt als geschrieben, ein Name. Tino.

Mag sein, dass er sich noch nicht so nannte, doch er war bereits auf ihn gestoßen und existierte bereits in seinen Gedanken. Die Erklärung meiner Mutter, seine amerikanische Freundin habe ihn so genannt, war damit hinfällig.

Wo er den Namen gehört oder aufgeschnappt hat, ob ihn jemand so nannte, ob eine literarische Figur dafür Vorbild war, darüber verliert er kein Wort. Groß und eigentlich unübersehbar, wie er auf dem inneren Umschlag prangte, lässt er sich lesen wie ein Untertitel zu »Mein Tagebuch, jawohl«. Er verleiht den Aufzeichnungen eine Klammer, so dass sie sich lesen lassen wie eine Verwandlungsgeschichte, genau genommen als deren Beginn. Die Geschichte der Verwandlung des Klaus-Dieter in Tino Reichardt.

Wann genau diese Verwandlung ihren Anfang nahm, ist schwer zu sagen. Das Tagebuch illustriert einen Teil dieser Entwicklung, vielleicht den entscheidenden. Er erwähnt seine Bemühungen, Österreicher zu werden, er spielt mit dem Gedanken, die französische Staatsbürgerschaft anzunehmen, er träumt von Amerika und beabsichtigt, in die KPD einzutreten. Seine Ambitionen änderten sich nahezu wöchentlich, lösten sich ab, konkurrierten miteinander und erscheinen widersprüchlich. Er kämpfte und rang mit sich, den richtigen Weg einzuschlagen.

Leider schreibt er so gut wie nichts darüber, welche Hoffnungen er mit den verschiedenen Möglichkeiten verband. Ebenso wenig, worauf und auf wessen Einfluss seine Ideen zurückgingen, wer seine Vorbilder waren. Einmal schreibt er, es habe sich eine neue Möglichkeit »in meinem Ziel Nr. 1« ergeben. Worum es sich handelt, lässt er offen. Sei es, dass es so geheim war, dass er es nicht einmal seinem Tagebuch anvertraute, sei es, dass es sich auf seinen Wunsch auf eine andere Nationalität bezieht. Er schreibt, dass ihn die erhaltene Nachricht »so aufgeregt hat, dass ich die ganze Nacht davon geträumt habe und mein Kopf auch heute noch heiss ist davon. In einer halben Stunde hoffe ich Näheres zu erfahren, hoffentlich, hoffentlich, klappt es.«

Welche Absicht auch immer gerade Vorrang hatte, das Motiv ist immer dass Gleiche: er wollte sich lösen. Von seiner Vergangenheit, seiner Geschichte, der seiner Familie, der seines Landes. Vielleicht auch von seinen Dämonen. Alles wollte er hinter sich lassen, um den Trümmern seines eben erst begonnenen Lebens zu entkommen, und seine Absetzbewegung kannte nur eine Richtung: weg von gestern, weg von der Vergangenheit, so weit als möglich. Ein Antrieb, der enorme Energien freisetzte und sein ganzes Leben bestimmte.

Die Trennung von meiner Mutter, seine zweite Ehe, war im Grunde genauso ein Versuch, dem Leben noch mehr abzuringen und noch einmal ein ganz anderer zu werden wie später, als er gemeinsam mit Klara ein Leben führte, das wiederum komplett in Kontrast stand zu all dem, was er die Jahre zuvor für wichtig hielt.

Hat er je gefunden, wonach er als 17-Jähriger zu suchen begann?

Ein neues Leben, das richtige? War das vielleicht einer der Punkte, über die er in den letzten Wochen seines Lebens nachdachte? Eine der Fragen, über die wir beinahe noch gesprochen hätten?

# Erinnerungen

Was sollte ein Sohn unbedingt über seinen Vater wissen?

Mittlerweile war ich in der Lage, einige Linien zu erkennen, die sich durch sein Leben zogen. Einzelheiten aus den Briefen, den Fotos, dem Tagebuch fügten sich zu einer Skizze, gaben Unschärfen Kontur und erweiterten mein Bild um einige Facetten. Ich wusste weit mehr über ihn als am Tag seines Todes.

Dennoch, irgendetwas fehlte. Aber was genau? All die Erkenntnisse, die mir mehr oder weniger in die Hände gefallen waren, warfen wiederum neue Fragen auf und beförderten den Drang, ein paar Dinge zu klären. Vermutlich war eine Art professioneller Reflex mit im Spiel, der sich mit dem Wunsch verband, ein Leben zu einer Geschichte zu verdichten und es erzählbar zu machen. Stärker aber scheint mir, im Nachhinein, die Absicht, verstehen zu wollen, wie sich eine kleine Erzählung mit einer großen verknüpft, sein Lebensweg einpasst in sechs Jahrzehnte Nachkriegsgeschichte. Dazu kam eine Art sportlicher Ehrgeiz, Verborgenes freizulegen, so wie früher, als ich mit Freunden in alten verlassenen Villen stöberte oder wir uns in alte Bunker hineinwagten und glücklich waren, wenn wir einen Stapel alter *Simplicissimus*-Hefte oder eine nicht gezündete Handgranate fanden.

Wie ergiebig wäre es, überlegte ich, ein weiteres Mal in den Keller zu steigen. Dort stehen noch ein paar Kisten mit Diatrommeln aus den 70er Jahren. Er hatte sich damals eine Nikon gekauft und war, der damaligen Mode folgend, dazu übergegangen, Diafilme zu verwenden. Als ich sie damals verpackte, hielt ich ein paar Rahmen davon gegen das Licht. Landschaftsaufnahmen aus der Toskana, aus Brasilien, viele mit dem Weitwinkel, Bilder von Safaris. Dazu die Kisten in meinem Speicher mit den orangeroten Plastiktüten und Tausenden von Bildern mit den ewig gleichen Motiven, Geburtstage, Weihnachten, Ostern, Urlaube und Pferde.

Ich könnte Notizbücher durchforsten nach Namen, die mir bekannt vorkamen, oder, noch besser, die anrufen, die ich nicht kannte, jedenfalls wäre das die überraschendere Variante. Vielleicht würde ich auf ähnliche Bekanntschaften stoßen, wie die der geheimnisvollen Briefeschreiberin.

Ein paar Wochen nach seinem Tod fand ich in seiner Post eine Karte, die den Absender »Lady Curzon« trug. Ich schrieb ihr, dass mein Vater gestorben sei, und fügte hinzu, dass ich mich freuen würde zu erfahren, woher sie ihn kannte. Sie antwortete, dass sie sich auf einer Reise kennengelernt hatten und er ein Spiel daraus machte, sie Lady Curzon zu nennen, das sie gerne mitspielte. Die Details behielt sie für sich. Ich könnte im Impressum von alten *Quick*- und *Jasmin*-Ausgaben nachsehen, und Kollegen ausfindig machen. Sicher wäre es ein Spaß zu hören, wie sie früher Zeitschriften gemacht haben, Titel texteten und Auflagenrekorde feierten. Eine *Vogue*-Redakteurin erzählte mir einmal, wie sie ihn in seinem Zimmer überraschte, als er gerade vor dem Schrank stand, in dem er all das verstaute, was er sich in die Redaktion schicken ließ – insbesondere Schokolade, Würste, Weine, Champagner und Parfums –, und nichts weiter tat, als seine Schätze anzusehen und dabei einen absolut glücklichen Eindruck machte. Natürlich freute ich mich, diese Anekdote zu hören, allein, weil sie in aller Knappheit viel von seinem Charakter erzählte. Ich könnte Kontakt aufnehmen mit alten Freunden, sofern sie noch leben. Über einen etwa wurde gerne die Geschichte erzählt, dass er immer wieder davon sprach, eine Nacktparty feiern zu wollen. Eines Tages gab ihm ein Freund zu verstehen, dass es so weit sei, er habe alles arrangiert. Er kam, zog sich sofort aus und fand auch nahezu alle seine Freunde mit ihren Frauen und Freundinnen vor, allesamt gekleidet wie immer auf Partys. Am meisten hat mich an dieser Geschichte immer beeindruckt, dass er den Abend splitternackt durchhielt. Ich könnte ihn fragen, ob es sich tatsächlich so zugetragen hat, welche Rolle mein Vater dabei spielte, was ihre Freundschaft ausmachte und woran sie zerbrach. Doch einfach Anekdoten sammeln?

Bewusst wurde mir das, als meine Schwester erzählte, dass sie zufällig den Mann getroffen hatte, der den Vater oft beim Fischen begleitete. Er erzählte ihr eine lustige Geschichte. Er, der das Fischgewässer beaufsichtigte, hatte schon eine Weile auf meinen Vater gewartet. Der war spät dran, kam direkt aus der Redaktion, trug ein paar dünne Slipper, eine feine helle Hose und wie so oft, ein blaues Hemd. Er müsse ihm etwas zeigen, sagte der Fischmeister, sie müssten aber an einer Mure vorbei und er solle sich vorher besser umziehen, der Untergrund sei tief und matschig. Nein, sagte der Vater, er passe schon auf, er komme klar. Keine fünf Minuten später versank er wie in einem Slapstickfilm in der Mure bis zum Hals und fand nur mit Hilfe wieder heraus, komplett verdreckt und durchnässt. Ich lachte, als sie das erzählte. Wir kannten diese Geschichte beide nicht. Und ich wusste nicht, was ich komischer fand: die Vorstellung des von Schlamm überzogenen Vaters oder den Umstand, dass er diese Geschichte für sich behalten hatte.

Sicher, es wäre aufschlussreich, was Männer über ihn erzählen und was Frauen, wie das Bild, das andere von ihm gewonnen haben, sich von dem meinen unterscheidet. Es gäbe eine Menge lustiger Geschichten zu erzählen, aus denen wieder neue Fragen entstünden, sie ließen sich verknüpfen mit Geschichten, die ich bereits kannte, ich könnte Hinweisen nachgehen, Spuren folgen, mit dem Ziel … ja, mit welchem Ziel eigentlich? Ich wollte ja nicht gegen ihn ermitteln, sondern nur ein paar Zusammenhänge besser begreifen.

Eine andere Frage trieb mich viel mehr um. Wie lag ich im Vergleich zu anderen, was das Wissen über den eigenen Vater betrifft? War es eher viel oder wenig, was ich über ihn wusste? Bin ich mit diesem Gespinst aus Schnipseln, Legenden, Vermutungen und logischer Fantasie ein Einzelfall, war es »P. P.«, wie mein Vater in seinem Tagebuch einmal schrieb, »persönliches Pech«? Oder geht es Gleichaltrigen ebenso wie mir? Könnte es sein, dass dieses Halbwissen über die Eltern, die Familie, die Herkunft, ein Merkmal der Generation darstellt, deren Eltern durch den Krieg und seine Folgen entscheidend geprägt wurden? War das früher anders, erzählten Väter ihren Söhnen da mehr von sich oder einfach nur anderes?

Liegt es vielleicht in der Natur der Dinge, dass Söhne von ihren Vätern nur ein paar Geschichten kennen, aus denen sie zuerst ihr Bild vom Vater und später ihr Männerbild zusammensetzen? Und der Rest ein Mysterium bleibt. Liegt die Macht der Väter gerade im Unausgesprochenen und Undurchdringbaren? Sichert ihnen ihr Wissensvorsprung und ihre Deutungshoheit die Bewunderung und den Respekt der Söhne, zumindest bis das Aufbegehren mehr oder minder heftig einsetzt und Heldenväter auf Normalgröße schrumpfen, bestenfalls auf Augenhöhe?

Ich sprach mit Freunden. Ganz gleich, wie sie zu ihren Vätern stehen, ob ihr Verhältnis herzlich oder schwierig ist, ob sie ihren Vater gar nicht kennen, erst spät kennenlernten oder mit einem Paradevater im Vorstadtidyll aufwuchsen, irgendwann mündete jedes Gespräch in derselben Erkenntnis: »Ja, da gibt es das eine oder andere, was ich gerne wüsste.« Über seine Vergangenheit, alte Lieben, undurchschaubare Verwandtschaftsverhältnisse, angedeutete Geheimnisse, verschwiegene Kinder, nicht erhaltene Erbschaften, Geschichten vom Scheitern, nie nachgeprüfte Behauptungen. Dass er seinen Vater gut kennen würde, besonders viel mit ihm gesprochen habe und alles wisse, was er gerne wüsste, behauptete jedenfalls kein einziger.

Wenn es ihnen ähnlich ginge wie mir, vielleicht ließen sich dann Gesetzmäßigkeiten erkennen und ein allgemeingültiger Maßstab, an dem ich mich am Ende messen könnte und der mir eine Antwort gäbe auf meine Frage. Ich nahm mir vor, mit Psychologen darüber zu sprechen. Als Erstes schrieb ich an eine systemische Therapeutin, die ich einmal kennengelernt hatte und die mir mit ihren oft überraschenden Antworten in Erinnerung geblieben war. Sie antwortete, dass sie mir gerne helfe, am besten wäre, ich würde ihr vorab ein paar Fragen schicken, damit sie sich ein paar Gedanken dazu machen könne.

Nach einer Stunde hatte ich gut 50 Fragen zusammen. Darunter solche wie: Über welche Themen sollten Söhne und Töchter unbedingt Bescheid wissen? Welche Folgen ergeben sich, wenn dieses Wissen nicht weitergegeben wird? Wie weit kann, wie weit darf das Interesse gehen, wo verlaufen Grenzen? Ich dachte dabei an die Haltung meiner Schwester. Inzwischen hatte ich ja selbst ein paar Mal das Gefühl, eine Grenze zu überschreiten. Als ich die Schubladen in seiner Wohnung aufzog etwa, später, als ich die Ordner las, oder mir die Brieftaschen ansah. Ich ordnete die Fragen nach Themenkomplexen und schickte sie ihr. Ich erhoffte mir Definitionen, eine Checkliste für den Hausgebrauch, erstens, zweitens, drittens.

Ein paar Tage später rief sie mich an. Es täte ihr leid, sagte sie, aber sie sei wohl doch nicht die Richtige dafür. Allgemeingültige Aussagen ließen sich nicht treffen, jedenfalls wolle sie das nicht tun. Jeder Fall liege anders, jeder verlange nach einer individuellen Antwort. Sie treffe häufig auf Menschen, die wenig über ihre Eltern wüssten, doch die Probleme, die sich daraus ergeben, seien kaum miteinander zu vergleichen. Auch Grenzen zu definieren, wie weit man mit seinen Fragen gehen könne oder solle, sei nicht sinnvoll. Es gebe Fälle, da seien Fragen notwendig, die zu beantworten sehr schmerzhaft sei, aber aufschlussreich für den, der sie stellt. Ebenso habe sie Patienten geraten, ihre Wissbegier zu zügeln und das Privatleben ihrer Eltern zu respektieren. Ich verstand ihren Standpunkt, zugleich war ich enttäuscht.

Ich überarbeitete meine Fragen, formulierte sie so, dass sie offene Antworten zuließen und ihnen nicht mehr anzumerken war, wie sehr sie nach Definitionen lechzten und schickte sie einer Psychologin, die eine Praxis in München betreibt.

Sie begann wie ihre Kollegin. Allgemeingültiges sei dazu nicht zu sagen, doch sie sah es nicht ganz so kategorisch. Natürlich sei es wichtig, vor allem über Wendepunkte in Familiengeschichten Bescheid zu wissen, worin auch immer die bestehen, ob es nun eine Trennung, eine Krankheit oder ein Umzug sei. Sie erzählte, dass in ihre Praxis zunehmend Jugendliche kämen und der Großteil ihrer Probleme daher rühre, dass der Kontakt zu ihren Eltern schwierig oder schwer gestört sei.

Welche Folgen, fragte ich sie, habe es denn, über bestimmte Dinge nicht Bescheid zu wissen, Fragen nicht zu stellen.

»Nun«, sagte sie, »dann wird man sich bestimmter Muster eben nicht bewusst.« Was nicht automatisch ein Nachteil sein müsse. Nur sei es dann eben so, dass man nicht unbedingt versteht, warum man immer wieder in dieselben Situationen gerät.

Ich erzählte ihr von dem Koffer, dem Tagebuch, den Briefen und wie sehr es mich gefesselt habe, das alles zu lesen, von meiner Wissbegier, aber auch, an welche Grenzen mein Interesse stieß.

Völlig in Ordnung, meinte sie, es gebe da keine Regeln. Ich dankte ihr für das Gespräch. Ich war erleichtert und um eine Erkenntnis reicher. Was man über seinen Vater wissen will, muss jeder selbst herausfinden.

Wie ein Archäologe, der einen Plan seiner Funde kartografiert, ging ich durch, woher meine Einschätzungen, mein Wissen über meinen Vater stammten. Ein paar Augenblicke lang versuchte ich mir vorzustellen, was zum Vorschein käme, ließen sich alle Erinnerungen, die ein Mensch im Laufe seines Lebens in Köpfen, Koffern und Schubladen hinterlässt zusammenführen? Wenn all das Vorenthaltene, Verschwiegene und Unausgesprochene auf einmal einsehbar wäre, würde das die Einschätzung eines Menschen grundlegend verändern oder träte aus der Masse der Geschichten derselbe Charakter hervor? Dabei stieß ich auf die ebenso banale wie entscheidende Einsicht, nämlich die, dass es naturgemäß ausgesprochen schwierig ist, über den Zeitraum des Lebens seiner Eltern Bescheid zu wissen, der vor der eigenen Geburt liegt.

Mein Vater war 35, als er zum zweiten Mal Vater wurde, meine ältesten Erinnerungen stammen aus der Zeit, als ich fünf, sechs Jahre alt war. Ein eigenes Bild konnte ich mir also nur von der zweiten, kürzeren Hälfte seines Lebens machen.

Wenn ich heute an ihn denke, sehe ich den 60-, 70-Jährigen vor mir, der es hasste, alt zu werden, an einem Tisch sitzen, die Unterarme auf die Tischkante gestützt, leicht vornübergebeugt, die Hemdsärmel hochgeschlagen, den Kopf leicht geneigt, seinem Gegenüber zugewendet, lachend nach einer lustigen Bemerkung, die Augen blitzend, vor sich einen Teller und ein Glas. Vor meinem inneren Auge sehe ich den Mann, der er zuletzt war, zu dem er in sechs Jahrzehnten geworden war. Amüsant, lebendig und dominierend in Gesellschaft, bemüht, sich keine Blöße zu geben und alle bei Laune zu halten.

Im Ohr habe ich den sorgenvollen Ton, mit dem er mich auf alle möglichen Risiken und Eventualitäten hinwies, auch das Vorwurfsvolle, wenn er der Ansicht war, nicht genug Aufmerksamkeit zu bekommen und von seinen Krankheiten erzählte, die ich oft für Einbildung und Wichtigtuerei hielt.

Am präsentesten sind natürlich meine Erinnerungen aus den vergangenen Jahren. Sie lassen sich ausdehnen auf die letzten zwanzig Jahre seines Lebens, etwa bis in die frühen Achtziger.

Von diesem Zeitpunkt an war ich nicht nur genauso groß wie er, laut Pass maß ich einen Zentimeter mehr, 1 Meter 87, auch in anderer Hinsicht verringerte sich die Distanz zwischen uns. Ich machte Abitur, begann, mein eigenes Leben zu führen, und unternahm alles dafür, um unabhängig von zu Hause zu werden. Er war nun nicht mehr der Held aus Kindertagen, die kritiklose Bewunderung des Heranwachsenden schwand, stattdessen nahm ich vor allem seine Macken und Schwächen wahr. Es kam zu Auseinandersetzungen und Provokationen, gegenseitigen Kränkungen und kleinen Machtgerangeln. 16 war ich, als ich ihn das erste Mal anschrie. Ich konnte ihm nun in die Augen sehen, ohne den Blick nach oben richten zu müssen.

Für ihn waren die 80er Jahre die Zeit seiner zweiten Scheidung und eines Neubeginns gemeinsam mit Klara. Seine letzten Berufsjahre fielen zusammen mit meinem Studium, und in dem Jahr, als ich meinen ersten Job als Redakteur begann, hörte er auf zu arbeiten.

Wenn wir uns sahen, dann meistens in einem Lokal. Vater treffen hieß essen gehen. Im Steakhaus neben der *Vogue*-Redaktion, abends beim Griechen oder Italiener, am Wochenende in einer bayerischen Wirtschaft auf dem Land. Der Rest waren Telefonate und Postkarten, die er unermüdlich von seinen Reisen schrieb. Das Meiste, was ich über ihn aus dieser Zeit weiß, weiß ich aus eigener Beobachtung, aus eigenem Erleben, aus eigener Erfahrung.

Das gilt weitgehend auch für die siebziger Jahre. Aus diesem Jahrzehnt stammen meine besten Erinnerungen an ihn, auch wenn ich ihn nicht oft sah. 1972 heiratete er zum zweiten Mal, von zu Hause ausgezogen war er schon Ende der sechziger Jahre. Eine Weile lebte er vorübergehend in einem Hotel-Appartement. Bei seinem Auszug war ich sechs, als er sich erneut trennte, neunzehn.

Ich kannte die wichtigsten Schauplätze seines damaligen Lebens, die Villa im Münchner Herzogpark, das Gut in der Toskana, die Fischgewässer im Salzkammergut, das Anwesen auf Elba, auf dem ich oft die Sommerferien mit ihm verbrachte, das Appartement, sein Büro in der Redaktion. Ich weiß in etwa, was er tat, wo er unterwegs war, mit welchen Leuten er sich umgab, und im Nachhinein glaube ich auch zu verstehen, was ihn damals umtrieb. Mir fallen eine ganze Reihe von Geschichten und Anekdoten aus diesen Jahren ein, es ist meine Kinder- und Jugendzeit. In meiner Vorstellung haben diese Jahre eine deutliche Gestalt, und es gibt kaum etwas, das ich meiner Erinnerung hinzufügen wollte. Selbst wenn ich die Absicht hätte, ich wüsste kaum einen, an den ich mich wenden könnte. Viele seiner alten Freundschaften aus der Zeit mit meiner Mutter gingen damals zu Bruch, seine neuen Bekannten waren vor allem ihre Freunde, vage erinnere ich mich an ein paar Namen.

Seine zweite Frau starb, als ich am Manuskript dieses Buches arbeitete. Aussichtsreich wäre es ohnehin nicht gewesen, mit ihr über die Zeit damals zu sprechen. Über ein paar Ecken war immer mal wieder zu hören, sie habe mit »diesem Thema« abgeschlossen und sein Name sei in ihrem Haus tabu. Ab und an komme ich mit meiner Schwester auf diese Zeit zu sprechen. Wir haben sie recht unterschiedlich empfunden, der Altersunterschied von acht Jahren fiel damals noch besonders stark ins Gewicht. Als sie bereits erbitterte Gefechte mit ihm austrug, war ich elf, zwölf Jahre und nichts weiter als ein netter Junge. Dennoch ist diese Zeit für uns der ergiebigste Fundus an gemeinsamen Erinnerungen, vor allem auch deshalb, weil wir sie teils ganz unterschiedlich beurteilen.

Die 60er Jahre dagegen bestehen in meiner Vorstellung aus einem Konstrukt aus einigen Fotos, aus biografischen Daten sowie ein paar in der Familie kursierenden Geschichten. Meine Erinnerung fällt ausgesprochen spärlich aus.

Nach meiner Geburt 1963 zogen meine Eltern aus einer Dreizimmerwohnung in ein Haus mit Garten in die Münchner Vorstadt, mein Vater war damals Redakteur bei *Quick*. Später, 1967, wechselte er zu *Jasmin*. Wie das Familienleben damals ausgesehen haben könnte, als wir noch alle zusammen unter einem Dach lebten oder welche Rituale es gab, ich weiß es nicht. Samstagabend saßen wir im Zimmer meines Vaters vor einem Fernseher, zeitgleich mit der *Sportschau* lief *Daktari*, und damals schon wurde viel hin- und hergeschaltet. Von alten Fotos weiß ich, dass er eine Weile einen alten Buckel-Volvo fuhr, von Anfang der 60er Jahre stammt auch das Bild meiner Eltern, auf dem sie wie ein glückliches Paar aussehen. Inzwischen weiß ich, dass er Beatles-Platten kaufte, gut erinnere ich mich an das Wohnzimmer mit zwei roten Sofas, einem niedrigen Glastisch und skandinavischen String-Regalen, damals wohl der Inbegriff modernen, zeitgemäßen Wohnens. In der zweiten Hälfte des Jahrzehnts begann die Ehe wohl bereits zu bröckeln, anders als meine Schwester, habe ich nicht einen einzigen Streit, kein Geschrei oder Türenknallen mitbekommen.

Mein Vater war damals in seinen Dreißigern, und gerne wüsste ich, wie sehr er am Lebensgefühl der 60er teilhatte, wie es ihn prägte und beeinflusste. Von 1967 an arbeitete er für *Jasmin*, ein Magazin, das das Zeitgefühl der späten sechziger und frühen siebziger Jahre artikulierte wie kein anderes. Entsprach es damals etwa nicht dem Selbstverständnis eines Journalisten, das Woche für Woche Beschriebene zu verinnerlichen?

Wie stand er zu den Studentenprotesten, den Revolten gegen das Überkommene und Gestrige? Hätte das nicht seine Sympathie haben müssen, er, der sich zu diesem Zeitpunkt bereits von so vielem in seinem Leben gelöst, so vieles hinter sich gelassen hatte? Oder war er einfach froh, irgendwo angekommen zu sein, einen Beruf zu haben, Kinder, eine Frau und ein Auto?

Brandt mochte er nie, jedenfalls nicht den späten Brandt, im Gegensatz zu meiner Mutter, die ihn heute noch verehrt. Welche Filme sah er, für wen schwärmte er? Romy Schneider? Noch immer Gina Lollobrigida? Juliette Gréco? Sophia Loren? Sicher mochte er Hitchcock-Filme ebenso die frühen Bonds mit Sean Connery, vielleicht überredete meine Mutter ihn auch zu Truffaut, Bergman oder Godard.

Kulturell sind mir die 60er Jahre durchaus präsent, doch es besteht ein eigenartiges Missverhältnis zu dem Wissen über das Leben meiner Eltern in dieser Zeit. Die Filme, die Platten, all das Wissen über die politischen Debatten und die Moden habe ich mir im Nachhinein angeeignet, doch es fällt schwer, beides miteinander zu verknüpfen und in Einklang zu bringen.

Ich frage mich, wie wohl sein Tagebuch aus dieser Zeit aussehen würde, sagen wir aus dem Jahr 1966, was hätte er notiert? Hätte er von Urlaubsplänen erzählt, von seiner elfjährigen Tochter und dem kleinen Sohn? Von den Geschichten und Themen, die *Jasmin* so erfolgreich machten? Von den Platten, die er hörte? Wäre trotz allen Erfolgs noch immer der Suchende aus dem Tagebuch zum Vorschein gekommen?

Nach meinem gefühlten Zeitempfinden begann das Leben meines Vaters etwa Anfang der 50er Jahre. Ganz falsch war das ja auch nicht. Er lernte damals meine Mutter kennen, sie heirateten, gründeten eine Familie, zu der ich acht Jahre nach meiner Schwester hinzukam. In dieser Zeit nahm zumindest seine Geschichte als Vater ihren Anfang. Genährt wurde diese Vorstellung vor allem dadurch, dass mein Wissen über das Vorleben meines Vaters ziemlich überschaubar war. Doch aus den 50ern gab es wenigstens eine Handvoll Geschichten, auch wenn mir ihre Bedeutung lange rätselhaft war und ich nicht wusste, ob ich das alles so glauben sollte, wie es erzählt wurde. Die Amerikareise, seine Freundinnen, angeblich auch die Knef, die legendären Feste. Das war wesentlich mehr als über die Jahre zuvor. Mit dem Koffer und den Papieren darin änderte sich das.

Ich war nun imstande, Ereignisse in eine chronologische Reihenfolge zu bringen, hatte einen Eindruck gewonnen, wie er war, als er mit 22 aus Amerika zurückgekehrt war und als Reporter bei der *Münchner Illustrierten* anfing, ich verstand, welche Rolle das Verhältnis zu seinem großen Bruder spielte, bekam eine Ahnung, wie schwer er sich mit seinem Vater tat, aber auch einen Eindruck von dem Enthusiasmus, der ihn durch diese Jahre trug, ich begriff seinen Antrieb, dem Leben, das mit einer Katastrophe begonnen hatte, so viel abzuringen wie nur irgend möglich.

Über die Zeit davor, seine Kindheit in Breslau, sein Kriegsjahr, weiß ich so gut wie nichts. Dass es ihn nicht drängte, über die Zeit im Krieg zu sprechen, kann ich nachvollziehen. Sei es, dass er tatsächlich keine Worte fand für seine Erlebnisse, die ihn »dumpf und stumpf« machten, sei es, dass die Scham über die eigene Verführbarkeit nie ganz gewichen war. Möglich auch, dass er nie eine Notwendigkeit darin sah, eine Seite zu offenbaren, die ihm selbst vielleicht unheimlich war. Dazu war er viel zu hedonistisch veranlagt, als dass er etwas derart Unlust Verheißendes ohne Not auf sich genommen hätte oder einem Gefühl der Verantwortung gefolgt wäre. Er war nun mal ein Verdränger.

Halbwegs erklären kann ich mir, weshalb er so gar nicht über die Zeit in Breslau sprach. Zu der Zeit, da er mir erstmals davon hätte erzählen können, Anfang, Mitte der siebziger Jahre, lag diese Zeit bereits unendlich weit zurück und dafür, dass die Distanz zu dieser Zeit so groß geworden war, hatte er enorme Energie aufgewandt. Mein Eindruck, dass dieser Teil seines Lebens gar nicht zu ihm gehörte, allenfalls ein bizarres Vorspiel darstellte, kam wohl daher, dass er diese Haltung selbst verinnerlicht hatte und nicht das geringste Interesse zeigte, mit dieser Vergangenheit irgendwie in Verbindung zu treten. Selbst wenn er doch mal ein paar Fotos hervorholte, die ihn als Kind zeigten, schien ihm der Abgebildete ebenso fremd zu sein wie mir. Ich lachte über den Jungen mit den Pausbacken, den großen, erwartungsvollen Augen und der wie mit einem Lineal gezogenen Ponyfrisur. Wenn man wollte, ließen sich Ähnlichkeiten zu den Zügen des Erwachsenen hineinsehen, doch ich betrachtete diese Bilder wie eine auf dem Flohmarkt entdeckte Attraktion.

Was ich bis heute nicht verstehe, ist, weshalb er auch die Jahre nach dem Krieg in seinem Schweigen vergrub. Es waren doch die Jahre seines ganz persönlichen Aufbruchs, der Suche, des Probierens, zudem in einer historisch einzigartigen Phase. Ich wüsste jedenfalls gerne, wie aus dem um Identität ringenden 17-Jährigen aus dem Tagebuch ein Journalist wurde, und wie es weiterging in den Jahren 47, 48, 49.

Mag sein, dass er auch später noch mit dieser Zeit eher Hunger, Zweifel und Ungewissheit verband und die Angst vor der Zukunft noch viel stärker war als die Aussicht auf ein neues, vielversprechendes Leben.

Aus den Dokumenten, die ich fand, erfuhr ich im Grunde nichts Neues, nichts, was er verschwiegen hatte. Und doch bekam ich erst durch sie ein Gespür für sein Leben in der zweiten Hälfte der vierziger Jahre. Sein Wehrpass, seine Kennkarte oder die Mitteilung, dass er aufgrund seiner Jugend ohne Verfahren entnazifiziert sei, zeigten ihn als Teil dieser historischen Erzählung, die für mich Abiturwissen, Seminararbeiten und Lektüre bedeutete. Zwei Sphären verbanden sich, die ich lange Zeit getrennt voneinander betrachtet hatte. Weshalb, ist mir heute noch ein Rätsel. Das eine war Geschichte, das andere das frühe, im vagen Dunkel liegende Leben meines Vaters.

# Bilder

Wie ließen sich Wissenslücken jetzt noch auffüllen? Wie das Imaginäre gegen Erzählungen und Versionen der Vergangenheit eintauschen, vage Erinnerungen in einen Zusammenhang stellen, in dem sie Bedeutung erlangten?

Zunächst befragte ich mich selbst. Was käme zum Vorschein, wenn ich in die Suchmaschine meiner Erinnerung einfach nur ›Bilder vom Vater‹ eingebe, ohne eine bestimmte Richtung zu verfolgen?

Es dauerte eine ganze Weile, ehe mir eines in den Sinn kam, das ihn nicht beim Essen zeigte. Ich sah ihn vor mir auf einer Terrasse im Süden nach einem Mittagessen, das sich weit in den Nachmittag zog, auf einer gemauerten, mit Polstern bedeckten Bank sitzen, zurückgelehnt, die Hände über dem Bauch verschränkt und auf seinem T-Shirt abgelegt, sichtlich zufrieden in eine große Runde lachend.

Bilder von unzähligen Mittag- und Abendessen tauchen auf, bei denen er meistens an der Stirnseite des Tisches saß, schnell ungeduldig und, falls nötig, auch ungemütlich werdend, wenn der Kellner ihm nicht sofort die erwartete Aufmerksamkeit schenkte, Bilder von einer Reise nach Paris, die seine Frau ihm zum 50. Geburtstag schenkte, wo wir in in drei Tagen in vier Sterne-Lokalen aßen, Bilder, wie er, sobald er es auf einer Karte entdeckte, Rinderzunge, Kutteln oder Hirn mit Ei bestellte, mit Hingabe davon aß und es nicht fassen konnte, dass sein Sohn sich von etwas Albernem wie Ekel davon abhalten ließ, es ihm gleichzutun und auf diese Delikatesse verzichtete. Sie weichen einander, gehen ineinander über, wie willkürlich montierte Sequenzen eines Films. Manches bleibt für ein paar Augenblicke stehen, anderes scheint nur kurz auf und verschwindet gleich wieder. Gewohnheiten tauchen auf, etwa die, einen Platz für seine Jacke zu suchen, der ihm sicherer erschien als eine gewöhnliche Garderobe, wie er in einem Lokal nervös den besten Tisch ausfindig machte, sofern er ihn nicht ohnehin reserviert hatte, oder wie er sich meinen Freundinnen gegenüber in Szene setzte.

Es folgten eine Reihe von Bildern gemeinsamer Reisen, den Fahrten nach Italien, zu denen wir mitten in der Nacht aufbrechen mussten, um der Hitze der Poebene zu entgehen und mit so viel Proviant ausgestattet waren, als gelte es –, eine Wüste zu durchqueren; Bilder von einer Reise nach Moskau Ende der siebziger Jahre, als wir im Hotel Rossija wohnten und er mir beim Betreten des Zimmers nur mit Gesten und Grimassen zu verstehen gab, dass alles verwanzt sei und jedes Wort, das wir sprächen, von Mikrofonen unter der Tapete aufgezeichnet würde. Bilder von einem Ausflug nach Tanger auf den Basar, wo er schnell einen Draht zu den Arabern fand, ohne wie ein Tourist dazustehen und auf mich einen enorm souveränen Eindruck machte.

Was dann folgt, ist eine Reihe einzelner Bilder, die nicht miteinander verbunden sind. Es erfordert ein wenig Konzentration und Ruhe, um zu ihnen zu gelangen, als müsste man das Gestrüpp des Vordergründigen und leicht Greifbaren beiseiteschieben und hinter sich lassen. Manchmal erschienen sie, wenn ich gar nicht nach ihnen fahndete, wenn möglich notierte ich mir ein Stichwort dazu. Allmählich ergab sich eine Liste. Als ich sie mir nach einer Weile ansah, stellte ich fest, dass die meisten wiederum von Reisen stammen. Ich ging sie durch und wählte aus etwa zehn die fünf stärksten aus.

Dasjenige, das am weitesten zurückliegt, zählt zu meinen ältesten Erinnerungen überhaupt, ich schätze, ich war fünf oder sechs Jahre alt. Sehr wahrscheinlich stammt sie von einem dieser Samstagnachmittage, nachdem wir von den Wochenendeinkäufen zurückgekehrt, meine Mutter Tellerfleisch gekocht, wir gegessen hatten und er seine neue Platten spielte. Es muss wohl eine recht schnelle Nummer gewesen sein, ich empfand die Musik als laut, und ich sehe ihn vor mir, wie er sich in den Hüften wiegt, ein paar Schritte macht, Arme und Hände rhythmisch bewegt und dabei ein breites, seliges Lächeln im Gesicht trägt. Er tanzte mir zugewandt, animierte mich, es ihm gleichzutun, einfach dem Rhythmus zu folgen, wenigstens ein wenig zu hüpfen oder die gleichen Schritte zu machen wie er. Mag sein, dass ich es auch versucht habe, doch der Moment, der sich in meine Erinnerung eingegraben hat, ist der, in dem ich verwundert den großen Mann anstarre, der zu lauter Musik durch das Wohnzimmer tanzt. Heute frage ich mich, ob es möglich ist, dass meine spätere Vorliebe für schwarze Musik, ob es sich um, HipHop, Funk, Soul, Disco, R'n'B, House, Jazz oder Blues handelte, damals ihren Ursprung genommen haben kann: Als mein Vater im Amishop Soulplatten kaufte und zu Hause dazu tanzte und sang. Kann es wirklich sein, das sich in diesem Alter ein Muster derart einprägt, dass es einen ein Leben lang nicht loslässt?

Die zweite Erinnerung stammt aus einer Zeit, in der ich 12 oder 13 war. Wir waren auf Elba, auf dem Weg zum Meer, es ging einen felsigen Weg hinab. Es war später Nachmittag, wir hatten gerade die obligatorische Siesta hinter uns, ich war noch etwas schläfrig. Ich ging voraus, mein Vater einige Meter hinter mir, bis ich mit einem Mal innehielt. Hinterher meinte er, ich sei erstarrt wie zu einer Salzsäule. Vor mir auf dem mit rötlichem Sand bedeckten Felsen sonnte sich eine Schlange. Dick wie ein Unterarm und so lang, dass ihr Ende gar nicht zu sehen war. Wäre ich weitergegangen, wäre ich wohl auf sie gestiegen, das heißt, sie wäre natürlich schneller gewesen und hätte sich zu wehren gewusst. Doch weil ich offenbar nicht nur erstarrte, sondern auch noch voller Entsetzen rief: »Eine Schlange!«, nahm sie Reißaus und verschwand zwischen einem alten Weidenkorb und einem Stein. Er ging nun etwas schneller, aufgekratzt und ungeduldig fragte er »Wo?« Mit dem Finger deutete ich, noch bleich vor Schrecken und heilfroh, dass sie sich aus dem Staub gemacht hatte, auf den Stein, hinter den sie sich zurückgezogen hatte. Er wollte die Schlange selber sehen. Er suchte sich einen langen Stock und stocherte so lange damit in ihrem Versteck, bis sie sich spiralförmig über den Stock in seiner Hand schlängelte. Langsam zog er ihn an sich heran und hielt ihn vor seinen Oberkörper. Was tat er da? Ich war fassungslos. »Sieh dir das wundervolle Tier an«, sagte er, »ist sie nicht schön?« Meinen Schrecken schien er gar nicht bemerkt zu haben und falls doch, fand er ihn wohl nicht angebracht, vielleicht auch lächerlich. Jedenfalls ging er nicht darauf ein. Er sagte, ich solle näher kommen, um mir ihren Kopf anzusehen und die Zeichnung ihrer Haut. Meinte er das im Ernst? Er fixierte die Schlange, sprach ganz ruhig und es hatte tatsächlich den Anschein, dass er diese Begegnung für außerordentliches Glück hielt. Auch die Schlange schien sich auf dem Stock wohlzufühlen, keinen Bodenkontakt zu haben schien ihr ebenso wenig auszumachen, wie von zwei Augenpaaren angeglotzt zu werden. Er erklärte, worauf ich achten solle, damit mir auch nichts entgehe. Das Einzige, was mich interessierte, war, ob sie giftig sei. Er glaube nicht, sagte er, doch auch diese Möglichkeit schien ihn nicht allzu sehr zu beunruhigen. Nachdem er sie genau studiert und mich schließlich dazu gebracht hatte, ein, zwei Schritte näher zu kommen, trug er den Stock zu einem Gebüsch, legte ihn ab und sah zu, wie die Schlange, keineswegs irritiert von diesem Zwischenspiel, den Stock verließ und gemächlich in der Macchia verschwand. In diesem Moment erfüllte er seine Rolle als Vater geradezu mustergültig. Er war zugleich der Beschützer, der das in meinen Augen wilde Tier bändigte, der Lehrer, der ein

Beispiel gibt, wie man einem Tier mit Respekt begegnet, und es nicht als Feind betrachtet, und der Magier, der mit der Schlange ein Zwiegespräch hielt. Nebenbei gab er ein Bild von beeindruckender Männlichkeit ab: furchtlos, souverän und gewissenhaft. Ein Vater-Sohn-Moment wie aus dem ABC der Mythologie.

Ein anderes Bild stammt ebenfalls von einer Reise, es dürfte ein, zwei Jahre später gewesen sein. Wir waren auf Korsika, in einem Club Med. Er liebte diese Art von Urlaub, auch wegen der üppigen Buffets. Einmal in der Woche, so ist es dort Brauch, findet ein Candle-Light-Dinner statt. Die Tische sind weiß gedeckt und dekoriert, ein Menü wird serviert, die Gäste kleiden sich entsprechend. Die Männer holten einen Anzug hervor oder einen dunkelblauen Blazer und banden sich eine Krawatte um. Vor dem Essen traf man sich am Pool zu einem Cocktail, man plauderte zu Barmusik, und bewunderte die Kleider, den Schmuck und die Frisuren der Frauen. Ich war schnell fertig mit dem Umziehen, trug ein Hemd und eine helle Hose, ging voraus und wartete auf meinen Vater. Als ich ihn kommen sah, traute ich meinen Augen nicht: er trug eine mit goldenem Besatz bestickte Djellaba, dazu ein Fez, eine Kopfbedeckung, die ebenfalls fast nur aus Goldfäden bestand. Ohne jeden Anflug von Eile, gemessenen Schrittes kam er und mischte sich unter die Anzugträger am Pool. Das wallende Gewand über seiner großen, wuchtigen Gestalt, das Fez und die Gesichtsbräune standen ihm großartig. Er sah aus wie ein König, der König von Korsika.

Zunächst war mir sein Drang, aufzufallen und alle Blicke auf sich zu ziehen, peinlich. Erst als ich beobachtete, dass er sich keineswegs lächerlich machte, nicht verkleidet hatte, sondern eine Rolle ausfüllte, seinen Auftritt genoss, die anerkennenden Blicke ebenso wie die abfälligen, das Getuschel ebenso wie die Komplimente und seine Rolle konsequent bis zum Schluss spielte, wich meine Scham Respekt.

Oft hätte ich mir später gewünscht, dass er auch im richtigen Leben so souverän agiert und sich frei gemacht hätte von Erwartungshaltungen und seine innere Unabhängigkeit demonstriert hätte. Vermutlich prägte sich dieser Moment deshalb so stark ein, weil er für eine Möglichkeit stand, wie mein Vater sein konnte, aber allzu selten war. Heute sehe ich in diesem Bild ein charakteristisches Motiv und denke an die Passage in seinem Tagebuch, in der er sich in kurzen Hosen unter die Abendgesellschaft mischte. Damals konnte er nicht anders, inzwischen machte er sich ein Vergnügen daraus, anderen Rätsel aufzugeben.

Bild vier: Ich war Ende zwanzig, als eine Freundin meines Vaters ihm und mir von einem Schamanen aus Peru erzählte. Don Edoardo hieß er, und er kam nach Deutschland, um Vorträge zu halten und Workshops zu geben. Sie kannte ihn schon eine Weile, begleitete ihn und half ihm, sich zurechtzufinden. Sie gab sich große Mühe, meinen Vater zu überreden, ein Wochenende mit Don Edoardo zu verbringen. Vergeblich, er sagte ab. Es hätte mich auch überrascht, wenn es anders gekommen wäre. Ein paar Tage später kam es dann doch zu einem Treffen, in einem Biergarten in München.

Don Edoardo, mein Vater, ihre gemeinsame Bekannte und ich. Eine Privatstunde sozusagen. Edoardo war ein beeindruckender Mann, klein und stämmig, die schwarzen Haare zu einem Zopf gebunden, einen dichten, schwarzen Seehundbart im Gesicht, um die sechzig, und damit etwa im gleichen Alter wie mein Vater. Was er sagte, war klug und überraschend, meinem Vater erging es da nicht anders als mir. Es ging um Naturmedizin, um altes, verloren gegangenes Wissen, um Wechselwirkungen zwischen Geist und Körper, und verblüffend einfache Methoden, Leiden zu lindern und zu heilen.

Irgendwann sagte Edoardo: Lass uns einen Ort suchen, an dem wir Platz haben. Wir gingen auf eine Wiese, Edoardo stellte sich vor meinen Vater, konzentrierte seinen Blick und fixierte ihn, dann packte der kleine Mann meinen großen, dicken Vater und stemmte ihn in die Höhe. Er legte ihn sich auf den Rücken, griff ihn an den Händen, lief so ein paar Schritte, beugte sich nach vorne, zog mal an dem einen, dann an dem anderen Arm, gab Anweisungen. Was er auch tat, es schien ganz mühelos zu sein. Es schien ihn nicht mehr Anstrengung zu kosten, als ein kleines Mädchen in die Luft zu werfen und wieder aufzufangen. Wozu das alles gut war, war nicht zu durchschauen. Aber für eine Weile schien es ihm tatsächlich geholfen zu haben.

Richtig erklären kann ich es mir nicht, weshalb das Bild vom durch die Luft wirbelnden Vater sich so stark eingeprägt hat. Sicher, es war ungewöhnlich und überraschend, dass er überhaupt Interesse an Edoardo und seinen Ansichten zeigte. Noch heute staune ich wie damals, dass er, der Dominante, zuließ, sich in die Hände eines anderen Mannes zu begeben. Andererseits verfügte er durchaus über Sinn für Spirituelles. Stolz war er etwa darauf, wenn ein als schwierig geltender Hund oder eine besonders scheue Katze unter seiner Ansprache und seinen Händen sein Zutrauen fanden, schnurrten, sich kraulen ließen, und Regungen zeigten wie bei keinem anderen. Er führte das auf eine spezielle Verbindung zu den Tieren zurück, auf eine Fähigkeit, die auf einem besonderen Sensorium beruhe. Mag sein, dass dieses Bild für seine weniger vordergründigen Seiten steht, für das Unausgesprochene und unter Verschluss Gehaltene.

Das fünfte Bild zeigt ihn dann doch wieder beim Essen. Zunächst hatte ich es einfach gestrichen und durch ein anderes ersetzt, doch ich merkte, ich vermisste es. Noch ein Bild aus dem Süden, aus den Ferien. Zum Einkaufen fuhren wir auf Elba alle paar Tage nach Porto Ferraio, der Hauptstadt. Sobald wir alles im Auto verstaut hatten, folgte ein Ritual, das für uns beide der Höhepunkt des Einkaufens war, aus unterschiedlichen Gründen. Durch ein paar Gassen gingen wir bis zu einer Straßenecke, an der ein alter Mann hinter einem kleinen, wackeligen Tisch stand, in dessen Mitte ein tiefer Kessel versenkt war. Vor allem die Einheimischen und die Marktleute trafen sich hier. Urlauber betrachteten das folgende Spektakel meist nur aus der Ferne. Wenn der alte Mann den Deckel hob, war nichts weiter als eine dunkelrote, Blasen werfende Brühe zu sehen, die vor sich hin köchelte. Sobald man seine Bestellung aufgegeben hatte, griff der alte Mann mit einer Art Bratengabel hinunter in den Kessel und holte einen violett schimmernden Oktopus hervor, gerade so weit, dass man seine Größe ermessen konnte und schnitt mit einem scharfen Messer einen der acht Arme ab, spießte ihn auf eine Gabel und drückte sie meinem Vater in die Hand. Die einzige Möglichkeit, den Arm zu essen, bestand darin, den Kopf etwas zurückzulegen, die Gabel über den Kopf zu halten und von dem dampfenden Oktopus, der nun über dem Gesicht hing, abzubeißen. Bis ein ganzer Arm verspeist war, dauerte es, und so hielt er, während er kaute, die Gabel vor den Körper, der Sud tropfte auf das Kopfsteinpflaster, er unterhielt sich mit dem Krakenkoch, und ich wusste nicht, worüber ich mehr staunen sollte: über die großen, weißlichen Saugnäpfe oder über die Begeisterung, mit der mein Vater mindestens einen, nicht selten auch zwei dieser Arme quasi zum Frühstück aß. Anfangs kam es mir so vor, als verleibe er sich ein Monster ein, und es verlangte langes Zureden, bis er mich so weit hatte, meine Abneigung abzulegen und wie all die Männer ringsum selbst einen ganzen Krakenarm, den Kopf im Nacken, zu essen und es als Genuss zu empfinden.

Weshalb übertreffen gerade diese Bilder viele andere an Gewicht und Merkwürdigkeit? Sie erzählen nicht von Gewohnheiten oder tausendmal Erlebtem, einfach, weil ich nie Alltag mit ihm erlebt habe. Keine Taschengeldkürzungen, kein Heimkommen aus dem Büro, keine Fernsehverbote. Sie erzählen von einmaligen Augenblicken fern jeder Gewohnheit, sie stehen für exemplarische

Erfahrungen und Entdeckungen und verbinden sich mit Gefühlen wie Erstaunen, Furcht oder Scham.

Eigenartig, wie Erinnerung funktioniert und manchmal auch nicht. Sich auf die Spuren zu begeben, denen das Gedächtnis folgt, um sich seinen Weg in die Vergangenheit zu bahnen, ist eine erstaunliche Erfahrung. Es scheint sich einer unermesslichen Trickkiste zu bedienen.

Nach welchen Gesetzmäßigkeiten es Zugang gewährt oder nicht, ist nicht leicht zu durchschauen. Manchmal genügt ein Impuls wie der Anblick einer lila Badehose, um wie auf Tastendruck weit entfernt Liegendes nah heranzuholen, anderes scheint wie von rostigen Schlössern in modrigen Koffern eingesperrt zu sein, tief vergraben und mit allerlei Vorkehrungen und Codes gesichert, wogegen auch immer.

Erstaunlich ist, welch immense Bedeutung Fotos zukommt. Als ich rekapitulierte, was ich über meinen Vater weiß und woher, stellte ich ein paar Mal fest, dass Fotos Wissens- oder Erinnerungslücken füllten. Das Gedächtnis importiert Fotos und ersetzt, quasi stellvertretend, nicht vorhandene Ansichten der Vergangenheit. Das Bild meiner Eltern in der Sommerwiese deckt in meiner Vorstellung etwa die ersten zehn Jahre ihrer Ehe ab, und reiht sich nahtlos ein in Sequenzen selbst gemachter Erfahrungen.

Seltsam auch, wie Erinnerung gelegentlich falsche Fährten legt. So sehr man sich auch um getreue Wiedergabe bemüht, das Gedächtnis arbeitet wie ein Filter, der trennt, das Überflüssige auswäscht, und das Übrige neu zusammensetzt. Mit jeder Erzählung spitzt die Dramaturgie sich weiter zu, gewinnen Pointen an Schärfe und schleifen Details sich ab, mal beeinflusst von der eigenen Intention, mal von der Erwartungshaltung der Zuhörer, bis irgendwann die Erinnerung an eine erzählte Geschichte die Erinnerung an das Erlebnis ersetzt.

Das heißt nicht, dass das Gedächtnis automatisch fälscht, aber es biegt und dehnt, verdreht, verkürzt und verdichtet, lässt weg, passt an und fügt hinzu, was man selbst erlebt oder erzählt bekommen hat.

Es muss nicht enden wie beim Kinderspiel Stille Post, bei dem der letzte Satz gewöhnlich völlig anders lautet als der erste und die ursprüngliche Geschichte sich bis zur Unkenntlichkeit verändert hat. Jiri, der Pfarrer vom Starnberger See, brachte sogar das Kunststück fertig, ohne jeden Mittelsmann, ohne jedes Flüstern trotz eigenhändiger Notizen, aus meinen Worten eine ganz neue Erzählung zu schmieden.

Es ist keineswegs so, dass ich meinen Erinnerungen nun misstraue. Doch ich staune, wie kompliziert und verwinkelt die Wege sind, auf denen das Gedächtnis einen an seine Erinnerungen lässt. Es bedarf schon einiger Aufmerksamkeit und Wachsamkeit, um das, was gemeinhin als Erinnerung bezeichnet wird, richtig einzuordnen und die richtigen Schlüsse zu ziehen und nicht mit historischer Wahrheit zu verwechseln.

# Recherchen

Im Nachhinein weiß ich nicht mehr genau, womit meine Recherchen begannen. Mit der Mail an das Internat in Marquartstein, dem Antrag auf Akteneinsicht bei der Birthlerbehörde oder dem Brief an einen Hildegard Knef-Biografen? Sowie ich Zeit hatte, schrieb ich Archive an, ging in Bibliotheken, unternahm Reisen. Ich sprach mit meiner Mutter und mit Klara, besuchte meine Tante, die ich Jahre nicht gesehen hatte und traf Menschen, die ich nur dem Namen nach kannte. Ich stellte Fragen, die ich nie zuvor gestellt hatte, weder mir noch anderen. Manche Antworten bekam ich sofort, auf andere wartete ich Monate.

Es war ein Experiment. Ich wollte wissen, wie weit ich kommen würde, was möglich war, in Erfahrung zu bringen. Und ich wollte wissen, was es ändern würde, wenn ich fündig geworden wäre. Oder konnte es sein, dass jemand, der so gar nichts von seiner Vergangenheit wissen wollte, auch kaum Spuren hinterließ?

An einem Samstagmittag brach ich auf nach Breslau. Entschlossen hatte ich mich dazu am Abend zuvor, als ich bei Google den deutschen Namen der Stadt eingab. Auf einer Seite fand ich ein Suchfenster, in das man einen alten, deutschen Straßennamen eingeben konnte und gleich darauf den aktuellen, polnischen erhielt. Ich sah in den Unterlagen nach, wie die Adresse damals hieß, tippte »Nixenweg« in das Suchfenster und bekam ein paar Sekunden später die Antwort: »Braci Gierymskich«. Noch ein Klick, und der Stadtplan von Wroclaw wurde angezeigt. Braci Gierymskich liegt etwas außerhalb an der Oder.

So alltäglich es ist, einen Straßenplan im Internet aufzurufen, so außergewöhnlich empfand ich das in diesem Fall. Als ich auf dem Display im Planquadrat M 7 Braci Gierymskich entdeckte, war es, als verwandle sich eine bis dahin vollkommen abstrakte Vorstellung, die Jahrzehnte in unerreichbarer Ferne angesiedelt war, in einen konkreten Ort.

Ich fand noch einen weiteren interessanten Link, er führte mich in das Verzeichnis der Bibliothek des Deutschen Museums in München. Ich entnahm ihm, dass sich dort ein Satz Adressbücher aus Breslau aus den Jahren 1928 bis 1942 befand. Also genau aus jenen Jahren, in denen er dort aufwuchs. Am nächsten Morgen war ich der Erste, der die Bibliothek betrat.

Ich füllte Bestellzettel für alle Bände aus, wartete eine Stunde, dann schob ein Mitarbeiter einen Wagen mit rund 25 großen schweren Bänden an meinem Tisch, auf deren Rücken die Jahreszahlen angebracht waren. Ich fand sieben verschiedene Adressen, unter denen mein Großvater in diesen 14 Jahren eingetragen war. Im Nixenweg hatte er mit seiner Familie offenbar am längsten gelebt. Ich notierte die Adressen und war von diesen beiden Funden wie elektrisiert. Ich besorgte mir in einem Kartengeschäft einen zweisprachigen Stadtplan von Breslau, packte eine Tasche und fuhr los.

Je näher ich der Grenze kam, um so stärker wurden meine Zweifel. Was wollte ich eigentlich dort? Ich kannte dort niemanden, es gab nichts, was mich erwartete oder worauf ich hoffen konnte. Ich hatte nur einen Zettel mit Adressen, die nicht mehr existierten. Ich war unterwegs ins Imaginäre, an einen Ort, der mir früher so fern wie inexistent schien. Kaum hatte ich die Grenze hinter mir gelassen, merkte ich, dass sich an diesem Gefühl im Grunde nichts geändert hatte. Allem Wissen, aller Weitgereistheit und behaupteter Aufgeschlossenheit zum Trotz war ich insgeheim überrascht, dass es hinter der Grenze tatsächlich weitergeht. Mit jedem Kilometer, den ich weiter Richtung Osten fuhr, schien sich auch die Grenze meiner inneren, gefühlten Landkarte zu verschieben. Ich stöpselte meinen Ipod an das Autoradio, wählte die Zufallsfunktion, ein paar Sekunden später waren die White Stripes zu hören. Der Anlass dieser Reise mochte zwar sinnlos ein, doch das fühlte sich gut an. Es war längst dunkel, als ich ankam. Ich suchte ein Hotel, stellte mein Auto ab, und ließ mich den Rest des Abends durch die Stadt treiben. Ich ging Bigos essen, folgte den Einheimischen auf ihren Wegen durch die Samstagnacht, landete in Bars und in Hinterhof-Clubs, in denen so ausgelassen und mit solcher Hingabe getanzt und gefeiert wurde, wie ich es lange nicht erlebt hatte.

Am nächsten Morgen nahm ich mir den Stadtplan vor, suchte nach den polnischen Namen der restlichen sechs Adressen. Zwei davon existierten nicht mehr.

Das erste Haus, ein mehrgeschossiges Gründerzeit-Wohnhaus, lag nicht weit von meinem Hotel entfernt. Eine Ruine. Die Häuser ringsum standen alle nicht mehr, es sah so aus, als seien sie erst kürzlich abgerissen worden, auf dem Gehweg lagen große Haufen Bauschutt. Die Fassade war heruntergekommen, die Mehrzahl der Fensterscheiben geborsten, bewohnt war es wohl schon lange nicht mehr. Auf dem frei gewordenen Gelände befand sich eine Art Rummelplatz, er versank in Schlamm und Regen. Die Fahrgeschäfte hatten noch geschlossen, ein Plakat kündigte das Gastspiel eines kleinen Zirkus an. Ich fotografierte das Haus, ich fotografierte das Straßenschild und warf einen Blick auf meinem Notizzettel. Ernst Reichardt, las ich, 1929–1932.

Die nächsten drei Adressen, die ich aufsuchte, gaben wenig her. An der ersten befand sich ein Krankenhaus, das sich über einen halben Straßenzug erstreckte, an Stelle der zweiten befand sich ein Neubau aus den siebziger Jahren, die dritte war Baustelle und einem Platz gewichen.

Braci Gierymskich war die einzige Adresse, die etwas außerhalb lag. Eine Straßenbahn fuhr dort hinaus, vorbei an der Jahrhunderthalle mit der gewaltigen Kuppel und dem Zoo. Ich ging zu Fuß, eineinhalb Stunden. Unterwegs setzte Nieselregen ein. Als ich vor dem Haus stand, war ich bereits ziemlich durchnässt.

Die Häuser entlang des ehemaligen Nixenweges entstanden wohl alle zur gleichen Zeit, dem Stil nach in den zwanziger Jahren, zweistöckige Einfamilienhäuser mit spitz zulaufenden Giebeldächern und unterschiedlich großen Gärten. Die meisten trugen eine graubraune Fassade, was sie ein wenig ärmlich aussehen ließ. Offensichtlich haben ihre Bewohner andere Prioritäten. Vor nahezu jedem Haus stand ein neuer Renault, Mazda oder Fiat.

Eines der wenigen Grundstücke, auf dem ein Neubau stand, war das, welches ich suchte. Das Haus war in knalligem Gelb gestrichen und in nahezu jedem Detail war ihm der Ehrgeiz seines Besitzers anzusehen, sich von seinen Nachbarn abzuheben. Alles war ein wenig breiter und höher als nebenan, der Garten größer, der Rasen auf englische Art kurz geschoren, die Beete voller rechter Winkel und von einer Reihe frisch bepflanzter Amphoren umgeben. Auf dem beleuchteten Namensschild neben der Klingel stand kein Name. Hätte es nicht geregnet, wäre vielleicht jemand im Garten zu sehen gewesen, ich hätte ihn vielleicht auf Englisch angesprochen. Ich blieb vor dem Haus stehen, holte meine Kamera aus meiner Jackentasche, sah mich um, ob mich jemand beobachtete, und als ich sicher war, dass niemand Anstoß würde nehmen können, machte ich ein paar Bilder.

Hinter dem Haus lag ein weitläufiger Park, den ein Deich begrenzte. Über eine hölzerne Treppe ging ich hinauf und einen Spazierweg entlang, sah auf die Oder, die Wiesen und die Rückseiten der Häuser. Eine großartige Gegend für Kinder, dachte ich. Der nahe Fluss, der nahe Wald, die Entfernung zur Stadtmitte, die Trambahn, die Straßen, durch die nur fuhr, wer dort wohnte, im Grunde sah es hier aus wie dort, wo ich aufwuchs, im Süden von München. Sogar das Haus erinnerte mich an jenes, in das wir nach meiner Geburt zogen. Es hatte ebenfalls ein Giebeldach, einen schönen großen Garten und auf der Straße davor parkte das Auto meines Vaters.

Als der Fall der Mauer schon eine Weile zurücklag, hatte ich ihm vorgeschlagen, ob er nicht Lust hätte, gemeinsam mit mir nach Breslau zu fahren. Damals lag unsere letzte gemeinsame Reise schon viele Jahre zurück und ich glaubte, allein deshalb würde ihn dieser Vorschlag freuen, vielleicht aber auch, weil ich Interesse an ihm und seiner Vergangenheit zeigte. Er antwortete, ohne lange zu überlegen.

»Nein«, sagte er, »das interessiert mich nicht.« Er wolle das alles nicht wiedersehen. Das sei alles lange her und vorbei.

»Komisch«, sagte ich, »es muss dich doch wenigstens ein bisschen reizen.«

Nein, sagte er, seine Erinnerung genüge ihm vollauf. Um meinen Plan nicht sofort zu beerdigen, sagte ich, er könne ja noch mal darüber nachdenken. Ein paar Tage später fragte ich ihn noch mal, seine Antwort blieb dieselbe.

Zurück fuhr ich mit der Straßenbahn. Der Regen wurde stärker, ich blieb noch eine Nacht, und ging am nächsten Vormittag noch mal durch die Stadt. Auf einer der Breslauseiten im Netz war die Adresse eines Einwohnermeldeamtes angegeben, in dem es jemanden gebe, der Deutsch spricht. Auf dem Weg dorthin wusste ich weder genau, wonach ich fragen wollte, noch war ich mir sicher, ob das eine gute Idee war, und möglicherweise mit einer großen Peinlichkeit enden würde.

Im Foyer sah ich mich um. Tafeln mit Hinweisen, wo was zu finden sei, Broschüren, die auf Neuerungen hinwiesen. Nirgendwo ein Hinweis auf Deutschkenntnisse. Ich ging in den ersten Stock und landete in einem großen Warteraum, von dem aus mehrere Türen abgingen. Ein paar Leute saßen bereits da. Ich setzte mich dazu, bis sich eine der Türen öffnete. Sollte ich auf

Englisch beginnen? Um mich dann im zweiten Satz zu erkennen zu geben? Auch blöd. Ich würde nicht darum herumkommen, den polnischen Beamten frontal auf Deutsch anzusprechen. Unangenehm, aber anders ginge es nicht.

Inzwischen hatte sich die Schlange gelichtet. Ich hatte mir eine Tür ausgesucht, hinter der eine jüngere Frau saß. Die, dachte ich, würde nicht gleich vor Schreck umfallen, wenn sie ein paar Sätze auf Deutsch hören würde. In diesem Moment öffnete sich eine andere Tür, heraus kam eine ältere Kollegin. Als sie mich sah, kam sie auf mich zu und sagte wohl etwas wie, ob sie mir helfen könne. »Guten Tag«, sagte ich, »ich habe ein Frage.«

»Ah, Deutsch«, sagte sie und bedeutete mir, ihr zu folgen. Sie brachte mich zu einer Kollegin, ein Stockwerk höher. Ich sprach betont langsam. Ein Teil meiner Familie, sagte ich, lebte hier von 1928 bis 43 oder 44. Ich habe gehört, dass es hier eventuell noch alte Unterlagen und Dokumente gibt.

»Was suchen Sie?«, fragte sie. Sie schien keineswegs überrascht von meinem Anliegen.

Beim Warten wurde mir klar, dass es nur eine Frage gab, die zu stellen sinnvoll war. Mein Vater war hier geboren, seine Mutter war hier gestorben. Genau genommen kannte ich nur ihr Todesjahr, aber weder den Ort noch die Umstände ihres Todes. Also sagte ich: »Ich möchte gerne wissen, ob es Unterlagen zum Tod meiner Großmutter gibt.«

Wie sonderbar. Ich nannte die Frau, die ich nicht kannte, nicht kennen konnte, deren Namen ich erst ein paar Wochen zuvor erfahren hatte und die ich auf alten Fotos nicht einmal erkennen würde, »meine Großmutter«. Es kam mir vor, als würde ich ziemlich dick auftragen. Dabei besteht tatsächlich eine Verbindung zwischen uns. Sie ist tatsächlich meine Großmutter.

Die junge Frau auf der anderen Seite des Schreibtisches reagierte sofort. Sie fand offenbar gar nichts Merkwürdiges daran, dass ein Deutscher, der ein paar Jahre älter war als sie selbst, vor ihr stand und nach jemandem fragte, der seit mehr als sechzig Jahren nicht mehr lebte. Sie gab mir das Gefühl, dass es ganz selbstverständlich sei, nach einer unbekannten Großmutter zu fragen. Ein paar Fragen noch, ein paar Notizen, dann bat sie mich, draußen zu warten.

Nach einer Viertelstunde kam sie zurück und drückte mir eine Kopie in die Hand. Ihre Sterbeurkunde. Hedwig Luise Helene Schenck, gestorben an einem Tag im August, um 17 Uhr 35, im Malteser-Krankenhaus. Todessursache: Krebs. Ich bedankte mich, zahlte ein paar Zloty und machte mich auf den Rückweg.

Vor meinem inneren Auge stellte ich die Familie meiner Mutter der meines Vaters gegenüber, und es entstand eine extreme Schieflage. Auf der einen, der mütterlichen Seite, eine große, verzweigte Familie. Meine Mutter ist zwar ein Einzelkind, ihre Mutter aber hatte noch sechs Geschwister, die wiederum alle kinderreiche Familien hervorbrachten. Als die Älteste verstand sich meine Großmutter als eine Art Familienoberhaupt und verwandte viel Mühe und Zeit darauf, meiner Schwester und mir die Zusammenhänge zu erläutern, wer zu wem gehörte, wer wessen Cousin war, vor allem aber zu berichten, wer besonders gut in der Schule war, Geige spielte oder sich sonst irgendwie hervortat. Das machte mir die Verwandten nicht eben sympathischer, aber immerhin bekam ich auf diese Weise mit, dass sie existierten, und kannte ihre Namen. Kam es zu einem Familientreffen, stellte sich heraus, dass es eine Reihe beeindruckender Figuren unter ihnen gab, die durchaus auch anderes im Sinn hatten, als pausenlos Einsen zu schreiben, Preise zu gewinnen und Stipendien einzusacken und es sogar in ihrem Leben ein paar Dinge gab, die nicht ganz so glanzvoll verliefen.

Demgegenüber stand mein Vater ziemlich allein da. So etwas wie Verwandtschaft schien es nicht zu geben, seine Eltern waren beide lange tot und lebten noch nicht einmal in Geschichten weiter. Der Einzige aus der Familie meines Vaters, der ab und an auftauchte, war sein Bruder Achim, wenn er zu Besuch aus Kuba kam. Nun gab es, zumindest in meiner Vorstellung, noch eine weitere Großmutter.

Nach meiner Rückkehr erzählte ich meiner Schwester, wo ich gewesen war. Obwohl sie sich zurückhielt mit Kommentaren, merkte ich ihr an, für wie absurd sie diese Unternehmung hielt. Siebenhundert Kilometer mit dem Auto fahren, um im Regen vor fremden Häusern zu stehen, würde ihr nie einfallen. Auf ein grundsätzliches Gespräch hatten wir in diesem Moment beide keine Lust und so war unser Telefonat schnell beendet.

Ich erzählte auch ein paar Freunden davon. Von den Adressbüchern, der ziemlich lustigen Nacht in den Clubs von Wroclaw, und wie das ominöse Wort in Vaters Reisepass, das ihn sein Leben lang begleitete, eigenen Eindrücken und Erfahrungen wich. Ich stellte mich darauf ein, dass sie mich für genauso bescheuert hielten wie meine Schwester. Doch es kam anders. Sie stellten Fragen, als hätte ich eine Expedition unternommen, einer meinte, es gebe doch kaum ein besseres Motiv für eine Reise und es sei doch allemal spannender, als am Strand zu liegen oder Kirchen zu besichtigen. Ein anderer erzählte von seinem Vater, der ebenfalls aus der Gegend stammt, er habe sein Leben lang die Flucht von dort nicht verwunden. Ganz sicher sei er sich nicht, aber er führte manche Eigenart seines Vaters darauf zurück. Gesprochen hatten auch sie nie darüber. Der Ton war ein anderer als sonst, ernsthaft, leiser, auch bewegter.

Ich erzählte ihnen auch davon, wie stark mich die Oderauen an die Gegend erinnerten, in der ich aufwuchs. Es war offenbar tatsächlich so, dass mein Vater damals, als er mit meiner Mutter nach einem Haus suchte, in dem eine Familie mit zwei Kindern Platz findet, sich vom Idyll seiner Kinder- und Jugendjahre leiten ließ. Ich war mir jetzt ganz sicher, anfangs schien es mir nur eine zufällige Übereinstimmung zu sein. Vermutlich war er sich damals dessen gar nicht bewusst, später, in der Rückschau auf sein Leben vielleicht aber doch. War auch das ein Grund, weshalb er sich damals die Reise dorthin ersparen wollte? Weil er derlei Ahnungen nicht gegen Gewissheiten tauschen wollte? Was würde er wohl antworten, wenn noch Gelegenheit bestünde, ihn darauf anzusprechen?

Was mich insbesondere daran faszinierte, war die Wucht und Konsequenz, die derartige Prägungen entfalten können. Welche Muster würde ich an mir selbst noch entdecken, die mir noch gar nicht bewusst sind, vielleicht auch solche, die ich, ohne es zu bemerken, von meinem Vater übernommen habe?

Vielleicht hatte es auch mit dieser Erkenntnis zu tun, dass ich ein paar Monate später auf der Rückfahrt von Berlin nach München einen Umweg über einen kleinen Ort in der Nähe von Magdeburg nahm. Dort lebten zumindest die letzten drei Generationen der Reichardts, ehe mein Großvater nach Breslau zog.

Ohne Ziel lief ich die einzige Straße entlang, deren Name mir aus alten Unterlagen geläufig war. Ich blätterte im Telefonbuch, Reich, Reichelt, kein Reichardt. Wieso auch? Ich besuchte das Rathaus, notierte die Adresse des Stadtarchivs, lief auf dem Friedhof die Reihen ab und las die Namen auf den Grabsteinen. Auch das ohne Ergebnis, vergeblich wie die ganze Fahrt. Der einzige Anhaltspunkt, den ich fand, waren zwei Namen auf dem Kriegerdenkmal. Der Nachname der Großmutter, davor zwei männliche Vornamen. Vermutlich ihre Brüder. Ich nahm Kontakt mit dem Archiv auf, doch die Auskünfte, die ich erhielt, brachten keine Gewissheit.

Ich besuchte die Frau meines Onkels in Köln, sprach mit meiner Mutter und mit Klara, und stöberte einen Freund meines Onkels auf, der meinen Vater kannte, als er noch ein kleiner Junge war. Ich erzählte ihnen vom Tagebuch und was ich bislang in Erfahrung gebracht hatte und stellte ihnen eine Reihe von Fragen in der Hoffnung, ein wenig mehr über die Familie meines Vaters zu erfahren. Mit meiner Tante sah ich mir ein Fotoalbum an, das mein Onkel angelegt hatte. Sie kannte die Schauplätze und die Menschen, die darauf zu sehen waren, wusste, wann die Bilder etwa entstanden waren und zu jedem Bild einen Kommentar. Jeder hatte sein Spezialgebiet, der Schulfreund meines Onkels etwa erinnerte sich sehr gut an den Vater meines Vaters, er war wohl ein väterlicher Freund für ihn. So begriff ich nach und nach, was es mit den ominösen Figuren aus den raren Erzählungen meines Vaters auf sich hatte, wie die Rollen verteilt waren und welche Bedeutung sie für meinen Vater hatten.

Über die Mutter meines Vaters erfuhr ich, dass sie eine hübsche, warmherzige Frau gewesen sein musste, die sich sehr um die Menschen sorgte, die ihr am Herzen lagen. »Verstehen Sie mich nicht falsch«, sagte der Schulfreund meines Onkels, »am besten trifft es wohl das Wort Hausmütterchen. Ich meine das nicht abwertend. Sie war einfach eine liebe Frau.«

Ich fand heraus, dass Tante Martha tatsächlich die ältere Schwester seines Vaters war. Nach dem Tod seiner Frau übernahm sie den Haushalt und kümmerte sich vor allem um den kleinen der beiden Brüder, meinen Vater. Eines ihrer Talente bestand offenbar darin, besonders schöne, dicke Wurstbrote zu bereiten.

Als ich davon hörte, hatte ich wie auf Knopfdruck den Reiseproviant vor Augen, den er für unsere Expeditionen in den Süden einpackte und Stullen nannte: dick mit Butter bestrichene Scheiben Brot, mit zentimeterdick aufgetragener Leberwurst, oder mehreren Lagen Schinken oder Salami, und Gurke obenauf. Auf jeder Fahrt nach Italien hatten wir etwa ein Dutzend davon dabei, fuhren wir zu dritt oder zu viert, auch mehr. Eine Stulle entsprach etwa einem Mittagessen, doch es war zwecklos, sie nicht alle während der Fahrt aufzuessen. Ehe sie nicht alle fort waren, gab es nicht das ersehnte italienische Weißbrot mit Marmelade.

Tante Martha waren diese Wurstmonster also zu verdanken. Was aus ihr wurde, darüber wusste niemand Bescheid. Das Stadtarchiv kannte nur ihr Geburtsdatum.

Über die zweite Frau des Großvaters kursierte eine Reihe von Geschichten, doch es war nicht eine dabei, die das Bild von der Familienhexe auch nur ein wenig aufhellte. Kein Wunder, die meisten Geschichten über sie gingen auf Erzählungen meines Vaters und meines Onkels zurück. Beide nahmen ihr die Ehe mit ihrem Vater übel, und offenbar ließ sie nichts unversucht, um die beiden bei ihrem Vater in Verruf zu bringen. Dabei sah sie auf Fotos gar nicht so unsympathisch aus. Kaum fassen konnte ich es, als von ihrer herrischen Art erzählt wurde, die Essgewohnheiten ihres Mannes, der einer sinnlich rustikalen Lebensart zuneigte, zu ändern. Konnte das wirklich wahr sein, dass sich Vater und Sohn in ihrer zweiten Ehe in eine ganz ähnliche Lage manövriert hatten? An starke Frauen geraten waren, die immerzu ihren Willen durchzusetzen versuchten? Ich sah das Haus im Herzogpark vor mir, den großen Esstisch, die abgezählten Scheiben Fleisch und meinen Vater in einer Rolle, die ich als würdelos empfand und in der ich ihn nicht leiden konnte.

Ich fand auch eine Erklärung dafür, weshalb mein Vater seinen Nachnamen bis in die siebziger Jahre hinein mit y statt i schrieb. Genau genommen hatte jeder, mit dem ich darüber sprach, eine andere Begründung parat. Am plausibelsten erschien mir die unspektakulärste, auch wenn ich mir insgeheim eine spannendere Auflösung dieses Rätsels erhofft habe. Demnach waren es russische Soldaten, die den Namen in einem Dokument meines Onkels fälschlich mit y schrieben. Achim habe diese Schreibweise erst mal beibehalten, um bei seiner Flucht in den Westen Ärger zu entgehen, und später dann übernommen. Offenbar tat der kleine Bruder es dem großen gleich, um nicht einen anderen Namen zu tragen als er. Gut möglich auch, dass beide in der abweichenden Schreibweise auch ein wirkungsvolles Mittel sahen, sich von ihrem Vater und seiner neuen Frau zu distanzieren, und ihm ein y für ein i vorzumachen.

Am meisten Kontur gewann das Bild meines Großvaters, dem Baumeister mit den weißen Haaren. Nach allem, was über ihn erzählt wurde, stelle ich ihn mir nun als einen Mann vor mit erstklassigen Umgangsformen, von gewinnendem, einnehmendem Wesen, einen Frauenfreund, der zu parlieren und zu unterhalten verstand. Salonlöwe nannte man das früher wohl. Er aß und trank offenbar gern und nahm seinen Sohn oft mit, wenn er in Breslau Varietés besuchte. Klara sagte, Tino habe ihr erzählt, das sei seine schönste Erinnerung an den Vater. In Begleitung habe der in einer Loge gesessen, er durfte hinter seinem Stuhl stehen und dabei sein, wie der Vater sich beim Anblick von Tänzerinnen, Illusionisten, Akrobaten und Sängern, ein Glas in der Hand, vergnügte. In seinem Tagebuch gibt es eine Passage, da heißt es: »Gestern in ›Was ihr wollt‹ wäre ich beinahe erstickt vor lachen! Junge, was war das für ein Spaß! Natürlich war mein Vorsatz, nicht zum Theater zu gehen wie weggeblasen. Und für die kleine Kröte, die so lieb Viola gespielt hat, habe ich wie ein ganz kleiner Bub geschwärmt.« Waren diese Abende hinter dem Stuhl des Vaters der Zündfunke seiner lebenslangen Leidenschaft für Spektakel und Schauspiel jeder Art?

Wie ähnlich er seinem Vater wohl gewesen ist, entdeckte ich auch auf einer Serie von Strandbildern, die Anfang der 50er Jahre entstanden sein dürfte. Eines zeigt Ernst Reichardt alleine, am Strand auf einer Matte, er liest und bemerkt nicht, dass er fotografiert wird. Abgesehen von dem weißen Haarkranz hätte es genauso gut mein Vater sein können. Der mächtige, bullige Oberkörper, die Art, wie er sich aufstützte und den Kopf hielt und las, die entspannt weggestreckten Beine, so hatte ich meinen Vater oft am Meer liegen sehen. Ich würde nur in den Kodaktüten wühlen müssen, um ein entsprechendes Bild von ihm zu finden.

Welchen Beruf er erlernt hatte, weiß ich auch heute nicht. Jedenfalls verdiente er sein Geld seit Mitte der zwanziger Jahre mit dem Vertrieb von Ölen, Lacken und Baustoffen. 1927 erhielt er das Angebot eines Lack- und Farbenunternehmens, die Generalvertretung für Schlesien zu übernehmen. So kam die Familie nach Breslau. Die vielen Adressen in der Innenstadt waren vermutlich Büros und Lager. Nach dem Krieg arbeitete er weiter für dieselbe Firma, von Hamburg aus, der Stadt, aus der seine zweite Frau stammte.

Einen Eindruck, wie er mit seinen Söhnen und seiner Frau in Breslau lebte, lieferte die Akte aus dem Archiv für Lastenausgleich. 227 Seiten Formulare, Anträge und Bescheide, 1953 angelegt, 1973 geschlossen. Ernst Reichardt wird darin als Handelsvertreter und Kaufmann geführt. Sie gibt ziemlich präzise Auskunft über das Geschäft, das er betrieb, seine Umsätze, den Wert der Waren, die er gelagert hatte, seine Vermögensverhältnisse, den Wert des Mobiliars, auch, dass er einen BMW fuhr, »zwei Liter, Baujahr 1937«. Den entscheidenden Satz schrieb er mit der Hand: »Es musste überlassen werden, wie es lag und stand.« Im Februar 1945 verließ er Breslau, sein Haus, sein Geschäft. Über die Umstände der Flucht geht aus der Akte nichts hervor.

War er ein Nazi? Meine Mutter überlegte nicht lange, als ich sie danach fragte. »Ich wüsste nicht, dass er sich besonders hervorgetan hat. Ich glaube, er hat sich halt so durchlaviert«. Ich schrieb an die Abteilung des Bundesarchivs, in der die Akten der NSDAP lagern. Nach einigen Wochen bekam ich einen Brief. »Sehr geehrter Herr Reichardt«, hieß es da, »in Erledigung Ihrer Anfrage teile ich Ihnen mit, dass zu der angefragten Person Friedrich Ernst Reichardt keine Dokumente ermittelt werden konnten«. Der Baumeister hatte neben meiner Sympathie nun auch meinen Respekt.

Weshalb ich es versäumt habe, meinem Vater all die Fragen zu stellen, die ich jetzt habe, warum ich nicht darauf gedrungen habe, mehr zu erfahren, und mich stattdessen mit den wenigen Schnipseln zufriedengab, ist mir heute das allergrößte Rätsel. Ich studierte zwar Geschichte, aber kannte die meines Vaters und meiner Familie nicht.

Es war ja nie so, dass mein Vater seine Erfahrungen im Krieg komplett verschwieg. Er kam schon darauf zu sprechen, doch meist nur in Andeutungen, und in Nebensätzen, die er einflocht, wenn von etwas ganz anderem die Rede war, und es einen Bruch bedeutet hätte, abrupt das Thema zu wechseln. Doch diese Splitter und Satzfetzen sind das Einzige, das mir in Erinnerung geblieben ist.

Noch ehe ich mit der Arbeit zu diesem Buch begann, hatte ich in meinem Kopf eine Liste angelegt, auf der ich alle Kriegssätze meines Vaters gesammelt hatte. Es sind fünf.

War ich neun, als er mir davon erzählte, elf oder zwölf? Viel älter jedenfalls nicht. Mag sein, dass er sogar mehr erzählte, als ich heute noch weiß, doch wann immer er davon sprach, stand völlig außer Zweifel, dass er Krieg für das Furchtbarste hielt, was Menschen einander antun können. Nie habe ich auch nur ansatzweise erlebt, dass er seine eigenen Erfahrungen oder die anderer verklärt hätte, und ihnen aus der Distanz doch noch die eine oder andere Charakter bildende Seite abgewonnen hätte. Schon damals hatte ich verstanden, dass der Krieg das Schrecklichste war, das ihm in seinem Leben widerfahren war.

Der Satz, der mir am stärksten in Erinnerung geblieben ist, lautet: »Jederzeit wäre ich bereit gewesen, mich mit einem Panzer in die Luft zu sprengen.« Ich verstand ihn als Bekenntnis, dass er sich zumindest mit den Zielen des Krieges identifizierte und sogar bereit gewesen war, sein Leben dafür zu geben. Ich habe genau seinen Gesichtsausdruck vor Augen, der diesen Satz begleitete, eine Mischung aus Scham, sich verführt haben zu lassen und noch nicht in der Lage gewesen zu sein, die Ideologie zu durchschauen, und Unbehagen, diesen Teil seines Lebens nicht ungeschehen machen zu können und mit sich herumschleppen zu müssen, so sehr er ihn auch verdrängte. Ohne dass er diesen Gedanken aussprechen musste, verstand ich ihn auch als Warnung, sich niemals gemein zu machen mit jeglicher Art von Ideologie.

Nach seinem Tod sprach ich einmal mit Klara darüber. Sie kannte diesen Satz ebenfalls. »Aber«, sagte sie, »er ging anders. Er sagte: ›Jederzeit wäre ich in der Lage gewesen, einen Panzer in die Luft zu sprengen.‹« Einen anderen, einen feindlichen, nicht den, in dem er selbst saß. Sie hatte recht. Nur so ergab dieser Satz wirklich Sinn. Der Kern, das Eingeständnis seiner Überzeugung, blieb derselbe, allerdings mit dem Unterschied, dass er bereit gewesen wäre, zu töten, aber nicht sein Leben dafür zu geben. Selbstmordattentate waren damals allenfalls bei japanischen Bomberpiloten verbreitet.

Eine andere Geschichte prägte sich mir mit nur zwei Worten ein: »Kartoffeln schälen«. Tagelang hatte er nichts anderes zu tun, als zentnerweise Kartoffeln zu schälen. Jedenfalls sah ich ihn so vor mir, hinter einem riesigen Berg geschälter Kartoffeln, neben sich den mit den ungeschälten und einem kleinen Messer in der Hand, angetrieben von einem Aufseher, der darauf achtete, dass nicht das kleinste Fitzelchen Schale an der Kartoffel haften blieb. Diese Geschichte begriff ich als Sinnbild, wie ungemein stupide es in einer Armee zuging und Vorgesetzte selbst noch die unbedeutendsten Beschäftigungen zum Anlass nahmen, ihre Macht zu demonstrieren.

Nachdem ich sein Tagebuch gelesen hatte, bin ich mir nicht mehr so sicher, ob diese Geschichte nicht eher aus der Zeit im Internat stammt. Dort beschreibt er einmal mit größtmöglicher Abneigung, wie er einen Tag lang damit verbrachte, Kartoffeln von einem Laster zu laden.

Vage bleibt auch die dritte Geschichte. Ende der neunziger Jahre verbrachte ich Silvester auf einem Schloss genannten Landgut in der Nähe des Müritzsees in Mecklenburg. An Neujahr telefonierten wir, wünschten uns ein Gutes Neues Jahr und erzählten uns gegenseitig vom Abend zuvor. Er fragte, wo genau ich sei. Ich erklärte es ihm, beschrieb die Landschaft, die Namen der Orte schienen ihm etwas zu sagen.

»Da war ich auch mal«, sagte er, die Stimme bereits etwas abgesenkt, als wäre er schon gar nicht mehr bei der Sache.

»Ach ja«, sagte ich, »wann denn?«

»Lange her« antwortete er. Zu DDR-Zeiten war er dort bestimmt nicht.

»Im Krieg?«, fragte ich.

»Lange her«, wiederholte er und es war nun klar, dass mehr dazu aus ihm nicht herauszuholen wäre. Er wechselte das Thema.

Seltsamerweise hatte er nie erwähnt, wo genau er damals eigentlich war. Beginnt nicht jede Geschichte aus dem Krieg, die alte Männer erzählen, mit einem Ortsnamen, zumindest mit Nennung der Front, an der sie kämpften? Nicht bei ihm. Als er eingezogen wurde, lebte er in Breslau, ein paar Jahre später war er in Bayern angekommen. Zudem ist mir so, als hätte er erwähnt, dass er bei Ende des Krieges in der Gegend von Hamburg gewesen sei. Dafür spricht auch ein Dokument, wonach er sich kurzzeitig in britischer Kriegsgefangenschaft befunden hatte.

Eine einzige Geschichte verknüpft sich mit einem Ort. Es ist zugleich die einzige, auf die ich mich mit meiner Schwester, mit meiner Mutter und auch Klara einigen kann. Er hat sie allen erzählt und es existieren auch keine abweichenden Versionen davon. Sie erzählt von den Dresdner Bombennächten im Februar 1945.

Im Grunde handelt es sich dabei um keine Geschichte, sondern um eine Ansammlung von Stichworten, die sich zu einer Geschichte verbinden. Er hatte die Dresdner Bombennächte an einem Löschteich gemeinsam mit einer Greta verbracht, die ihm das Leben rettete. Dresden, Löschteich, Greta. Das ist schon alles, drei Worte. Welche Rolle der Teich dabei spielte, wie Greta ihn gerettet hatte, wer sie war, woher sie sich kannten, ich wusste es so wenig wie meine Mutter, meine Schwester und Klara.

Es war auch gar nicht nötig, die Einzelheiten auszuschmücken, die Botschaft kam immer an: Nie war ich dem Tode näher, nie hatte ich mehr Angst, nie war ich dankbarer, davongekommen zu sein. Greta blieb dabei eine ebenso imaginäre Figur aus dem früheren Leben meines Vaters wie Tante Martha. Mit dem Unterschied, dass sie in der Ferne weiterexistierte, in der DDR, in Dresden, und jedes Jahr zu Weihnachten einen Stollen schickte. Sie waren in Kontakt, bis zu seinem Tod, das wusste ich, doch ich habe sie nie kennengelernt.

Das ist alles, was ich über meinen Vater im Krieg weiß.

Wenn ich darüber nachdenke, warum mein Wissen um die Kriegszeit meines Vaters so dürftig ist, kommt mir ein weiteres Bild in den Sinn. Es zeigt meinen Vater, kurz nachdem er mal wieder eine Bemerkung über diese Zeit gemacht hatte. Er senkte den Blick, dann folgten die Lider, so dass es aussah, als würde er die Augen schließen und atmete deutlich vernehmbar aus. Dieses Senken der Lider war ein Zeichen, das keiner Erklärung bedurfte. Das Gespräch war damit beendet, und nur ein grober, unempfindsamer Trampel hätte sich in diesem Moment darüber hinweggesetzt, und weitere Fragen gestellt.

Im Nachhinein steht dieses Bild wie kein anderes für sein nur gelegentlich unterbrochenes Schweigen, für seine Hemmung, von dieser Zeit zu erzählen. War er selbst nach Jahrzehnten noch nicht in der Lage, darüber zu reden? Hatte er im Laufe der Jahre diese Erfahrungen so tief in sich vergraben, dass es ihn allergrößte Überwindung gekostet hätte, an sie heranzukommen?

So stand ich nun vor einem Haufen Fragen. In einem Lebenslauf hatte er geschrieben, er sei »LWH« gewesen, Luftwaffenhelfer, wie so viele aus diesem Jahrgang oder dem davor. Auf seinem Wehrpass aber stand »Kriegsmarine«. Wie passte das zusammen? Wie kam er nach Dresden? Wo war er bei Kriegsende? Was genau waren das für Erfahrungen, die ihn so »dumpf und stumpf« machten? Der Hunger? Der Schrecken, Menschen sterben zu sehen, einen Freund vielleicht? Selbst getötet zu haben? Zu erfahren, wie Krieg Menschen verändert, auch zu welcher Feindseligkeit und welchem Hass er selbst in der Lage war? Ekel über sich selbst? Ließ sich jetzt noch etwas darüber herausfinden?

In der Zeit, als ich versuchte, eine Vorstellung davon zu gewinnen, war ich froh, als ich auf Bilder und Berichte stieß, die eine Ahnung davon gaben, was er damals erlebt haben könnte.

In »Der Untergang« ist ein Junge zu sehen, 12 Jahre alt, vielleicht 14, der, angestachelt von der Endsieg-Propaganda, nur mit einer Panzerfaust bewaffnet versucht, die anrollenden russischen Panzer aufzuhalten. Als ihn ein Erwachsener auf den Irrsinn seines Unternehmens hinweist, hat er nur Verachtung für ihn übrig, »Feigling« nennt er ihn. Es fällt mir schwer, mir meinen Vater derart verbissen und hundertzwanzigprozentig vorzustellen, aber wäre es nicht vermessen zu glauben, dass er völlig frei von solcher Gesinnung gewesen sein könnte?

Günther Gaus beschreibt in seinen unvollendeten Memoiren ziemlich anschaulich seine Erinnerungen an den Krieg in den Jahren 1944 und 1945. Er war ein Jahr jünger als mein Vater. Er erzählt vom Alltag zwischen Schulunterricht und nächtlichen Brandwachen, wie er nach einem Bombenangriff auf das Haus von Freunden seiner Eltern hilft, den Schutt beiseitezuräumen und eine Leiche mit eingeschlagenem Kopf findet, und wie er in der Handhabe von Flugabwehrkanonen, Entfernungsmessgeräten und Sperrscheinwerfern unterrichtet wurde. Er erzählt von seiner Musterung »zunächst in Turnhosen, dann nackt«, und wie er im Harzvorland mit einer kleinen Einheit sinnlos herumzog, um nicht kurz vor Ende des Krieges noch in Gefahr zu geraten. Er beschreibt Erinnerungsbilder von »gespenstischen Ruinen«, »rußgeschwärzten Frauen mit Kindern an der Hand«, Bilder, die zu einem

Teil seiner Identität wurden, und Geräusche, die er sein Leben lang nicht vergessen konnte, »Keuchen, schweres Atmen und Schluchzen«. So könnte es auch bei meinem Vater gewesen sein. Weinte er auch, wie Gaus, als er die Nachricht vom Tod Hitlers hörte?

Hatte er ähnliche Erfahrungen gemacht wie der noch nicht ganz 14-jährige Fritz J. Raddatz, der in seinen Erinnerungen die ersten Tage des Mai 1945 in Berlin als beispiellosen Irrsinn beschreibt: »Leichen waren für mich nichts Ungewohntes, sie lagen im Mai 45 in Parkanlagen, am Straßenrand, oft so ausgeplündert, dass nicht zu erkennen war, ob erschossener Soldat oder umgebrachter Zivilist. Geschändete Frauen mit aufgerissenen Mündern, die Goldzähne von Fledderern herausgebrochen.«

Waren es Bilder wie diese, die ihm in den Sinn kamen, wenn er die Lider senkte?

So stark diese Bilder auch waren, sie waren nur geliehen, um meine Lücken zu füllen. Ich machte mich auf, eigene zu finden. Ich begann in Berlin, bei der Deutschen Dienststelle, einer Behörde, die dem Berliner Senat untersteht und alle möglichen Dokumente und Karteien gesammelt hat, überwiegend aus dem Zweiten Weltkrieg. Im Internet war ich auf sie gestoßen. Zwar hätte es genügt, ein Formular auszufüllen und einfach abzuwarten, aber mir schien es aussichtsreicher, selbst dort zu erscheinen, eventuelle Fragen an Ort und Stelle klären zu können, vielleicht sogar gleich Einsicht in Unterlagen nehmen zu können.

Am Empfang gab ich an, wonach ich suchte. »Marine oder Heer?«, wurde ich unterbrochen. Da ich kurz vorher noch mal einen Blick auf den Wehrpass geworfen hatte und dort Kriegsmarine auf die erste Seite gestempelt war, sagte ich zu meiner eigenen Überraschung so gewiss, als spräche ich über mich selbst: »Marine.«

»Erster Stock, Treppe hoch, dann durch die Stahltür«, bekam ich zur Antwort.

Die Sachbearbeiterin, die gewöhnlich das R bearbeitete, wurde von der für T bis Z zuständigen Kollegin vertreten. Ich füllte drei Anträge aus. Einen für meinen Vater, und weil ich schon einmal hier war, auch einen für meinen Onkel und meinen Großvater. Sie verschwand mit den Formularen, um einen Blick in die Zentralkartei zu werfen. Nach einer Viertelstunde kam sie zurück und schüttelte den Kopf. Nichts zum Vater, nichts zum Großvater, der Name meines Onkels war verzeichnet. Er gehörte der Luftwaffe an. Die Archivabfrage ergab dreimal nichts. Zu bedeuten habe das wenig, erklärte sie, nur werde es jetzt eben eine Weile dauern, wenn der Computer nicht sofort etwas ausspuckt. Mit sechs Monaten müsste ich allemal rechnen, eine Mappe würde von Abteilung zu Abteilung wandern. Dass auf Anhieb nichts zu finden sei, könne daran liegen, dass die Bestände zum einen nicht vollständig seien, und im letzten Kriegsjahr auch nicht mehr akribisch Buch geführt wurde. Auch die Bestände der verschiedenen Waffengattungen seien unterschiedlich gut erhalten. Von der Marine etwa sei mehr erhalten als von der Luftwaffe, und eine Rolle spiele auch, in wessen Besitz die Unterlagen nach dem Krieg gefallen sind. Die Russen, heißt es, hätten viel vernichtet. Die Bestände der Dienststelle seien vor allem deshalb so umfangreich, weil das Amt ursprünglich im französischen Sektor lag und die Franzosen sich sehr um den Erhalt bemüht und später auch die Bestände der Amerikaner und Briten übernommen hätten.

»Schade«, sagte ich, »dass gar nichts zu finden ist«, bereit mich zu verabschieden.

»Selbst, wenn«, antwortete Frau T bis Z, »ich hätte die Unterlagen ohnehin erst prüfen müssen.«

»Prüfen? Worauf denn?«, fragte ich.

»Wir sind angehalten«, sagte sie und lächelte ein wenig verlegen und zugleich um Verständnis bittend, »Angehörigen bestimmte Details vorzuenthalten, Geschlechtskrankheiten etwa oder Seitensprünge.« Ich lachte bei dem Gedanken, ausgerechnet hier etwas über Affären meines Vaters zu erfahren.

Nach sieben Monaten hatte ich noch immer keine Antwort. Ich rief Frau T bis Z an, nach ein paar Tagen bekam ich schließlich einen Brief.

Zu meinem Onkel lagen ein paar Daten vor, aus denen zu ersehen war, wann er welcher Einheit angehörte. »Über Klaus Dieter Reichardt liegen keine Aufzeichnungen vor. Sie sind vermutlich durch Kriegseinwirkung verloren gegangen.«

In der Zwischenzeit hatte ich weitere Anfragen gestartet. Vom Militärarchiv in Freiburg bekam ich zur Antwort, dass dort nur »Nachweise für die Offiziere der ehemaligen Wehrmacht« vorhanden seien. »Im Militärarchiv ist nicht bekannt, welcher Marine-Einheit Ihr Vater seinerzeit angehörte. Ich bedauere, Ihnen keine günstigere Antwort geben zu können.« Auch die Nachfrage bei einer Abteilung des Berliner Gesundheitsamtes, die Krankenbuchakten verwahrt, blieb ohne Ergebnis.

Ich telefonierte noch einmal mit der Deutschen Dienststelle, ob eine weitere Abfrage Sinn mache, ob sich denn das Einsatzgebiet eingrenzen lasse, wenn man davon ausgeht, dass er Luftwaffenhelfer war und der Marine nur der Form halber angehörte. »Nein«, lautete die Antwort. »Ohne die genaue Bezeichnung der Einheit sei das nicht möglich.«

Ich suchte Rat bei einem Mitarbeiter des Bundesarchivs in Berlin. »Jahrgang 28?«, sagte er, »vergessen Sie's.« 26 und 27 tauchen in den Akten noch auf, und dann war Schluss. 28 sei der erste, über den nicht mehr Buch geführt wurde. »Sie müssen sich das so vorstellen«, sagte er, »die bekamen eine Knarre in die Hand, übten ein-, zweimal Schießen und los ging's mit der Marschiererei. Die hatten wirklich andere Probleme, als sich um Papierkram zu kümmern. Abgesehen davon herrschte damals bereits Papierknappheit. Da wurde nicht mehr viel Buch geführt.«

Ich fragte, wie es aussieht mit den Unterlagen zu Parteizugehörigkeit, zu Verbänden, zur HJ. Für die Partei war er zu jung, das ging ja erst ab 18. »Wenn Sie wissen wollen, ob er in der HJ war, wenden Sie sich am besten an das zuständige Landesarchiv. Die haben das in der Regel, nicht wir.«

Ich suchte Rat beim Institut für Zeitgeschichte, aber dort bekam ich auch keine anderen Auskünfte, als die, die ich bereits hatte. »Mehr Möglichkeiten gibt es nicht«, sagte der Leiter des Archivs. Ich fand heraus, dass der Eintrag in seinem Wehrpass »Kriegsmarine« vermutlich so zu deuten war, dass er sich freiwillig zur Marine gemeldet hatte, er aber an anderer Stelle gebraucht wurde, als Luftwaffenhelfer eben. Immerhin.

Später rief ich noch mal beim Bundesarchiv an. Wenn mit den Angaben aus dem Wehrpass so wenig anzufangen ist, dachte ich, vielleicht lässt sich wenigstens etwas über eine Mitgliedschaft bei der HJ herausfinden.

»Warten Sie«, sagte der Mann am Telefon. Ich buchstabierte ihm den Namen meines Vaters, wies ihn darauf hin, dass er möglicherweise auch unter Dieter verzeichnet ist, seinem damaligen Rufnamen. Er konnte die Bestände offenbar abfragen, ohne seinen Schreibtisch zu verlassen. Ich wartete. »Nichts«, sagte er. Ich fragte ihn, wie sich die Aktenlage im Falle Breslaus verhält. »Mut«, sagte er, »kann ich ihnen da nicht machen. Ein Aktentransfer mit Polen hat im großen Maße nie stattgefunden. Sie kennen ja die politische Diskussion. Was noch vorhanden ist, befindet sich im Stadtarchiv von Breslau. Die Russen haben mit Akten bekanntlich geheizt, und auch die Polen haben viel vernichtet. Es ist schwer, von hier aus einzuschätzen, wie groß die Bestände dort sind. Wir haben die Erfahrung, dass Schreiben auf Deutsch gar nicht oder nur selten beantwortet werden.« Ich dachte daran, wie ich mich überwinden musste, auf dem Standesamt in Breslau die Zuständige auf Deutsch anzusprechen und wie freundlich sie und ihre Kollegin geantwortet hatten. »Auf Polnisch«, fuhr er fort, »sind die Chancen größer. Englisch klappt auch manchmal. Hilfreich ist auch Vorauskasse in Dollar. Probieren Sie's.«

Ich bedankte mich und beschloss, es sein zu lassen. Was wäre schon gewonnen dadurch? Anzunehmen, er wäre nicht bei der HJ gewesen, wäre vermessen. Auch die Auskunft, dass sein Name auf einer Mitgliederliste nicht verzeichnet sei, würde daran nichts ändern.

Meine Schwester, meine Mutter, Klara und meine Tante wussten auch nicht viel mehr. »Dresden, im Löschteich«, antwortete meine Schwester, als ich sie fragte, »... und Greta rettete ihm das Leben«, ergänzte ich, »weißt du eigentlich wieso?« »Nein«, sagte sie, »mehr weiß ich auch nicht. Mir war immer klar, dass er im Krieg furchtbare Erfahrungen gemacht haben muss, über die er nicht sprechen wollte, nicht sprechen konnte. Ich habe das immer so akzeptiert, wie es war.«

Überrascht war ich, dass auch meiner Mutter nicht mehr einfiel. »Wie war das denn damals, als ihr euch kennengelernt habt«, fragte ich sie, »habt ihr euch da nicht eure Geschichten erzählt?«

»Auf jeden Fall war es nicht das beherrschende Thema. Uns und allen, die ich kannte, ging es nur darum, nach vorn zu schauen und ein Leben aufzubauen. Man wusste in etwa vom anderen, woher er kam, kannte in groben Zügen seine Geschichte. Doch der Umstand, dass jeder eine Geschichte zu erzählen hatte, relativierte zugleich die eigenen Erlebnisse. Alles andere schien uns viel wichtiger.«

Meine Mutter erinnerte sich, ihn das Wort »Hungerödem« sagen gehört zu haben, aber sie verband keine Geschichte damit, und sie war sich auch nicht sicher, ob es sich auf die Zeit im Krieg oder danach bezog. Meine Schwester meinte, die Hungergeschichten bezögen sich alle auf die Zeit in Breslau, sein großer Bruder habe ihm alles weggegessen. Damit jedenfalls habe sie sich seine Begierde und Esslust erklärt. Meine Tante erzählte etwas Ähnliches. Vor allem habe den Kleinen geärgert, dass der Große ihm die Köpfe von den Schokoladenosterhasen abgebissen hatte.

In einem Roman, dachte ich, wären abgebissene Hasenköpfe ein schönes Bild, um die lebenslange Genusssucht eines Mannes zu erklären, der nie genug bekommen konnte. Doch eben nur ein Bild.

Ein paar Tage später, als ich mit meinem Neffen und meiner Nichte sprach, tauchten die Osterhasen wieder auf. Meine Schwester meinte, sie könne sich gut vorstellen, dass er seinen Enkeln mehr erzählt habe als uns. Einen Versuch, fand ich, war es wert.

»Wie würdest du ihn beschreiben, wenn du ihn jemandem schildern würdest?«, sagte ich zu meiner Nichte.

»Er erzählte tolle Geschichten, er war dick, und …

»… brachte an Ostern immer die größten Hasen mit, die es gab. Solche Monster«, sagte ihr Bruder und zeigte, wie groß sie waren.

»Was ist denn deine liebste Erinnerung an ihn?«, fragte ich meinen Neffen. Er zögerte keine Sekunde.

»Die Horrornacht.«

Es war ein Versprechen, das der Großvater seinem Enkel lange zuvor gegeben hatte. Beim Opa übernachten und die ganze Nacht lang gemeinsam Horrorfilme auf Video anschauen.

»Und weshalb?«

»Er war anders als sonst. Er bestellte chinesisches Essen, er kümmerte sich, wir unterhielten uns.« Früher habe er sich vor ihm oft gefürchtet, vor seiner tiefen Stimme. Auch seine Körpermasse, seine ganze Erscheinung habe er manchmal als bedrohlich empfunden.

»Und er hielt bis halb vier durch. Das hätte ich nie gedacht.«

»Bis halb vier«, wiederholte ich. Nicht ein einziges Mal habe ich ihn so spät erlebt. Er war dafür berüchtigt, abends bald müde zu werden und sich früh zu verabschieden, wo immer er auch eingeladen war.

»Er erzählte auch ein bisschen von sich.«

»Was denn?«

»Vom Krieg. Dass er Pilot war.« Vielleicht, dachte ich, hatte er den Satz »Ich war bei der Luftwaffe«, der ja nicht ganz falsch war, gleichgesetzt mit »Ich war Pilot«, schon allein, weil ihm die Vorstellung, dass sein Großvater ein Flugzeug steuerte, wenn nicht sogar gefiel, ihn doch zumindest beeindruckte. Möglich aber auch, dass er sich in diesem Moment die Vita seines Bruders angeeignet und es ihm genauso erzählt hatte.

»Das stimmt nicht, er war viel zu jung dafür«, sagte ich. Ich meinte etwas wie Enttäuschung in seinem Gesicht zu bemerken.

»Er hat auch erzählt, dass er jemanden erschossen hat«, fuhr er fort.

»Erschossen?«, fragte ich, »hat er wirklich erschossen gesagt?«

»Erschossen«, sagte er.

»Nicht vielleicht, dass er geschossen hat? Bist du sicher?«, sagte ich. Ich dachte an eine Stelle in seinem Tagebuch. Er erzählt dort von einem Ball, auf dem ein Schießstand aufgebaut war. Doch dort hieß es bloß lapidar: »Und wie habe ich geknallt! Höchst annehmbar übrigens. Ich habe mich selbst gewundert, wie gut ich noch schiessen kann.«

»Ja, ich glaube schon«, sagte er.

»Was hat er darüber erzählt?«

»Nichts.«

»Hast du ihn nicht danach gefragt?«

»Nein.«

»Warum nicht?«

»Ich hatte das Gefühl, er will nicht darüber reden. Es war komisch. Seine Stimme wurde so anders, so ernst.« Ich hatte ein sehr vertrautes Bild vor Augen.

»Und?«

»Ich mochte das nicht, wenn er so traurig klingt.«

»Und dann?«

»Haben wir wieder Horrorfilme angeschaut.«

Wann und unter welchen Umständen mein Vater Breslau verließ und wie er das Ende des Krieges erlebte, darüber lassen sich nur Vermutungen anstellen. Klara erinnerte sich an eine Geschichte, die mir vertraut war, irgendwann hatte er sie wohl auch mir erzählt. Sie handelte davon, dass er auf einem Bahnhof zufällig seinen Bruder traf, und Achim dafür sorgte, dass er mit ihm kam und nicht in den Zug stieg, den er ursprünglich vorhatte zu nehmen. Wohin dieser ominöse andere Zug fuhr, wussten weder sie noch ich. Die Geschichte endete mit dem Satz, dass diese zufällige Begegnung mit seinem großen Bruder ihm das Leben gerettet habe. Ich nehme an, es war der Zug, der die beiden irgendwann im Jahr 1945 von Hamburg nach Bayern brachte.

Oder begegneten sie sich doch am Bahnhof in Breslau? Meine Tante meinte, sie sei ganz sicher, dass die Brüder Breslau gemeinsam verlassen hätten. Aber wann sollte das gewesen sein? Ende August 1944 wurde die Stadt zur Festung erklärt, am 19. Januar 1945 erging der Evakuierungsbefehl. Der Großvater verließ laut Archivakte im Februar die Stadt, wie der Großteil der Bevölkerung vermutlich in den ersten zehn Tagen des Monats. Mitte des Monats war Breslau von den russischen Truppen eingekreist. Anfang März heiratete er in Hamburg seine zweite Frau. Mein Vater befand sich seiner Erzählung nach Mitte Februar in Dresden. Wo mein Onkel sich aufhielt, weiß ich nicht. Die letzte Meldung, welche die Unterlagen der Dienststelle hergeben, datiert vom 14. September 1943. Gab es eine Absprache unter den Brüdern oder zwischen dem Vater und seinen Söhnen? Oder sah jeder einfach nur zu, irgendwie davonzukommen? Spielte zumindest bei Achims Flucht das Silberbesteck eine Rolle? Trug er es tatsächlich bei sich, als Pfand, als Sicherheit, um es einzutauschen oder zu Geld zu machen? Gab es vielleicht den Ausschlag, den kleinen Bruder auf dem Bahnhof zu überzeugen, mit ihm zu kommen?

Alle, die ich um eine Einschätzung bat, meinten, die Geschichte könnte wahr sein. Sie kannten ähnliche Geschichten. Ein Detail allerdings irritierte mich. Niemand außer mir kannte sie. Ich hatte sie exklusiv. Sprach das gegen sie? War es eben doch nur eine von einem Vater für seinen Sohn erdachte Geschichte, die vom Zusammenhalt unter Geschwistern erzählt, von Dankbarkeit, auch List und nicht zuletzt den Respekt vor meinem Onkel begründete?

Eine Psychologin, mit der ich mich über Familienlegenden unterhielt, sagte, der Umstand, dass nur ich von ihr wusste, könnte genauso gut ein Hinweis sein, dass sie von etwas erzähle, das nicht jeder wissen soll. Nach dem Krieg und auch später sei es keineswegs üblich gewesen, Geschichten preiszugeben, die von der eigenen Bedürftigkeit erzählen. Vergessen dürfe man auch nicht, dass es häufig ein Merkmal von Familienlegenden sei, dass sie das eine oder andere Detail unterschlagen, um sie erzählbar zu machen. Könne es etwa sein, fragte sie, dass es sich gar nicht um das eigene Silberbesteck gehandelt habe? Dass es gestohlen war?

Schließlich kam es zu einem Gespräch, das mir meinen Vater während der Zeit im Krieg näherbrachte. Ich sprach mit Klara über die Dresdengeschichte und sie kannte ein mir unbekanntes Detail, nämlich dass er während der Bombennächte mit einem gebrochenen Bein unterwegs war. »Wenn du es genau wissen willst«, sagte sie, »ruf die Greta an. Wir haben mal lange am Telefon darüber gesprochen.« Ich wusste gar nicht, dass die beiden in Kontakt standen. »Als ich ihr die Version von Tino erzählte, hat sie nur laut gelacht. Die Einzelheiten musst du sie selbst fragen, ich bekomme sie nicht mehr alle zusammen.«

»Lieber Philip Reichardt«, begann Greta, nachdem sie die Nachbarin, die gerade in der Tür stand, weggeschickt hatte »um das gleich mal vorwegzusagen: so, wie der Tino Ihnen das erzählt hat, war das damals nicht.«

Ich hatte ihr einen Brief geschrieben, in dem ich sie fragte, ob sie Zeit und Lust habe, mir zu erzählen, wie das war mit dem Vater in den Dresdner Bombennächten. Mit meinem Anruf wollte ich herausfinden, wie sie meinem Anliegen gegenübersteht und einen Termin mit ihr in Dresden vereinbaren.

»Wir haben die erste Nacht nicht zusammen verbracht, in der die Angriffe kamen und auch die zweite nicht«, fuhr sie fort.

»Das habe ich von Klara gehört, ja«, sagte ich und überlegte, ob ich sie jetzt unterbrechen sollte.

»Der Tino und seine Geschichten«, fuhr sie fort. »Er konnte erzählen, dass einem ganz warm ums Herz wurde. Ich glaube, er erzählte Geschichten oft so, wie er gerne gehabt hätte, dass sie sich abgespielt hätten. Das waren Wunschträume.« Ich dachte daran, dass er Klara erzählt hatte, seine Mutter sei eine ungarische Gräfin gewesen und sein Vater Bauhaus-Architekt. An die Geschichte unseres angeblichen Vorfahren, des Komponisten und Goethe-Brieffreundes Johann Friedrich Reichardt. Nicht nur, dass er selbstverständlich von einer direkten Linie ausging, so wenig er sich auch sonst für seine Vergangenheit interessierte, irgendwann brachte er auch die Legende auf, dass Johann Friedrich Reichardt *Leise rieselt der Schnee* geschrieben habe. Irgendwann habe ich einmal nachgeschlagen und fand nicht einen Hinweis, dass Johann Friedrich Reichardt mit dem Lied irgendwie in Verbindung steht.

»Möglich«, sagte ich. Trotzdem war ich nicht ganz ihrer Ansicht, doch in diesem Augenblick sah ich auch keinen Sinn darin, ihr zu widersprechen. »Wollen Sie mir denn erzählen, wie Sie diese beiden Nächte erlebt haben?« Mein Anruf schien ihr nicht ungelegen zu kommen. Sie hatte ja bereits begonnen, und so wie sie sprach, hatte ich nicht den Eindruck, dass es ihr unangenehm wäre, darüber zu reden.

»Ich hatte ihn ein paar Wochen vorher kennengelernt. Ich habe mich sofort in ihn verknallt, als ich ihn das erste Mal sah. Er war im Lazarett, im Weißen Hirsch. Er hatte was an der Schulter und trug so ein großes, umständliches Gestell mit sich herum. Ich war sechzehn, und er war so ein schöner, blonder Junge und hatte diese schönen, blauen Augen. Wir trafen uns, so oft es ging, drei Wochen lang etwa. Das letzte Mal sah ich ihn zwei Tage vor dem ersten Angriff, oder waren es drei? Ich weiß es nicht mehr genau«, sagte sie.

»Wissen Sie, wo er war?«, fragte ich.

»Nein. Vermutlich war er nicht mehr in der Stadt und auf dem Weg zu seiner Heimatflakstellung in Dombrowo.« Ich war überrascht, wie selbstverständlich ihr dieses Wort über die Lippen kam. Heimatflakstellung. Ich notierte es, auch das andere. Dombrowo. Sie sprach weiter.

»Ich war an diesem Abend, als es losging, mit einem Bekannten fürs Kino verabredet. Ich ging aber nicht hin, weil ich am nächsten Morgen eine Prüfung hatte, ich machte damals eine Lehre in einem Juweliergeschäft. Ich wollte ausgeschlafen sein und das hat mir das Leben gerettet. Der Bekannte, mit dem ich verabredet war, starb auf dem Weg ins Kino. Anstelle von mir nahm er seinen kleinen Bruder mit. Der sprang in den Gänsebrunnen am Ferdinandplatz und tauchte unter. Das hat ihm das Leben gerettet und diese Geschichte habe ich Tino später einmal erzählt.«

»Und Sie meinen, er hat sie sich angeeignet und zu seiner eigenen gemacht«, fragte ich sie, »und aus dem Brunnen einen Löschteich gemacht?«

»So erkläre ich mir das jedenfalls. Wo genau er in diesen beiden Nächten war, weiß ich nicht.«

»Hat er es Ihnen nie erzählt?«

»Nein, es dauerte Jahre, ehe wir wieder Kontakt hatten.«

»Wie haben Sie die nächste Nacht verbracht?«, fragte ich.

»Mit meiner Mutter habe ich mich dem großen Treck aus der Stadt angeschlossen, bis wir weit genug weg waren, um bei der zweiten Angriffswelle in Sicherheit zu sein. Drei Monate später kehrten wir erst zurück«.

»Wie haben Sie sich denn kennengelernt?«, fragte ich weiter.

»Nun, die Besitzerin des Ladens, in dem ich lernte, war ja sozusagen seine Stiefmutter.«

»Seine Stiefmutter?«, sagte ich ungläubig.

»Die Mutsch«, sagte sie. Mir fiel ein Foto ein, das ich in seinem Koffer fand und eine Frau in den Vierzigern zeigte. Auf der Rückseite stand mit Bleistift ›Mutsch‹ geschrieben. Ich hatte es gleich vor Augen. Ich hielt es schon ein paar Mal in Händen, konnte den Namen aber nie einordnen. Meiner Mutter und meiner Tante sagte er auch nichts.

»Bei ihr im Laden haben wir uns das erste Mal gesehen. Er hatte Erlaubnis bekommen, in ihrem Haus die Nächte zu verbringen. Morgens musste er dann wieder zurück ins Lazarett. Sie war überhaupt der Grund, weshalb er ins Lazarett nach Dresden kam. Ein anderes wäre wohl näher gelegen zu seiner Stellung, aber er hatte auf dem Antrag angegeben, dass seine Stiefmutter in Dresden lebe und dem wurde stattgegeben. So lernten wir uns kennen.«

»Sie werden es vielleicht merkwürdig finden«, sagte ich, »dass ich so viele Fragen stelle, aber über diese Zeit hat er meiner Schwester und mir so gut wie nichts erzählt. Erzählen Sie doch bitte, wie es kam, dass er in ihr seine Stiefmutter sah.«

Sie holte aus und erzählte, wie Ernst Reichardt nach dem Tod seiner Frau während einer Kur die Bekanntschaft mit einer Juwelierin machte. 1943 oder 1944. Die beiden mochten sich, sie trafen sich wieder, sie besuchte ihn in Breslau, und dort lernte sie auch seine beiden Söhne kennen. Eine Weile sah es wohl danach aus, als würden sie heiraten. Doch dann lernte er eine andere kennen. Die Familienhexe.

»Sie hat das sehr mitgenommen, sie mochte Ernst sehr. Ein charmanter, beeindruckender Mann muss das gewesen sein, der tolle Liebesbriefe schrieb. Einige hat sie mir später sogar vorgelesen.«

»So war das also«, sagte ich.

»Sie hatte für Tino mütterliche Gefühle, und er sah in ihr eine Art Ersatzmutter. Er mochte sie jedenfalls sehr und schrieb ihr auch all die Jahre nach dem Krieg. Und wissen Sie was?«

»Nein, erzählen Sie«, sagte ich ganz automatisch, obwohl ich gerade noch dabei war, mich zu fragen, weshalb er nie von ihr erzählte, auch nicht, dass er mit ihr in Briefkontakt stand.

»Auf dem Sterbebett verriet sie mir, dass Tino in jedem seiner Briefe Grüße an mich hat ausrichten lassen. Sie hat mir das aber aus Rücksicht auf meine Ehe nie ausgerichtet. Das wollte sie mir noch sagen, kurz bevor sie starb.«

Wie ein Magnet suchten sich ihre Erzählungen ihre Anschlüsse und verbanden sich zu einem Bild, das immer stimmiger erschien.

Mein Großvater hatte nach Ansicht meines Vaters die falsche Frau geheiratet. Nicht die, die er als Mutter akzeptiert hätte, sondern eine, die alleine ihm gefiel. Das war es, was er ihm so übel nahm. Diese Enttäuschung wiederum verband ihn mit der Verschmähten, um so mehr, als er ihr auch noch eine Jugendliebe verdankte. Sie stand für alles, was er sich erhoffte und vermisste, die andere machte alle Versprechen zunichte.

Um sicherzugehen, dass ich nichts falsch verstanden hatte, stellte ich ihr noch einige Fragen, manche auch zweimal. Sie erzählte mir, wie sie Anfang der 50er Jahre einen Brief von ihm aus Amerika bekam, wieder zwei Jahrzehnte vergingen, ehe sie sich wieder schrieben und noch mal drei, ehe sie sich nach dem Fall der Mauer wiedersahen und sie ihn nach der Begrüßung in seinen Bauch pikste, um zu prüfen, ob der wirklich so rund geworden war. »Ja«, sagte sie, »so war das mit dem Tino.«

Ich dachte daran, was sie gleich zu Beginn unseres Gesprächs gesagt hatte. Wunschträume seien seine Geschichten gewesen.

Es ist ja nicht so, dass ihre Version die seine komplett widerlegen würde. Sie schloss nur aus, dass sie eine dieser Februarnächte gemeinsam verbracht hatten, jedoch nicht, dass er sie an einem

Löschteich zugebracht hatte. Und auch der Teil der Geschichte, dass sie ihm das Leben gerettet hat, muss nicht unbedingt erfunden sein. Vielleicht war es ja tatsächlich so, wenn auch in einem ganz anderen Sinne.

Könnte es nicht einfach so gewesen sein, dass der Gedanke an die junge Liebe ihm im Bombenhagel half, die Nacht und auch die folgenden Wochen bis zum Ende des Krieges zu überstehen, dass er es zumindest im Nachhinein so empfunden hat?

Selbst wenn er Dresden schon längst hinter sich gelassen und von der Bombardierung gar nichts mitbekommen, und die Gänsebrunnengeschichte später aus dramaturgischen Gründen übernommen hätte, selbst dann ließe sich seine Erzählung noch so verstehen, dass er aus der Erfahrung und Erinnerung an die dreiwöchige Liebelei so viel Zuversicht bezog, dass er die nächsten Wochen und Monate überstehen konnte, vielleicht auch die militärische Niederlage nicht als die eigene verstand. Es scheint mir nicht allzu verwegen, darin die eigentliche Botschaft dieser Geschichte zu sehen. Wie es ihm mithilfe der Liebe gelang, das Grauen des Krieges zu überwinden.

Mit meinem neuen Wissen, dem Namen der so genannten Heimatflakstellung, war ich sicher, das entscheidende, bislang fehlende Detail erfahren zu haben, das es ermöglichen würde, das eine oder andere über die Einheit herauszufinden, der er angehörte. Etwas über den Verlauf der Kämpfe, wann die Rote Armee ihre Stellung einnahm, wie lange sie sie hielten, vielleicht etwas über das Gelände, das sie verteidigten, oder die Höhe der Verluste, vielleicht auch ein Name eines Leutnants oder Feldwebels.

Ich wandte mich nochmals an das Militärarchiv in Freiburg. Eine Vorstellung, wie solche Akten aussehen konnten, hatte ich nicht. Ich musste ein paar Begriffe nachschlagen, um meine Fragen richtig zu formulieren und die militärischen Begriffe richtig zu gebrauchen. Nach ein paar Tagen bekam ich die Mitteilung, dass keine Flakeinheit in Dombrowo verzeichnet sei. Hatte Greta sich vielleicht getäuscht? Mir schien gerade der Umstand, dass sie Jahrzehnte später den Ort parat hatte, ohne eine Sekunde zu zögern, ziemlich überzeugend.

Über Flakeinheiten existieren, wie ich herausfand, ohnehin nur »Aktensplitter« und Informationen über Personen enthielten sie sowieso nicht. Ich wandte mich an Doktoranden, die Rechercheaufträge übernahmen. Keiner konnte mir Hoffnungen machen, anhand der vorhandenen Angaben mehr herauszufinden, als ich wusste. Einer gab mir den Tipp, mich an das Historische Institut in Warschau zu wenden. Wenn es überhaupt eine winzige Chance gäbe, dann dort. Auch dort bekam ich keine andere Antwort. Zumal es noch ein weiteres Problem gebe. Mit dem Namen Dombrowo oder Dombrowa ließen sich »mehrere Dutzend« Ortschaften assoziieren. Ich fand mich ab damit, dass Vergangenheit sich nicht beliebig rekonstruieren lässt. Und Versäumnisse ihren Preis haben.

Unwissenheit, Schwebezustände zwischen Vergangenheit und Zukunft, Verzweiflung und Hoffnung, zwischen der Scham, dabei gewesen zu sein, und dem Glück, dass endlich alles vorbei war, sind die wesentlichen Merkmale der ersten Nachkriegsjahre, in der Literatur ist auch von den »undeutlichen Jahren« die Rede. Entsprechend schwierig gestalteten sich meine Recherchen. Doch ich stieß auch auf etwas, womit ich gar nicht rechnete.

Ich nahm Kontakt auf mit dem Internat in Marquartstein, um herauszufinden, wann er dort ankam und wann er es wieder verließ. Das Tagebuch gab darüber ja keinen Aufschluss.

Nach ein paar Tagen erhielt ich eine Antwort des Schuldirektors. »Leider hat sich herausgestellt, dass überhaupt kein Schülerakt für einen Schüler Klaus (Dieter) Reichardt vorhanden ist. Ich war darüber zunächst selbst etwas verwundert, denn selbst die Unterlagen von Schülern aus der Gründungszeit der Schule sind i.a. vollständig vorhanden. Aber in der damaligen Zeit, drei Jahre nach der Zwangsverstaatlichung, in der Zeit der allgemeinen ›Entnazifizierung‹ – ja, die gab es auch im Schulbereich, auch bei Schülern –, hatte man vielleicht doch andere Sorgen.«

Er verwies mich an den »Bund der Altmarquartsteiner«, einen Zusammenschluss ehemaliger Schüler. Dort fanden sich alte Klassenlisten, darauf auch sein Name. Im Frühjahr 1948 verließ er das Internat mit Abitur. Zwei Jahre zuvor begann er dort mit dem Unterricht. Ein paar Tage später erhielt ich eine weitere Nachricht: »Jetzt habe ich noch was gefunden, und zwar eine Besetzungsliste eines Theaterspiels von der 1. Vorstellung 14.12.1946 – 4. Vorstellung 26.01.1947, *Die Geburt* von H. Mostar, Musik von unserem Musiklehrer Konrad Hartmann. Ihr Vater – noch unter Claus D. – spielte den Josef.« Anbei eine Kopie des Theaterzettels. Ich sah nach, wer Hermann Mostar war. Schon bei meinem ersten Versuch bei wikipedia fand ich Folgendes: »Gerhart Herrmann Mostar, war ein deutscher Schriftsteller, der als Lyriker und Feuilletonist, zeitweise auch als Erzähler, Dramatiker und Kabarettist bekannt war. Direkt nach dem 2. Weltkrieg ging er nach Bayern und gründete dort das äußerst erfolgreiche Kabarett *Die Hinterbliebenen* (bis 1948). Mit *Die Geburt* (1947) versuchte sich der Dramatiker Mostar zudem auch an einem weihnachtlichen Mysterienspiel.«

*Die Hinterbliebenen*, der Name kam mir bekannt vor. Ich suchte den Lebenslauf, der mir in die Hände fiel, als ich die Schubladen seiner Kommode leerte, und las: »Als Autor und Schauspieler reiste ich bis zur Währungsreform mit dem lit. Kabarett ›Die Hinterbliebenen‹ unter der Leitung von Hermann Mostar.« Tatsächlich. Im deutschen Kabarettarchiv in Mainz hieß es, vier Ordner mit Programmen, Texten und Zeitungssauschnitten gäbe es zu den *Hinterbliebenen*. Als ich dort ankam, begrüßte mich der Leiter des Archivs: »Ich habe schon alles durchgesehen. Über Ihren Vater ist leider nichts dabei.« »Sehr freundlich«, sagte ich, »aber ich würde es mir gerne selber ansehen.«

Drei Programme spielten die *Hinterbliebenen*, das erste Mal traten sie auf im Dezember 1945 im Bauerntheater von Bad Reichenhall, 1948 nach einem Auftritt in Bremen wurden sie wegen einer kritischen Nummer über die Berlin-Politik der Alliierten verboten. Im Frühjahr 1949 löste sich das Ensemble auf, sie gelten als erstes Deutsches Nachkriegskabarett. Das Ensemble bestand aus sieben Männern und Frauen, die auf der Bühne aus einem alten Fallschirm zusammengenähte Trauermäntel und Zylinder trugen. Alle Texte waren in Versform gehalten, man verstand sich als »aufrüttelndes Kabarett«, das gegründet wurde, »als das Seufzen über Opfer und Niederlage noch immer das Aufatmen über die Befreiung aus der Sklaverei übertönte«.

*Die Hinterbliebenen* reisten durch die Lande, traten anfangs in ungeheizten Sälen auf, mit zunehmendem Erfolg in Kabarettbühnen wie der »Mausefalle« in Stuttgart, dem »Eulenspiegel« in Berlin, oder der »Schaubude« in München.

Erich Kästner schrieb in der *Neuen Zeitung*: »Die Texte sind aktuell, manche sind ausgezeichnet. Man kann sie auf die Gewinnseite des kleinen, immer klein gewesenen Kontos Deutsches Kabarett verbuchen.« Die *Weltbühne* schrieb 1947: »Das politisch beste Brettl der Nachkriegszeit. Mutig, furchtlos und gekonnt.« Und der *Spiegel*: »Die übrigen Münchner bezeugten ihren Sinn für Humor. Mit ihrem Beifall verhalfen sie dem Deutschlandprogramm der Hinterbliebenen zu der Rekordzahl von 24 Vorhängen.«

Im dritten Programm, das 1948 erschien und den Titel »Auf in den Kampf« trug, spielte mein Vater mit. Er hatte einen Soloauftritt und war ein paar Mal mit dem Ensemble zu sehen. Kein Wunder, dass der Archivmensch ihn nicht fand. Der Programmzettel wies ihn aus als Tino Réchard.

Neunzehn war er damals, alle anderen Anfang, Mitte vierzig. Er war wohl der junge Mann, der eine Lücke im Ensemble füllte und so eine Chance bekam. Ich nehme an, dass der Kontakt zu Mostar zurückgeht auf die Zeit im Internat. Bad Reichenhall liegt nicht weit von Marquartstein entfernt und es braucht nicht viel Fantasie, sich vorzustellen, dass ein theaterbegeisterter Internatsschüler jede Möglichkeit wahrnahm, jede erreichbare Aufführung zu sehen, und jede Chance ergriff, Kontakte zu knüpfen, die für die Zeit nach der Schule eine Perspektive boten.

Möglich, dass Mostar ihm half, bei *Heute* unterzukommen, der von den Amerikanern in München herausgegebenen Tageszeitung. Mostar selbst wurde später als Gerichtsreporter bekannt. Vorstellbar auch, dass er bei den Auftritten Journalisten oder einen amerikanischen Presseoffizier kennenlernte. Die Vorstellungen der Hinterbliebenen standen unter ständiger Beobachtung, insbesondere das letzte Programm, das schließlich verboten wurde.

Die Texte des Kabarettprogramms mit seinem damaligen Selbstverständnis gleichzusetzen, wäre übertrieben. Doch sie geben eine Ahnung von dem, was ihm als richtig und wegweisend erschien, woran er sich orientierte, und erzählten von seinem Lebensgefühl Ende der vierziger Jahre. Am besten beschreibt der Refrain des Hinterbliebenen-Songs die damalige Haltung:

»Wir stehen hier am Grabe, am Grabe einer Zeit/ die gestorben und verdorben/ bis in alle Ewigkeit!/ Ja, es sind die Reste einer hohlen Geste,/ die hier aufgebahrt, die man hier verscharrt./ Wir erweisen ihr die letzte Ehre!/ Wir sind die Hinterbliebenen, die hin und her getrieben, / die nach ungeschriebenen Gesetzen freier Kunst sich traun, / den Deckel auf den Sarg zu haun!«

Aus derselben Zeit fand ich eine Programmankündigung des Stadttheaters in Rosenheim. Dort spielte er eine Rolle in einem Gerhart-Hauptmann-Stück. In seinem Tagebuch erwähnte er mehrmals Theaterbesuche, meistens waren es Shakespeare-Stücke. Könnte es vielleicht sein, dass er seinen neuen Namen, den er so groß und liebevoll auf die Umschlagseite gemalt hatte, einer Shakespearefigur entlehnt hatte? Ich schlug in einem Verzeichnis nach, das sämtliche Shakespearefiguren aufführt. Das Naheliegendste war noch ein Valentin, »ein höchst edler Bursche, liebend, geliebt«, aber sehr überzeugend schien mir das nicht zu sein.

Ich setzte mich mit der Universität in Wisconsin in Verbindung. Vielleicht war noch ein Zeugnis erhalten, eine Beurteilung oder ein Artikel. Nach ein paar Tagen bekam ich eine Antwort vom »Alumni Services Specialist«. Es sei nichts aufzufinden, weder in den Jahrbüchern noch in den Alumni-Magazinen, weder Prüfungsarbeiten noch Thesenpapiere, auch nicht die Abschlussarbeit. Bestätigen konnten sie mir allein, dass er von September 1950 bis August 1951 eingeschrieben war und alle Kurse besuchte, die das Journalismus-Studium umfasste.

Von meiner Mutter ließ ich mir noch mal die legendären Feste schildern, ihren Freundeskreis, und ihre Professoren und wie sie meinen Vater kennenlernte. Sie erzählte, wie sie auf einem Faschingsfest flirteten, auch die Geschichte vom Porsche. Und wie ihr Interesse schnell erlosch, als er ihr eröffnete, dass er einige Zeit unterwegs sei, dass er mit Hildegard Knef nach Capri fahre. In ihrem Chevrolet. Kaum zurück, habe er sich zwar sofort bei ihr gemeldet und das Intermezzo als bedeutungslos dargestellt, doch sie habe erst einmal nicht viel von ihm wissen wollen. Erst in der darauffolgenden Faschingssaison seien sie dann zusammengekommen. Knef, Capri, Chevrolet. Lassen sich die 50er Jahre prägnanter beschreiben? Steckten in diesen drei Begriffen nicht alle seine Sehnsüchte, die schöne Frau, das schöne Auto, das Meer, die Wärme?

Ich fragte sie nach den beiden Frauen, die ihm Briefe nach Amerika geschrieben hatten. Es war anders, als ich dachte, eine ziemlich komplizierte Geschichte voll verworrener Gefühle, die darauf hinauslief, dass beide, die Junge aus Amerika und die Ältere aus München, sich von ihm abwendeten, verbündeten und dicke Freundinnen wurden. Sie erzählte von ihren ersten Reisen nach Ischia, wo sein Kunstlehrer aus dem Internat, »der alte Fürst«, sie bekannt machte mit Tänzern, Autoren und Malern, die dort auf der Insel ihre Sommer verbrachten, und deren Bilder er später kaufte, und die ich später von den Wänden seiner Wohnung nahm. Ich sah das Idyll des noch unentdeckten Fischerdorfes vor mir und konnte nicht sagen, woher diese Bilder stammten: von Fotos, die ich in Kisten gefunden hatte, aus Zeitschriften oder Filmen wie dem *Talentierten Mr. Ripley*?

Sie erzählte von der Hochzeit, den Trauzeugen, den Gästen und sie versprach, die Fotos nochmals herauszusuchen. »War der Übertritt zum katholischen Glauben denn eine Bedingung deiner Eltern?«, fragte ich.

»Meine Mutter fand, evangelisch, das passe eigentlich nicht zu uns. Sie hat ihm das aufoktroyiert. Doch er hat das liebend gerne gemacht. Er hat sich dann auch Joseph genannt«, sagte sie.

»War das eine Verbeugung vor deinem Vater?« Er hieß ebenfalls Joseph.

»Nein, da war der heilige Joseph das Vorbild. Nach Maria das katholischste, was es gibt. Er wollte meinen Eltern wirklich einen Gefallen tun damit. Katholisch zu sein, sich Josef zu nennen und in Bayern zu heiraten, das war sein Schönstes.«

»Seid ihr denn gemeinsam in die Kirche gegangen?«

»Nach der Trauung nie wieder.«

Einen Nachmittag lang saßen wir zusammen und tranken Tee. Manche Geschichten kannte ich, doch es war anders als sonst. Ich fragte und ich bekam Antworten – etwas ganz anderes, als nur zuzuhören, wenn die Alten von früher erzählen, was sie immer erzählen. Wochen später noch kam meine Mutter auf das eine oder andere Detail zurück, rief mich an, wenn ihr etwas einfiel. Einige meiner Fragen hatten etwas in Gang gesetzt.

Ich fand heraus, dass Klaus Kinski in den frühen 50ern gleich um die Ecke von meinem Vater wohnte: Warum sollten sie sich dann nicht abends in einer Kneipe in die Haare gekommen sein?

Ich schrieb an einen Biografen von Hilde Knef, inwieweit er Einblick in ihren privaten Nachlass gehabt habe. Er verwies mich an die Deutsche Kinemathek in Berlin. Dort steht tatsächlich ein Ordner mit privaten Briefen, allerdings fänden sich dort nur Briefe von Menschen, die etwas bekannter seien, Willy Brandt etwa. »Ihr Vater ist nicht darunter.« Ein anderer, der auch die Briefe kennen will, die nicht in der Kinemathek lagern, meinte, der Name Reichardt sei ihm nicht untergekommen.

Ich sprach noch einmal mit meiner Schwester.

Wie war das damals, fragte ich sie, das Familienleben? Die gemeinsamen Urlaube? Die Wochenenden? Seine Freunde? Hat er von seiner Arbeit erzählt? Sie mit in die Redaktion genommen?

Viel fiel ihr dazu nicht ein. An den Alltag erinnere sie sich gar nicht. Er sei spät nach Hause gekommen, da habe sie meist schon geschlafen. Am Wochenende musste er sich erholen und sie durfte ihn unter keinen Umständen stören oder laut sein. »Der Vater schläft«, diesen Satz habe sie oft zu hören bekommen. Ich hatte ihn ganz vergessen, er war mir ebenfalls sehr vertraut. Ich habe ihn meine Mutter sagen hören, wenn wir in Italien waren und auch Klara, wenn ich mal am Nachmittag anrief und er sich hingelegt hatte.

Gäste, zu Hause? Nein, aber an das pausbackige Gesicht von Kurt erinnere sie sich gut. Was er in der Redaktion genau tat, wusste sie nicht, ab und zu habe sie in das Impressum gesehen und sich gefreut, wenn sie dort seinen Namen las. Und er liebte die Beatles! So sei sie schon als kleines Mädchen zum Beatles- und nicht zum Stonesfan geworden. Er kaufte die Platten, spielte sie zu Hause und sang laut mit. Ja, sagte sie, das sei noch eine Erinnerung, er habe gerne laut gesungen.

»Hast du ihn mal gefragt, was es mit dem Tino auf sich hat?«

»Nein«, sagte sie, »er hieß eben so. Kinder stellen solche Fragen auch nicht«, meinte sie.

Fast ein dreiviertel Jahr dauerte es, ehe ich Nachricht von der Birthlerbehörde bekam. Ich besaß nicht einen Hinweis, dass dort eine Akte über ihn existierte, und es gab auch keine Geschichte, keine Andeutung, die den Verdacht hätte nähren können. Doch war es auszuschließen? Vier Jahrzehnte arbeitete er als Journalist, darunter eines für die für ihre guten Ostkontakte berüchtigte *Quick*. Dass er nichts darüber erzählte, hätte in diesem Fall eher für Professionalität als für Verdrängung gesprochen. Nach allem, was im Laufe der Jahre über die teils abwegigen Interessen der Stasi zu erfahren war, schien es ja nicht einmal absurd, dass auch das Innenleben einer Redaktion wie *Jasmin* in ihren Fokus hätte geraten können. Selbst wenn er sich irgendwelcher Kontakte gar nicht bewusst gewesen sein sollte, könnte es doch sein, dass er bei irgendwelchen Terminen abgeschöpft wurde, ohne es zu wissen. Wäre es nicht fahrlässig gewesen, diese Frage nicht zu stellen? Gerade, weil ich kaum weiß, welche Art von Geschichten er in den 50er Jahren machte, als er den Schilderungen meiner Mutter zufolge noch als Reporter viel unterwegs war? Wäre es nicht geradezu naiv gewesen bei alledem, was ich nicht oder nur vage über ihn wusste, anzunehmen, dass sein Name dort nicht in einem Zusammenhang auftauchen könnte? Ich fragte Kollegen, ob sie meine Ansicht teilen, oder ob ich dabei bin, mich zu verrennen? Nein, antworteten sie, durchaus nicht. Schließlich wurde mein dreiseitiger Antrag nach einigen Wochen auch angenommen, was allein schon bedeutet, dass die Aussicht auf einen Fund nicht gänzlich unwahrscheinlich ist.

Aber tat ich ihm damit Unrecht? So wie ich ihn zu Lebzeiten kennengelernt hatte, war er zwar ein Geschichtenerzähler, der sich nicht scheute, die Wahrheit zugunsten einer Pointe oder der Dramaturgie zu dehnen, doch er war kein Falschspieler. Mit manchen seiner Eigenschaften mag er andere verletzt und enttäuscht haben, doch ich kenne keine Geschichte, dass er jemanden verraten hat. Hätte ich einfach auf diese innere Stimme hören sollen statt meiner Skepsis zu folgen, die alles für möglich hielt?

Der Brief, der die Antwort enthielt, war kurz gehalten. »Bei den Recherchen zu Ihrem Antrag wurden keine Unterlagen gefunden.« Angefügt war noch ein Hinweis. »Gerade die HVA war vor allem für die Westarbeit zuständig, allerdings wurde das Archiv der HVA in den Monaten des Zusammenbruchs der DDR vernichtet. Insofern ist die Auskunft mit dieser Einschränkung zu sehen.«

# Mein Vater und ich

Von Menschen, die ich lange nicht gesehen habe, bekomme ich gelegentlich zu hören, wie sehr ich sie an ihn erinnere. Meine Antwort darauf fällt in der Regel kurz und freundlich aus. Und dann wechsle ich das Thema, um sentimentalen Schwärmereien zu entgehen.

Natürlich, in manchem ähneln wir uns, die Stirn, die blauen Augen, die Haare, die Größe, auch, was ein paar Wesenszüge betrifft. Wie sollte es auch anders sein? Natürlich habe ich, als ich etwa sein Tagebuch las, Vergleiche angestellt. Wie war er, wie war ich mit 17? Natürlich lassen sich auch Ähnlichkeiten finden, doch die Umstände, unter denen wir 17 waren, waren so verschieden, dass jeder Vergleich sinnlos erscheint. Kein Krieg, keine Verwundung, kein Trauma, kein Verlust der Mutter, kein Zoff mit dem Vater, keine Flucht.

Der Satz, den die Generation meiner Eltern auf den Lippen führte, das oft belächelte »Ihr sollt es einmal besser haben«, ist durch und durch wahr geworden. Hineingeboren mitten in den Wohlstand, nur ein bisschen Kalter Krieg in der Zeitung, ansonsten Fußball spielen, das Nachtleben erkunden und atemlos Charles Bukowski lesen. Mit 17 schrieb ich ebenfalls eine Art Tagebuch. Ich absolvierte in den Sommerferien ein Survivaltraining in England und das tägliche Notizen machen war Teil des Programms. Ich fand es in meinem Keller, doch es gibt wenig Aufschluss darüber, was ich damals dachte und empfand, ich hatte mich vollends darauf konzentriert, meine Erlebnisse beim Kanufahren, Klettern und Bergsteigen wiederzugeben. Man sieht, dass seine Handschrift damals ausgeprägter und reifer war als die meine. Mehr nicht.

Nicht ganz so eklatant fallen die Unterschiede aus, wenn ich das Leben meines Vaters mit 42 betrachte, als er so alt war, wie ich jetzt. Fünfzehn Jahre Ehe hatte er damals bereits hinter sich und zwei Kinder, und war gerade dabei, ein neues Leben zu beginnen. Ich bin nach wie vor nicht verheiratet, es gibt keinen großen Bruch, nur die vielen kleinen, neue Frauen, neue Jobs, der Umzug in eine andere Stadt.

Mein Vater und ich, wir hatten den gleichen Beruf, doch ich hatte nie das Gefühl, dass uns das auf irgendeine Weise verbindet oder nahebringt. Es trennte uns sogar eher. Wir sprachen kaum darüber. Als sein Kollege habe ich mich nie empfunden. Er verfolgte, was ich mache, und wenn er das eine oder andere ganz gelungen fand, erfuhr ich es meist über Umwege. Direkt sagte er das selten. Vielleicht auch deshalb, weil er ja kannte, was ich tat, die Konflikte in den Redaktionen, mit den Verlagen und mit den Autoren. Im Grunde war er wahrscheinlich froh, dass er all das hinter sich hatte, was für mich neu und aufregend war. Jedenfalls hatte ich immer das Gefühl, dass er keinen besonderen Wert darauf legte, von mir derlei Geschichten zu hören. Dazu kam, dass mich der zweifelhafte Ehrgeiz trieb, seinen Rat nicht in Anspruch zu nehmen.

Ich erzählte ihm davon, wenn ich mit dem Gedanken spielte, den Job zu wechseln, doch seine Antworten kannte ich schon im Voraus. Was immer ich anführte an Argumenten, er sah in erster Linie die Risiken, riet zu Vorsicht, Geduld und Bescheidenheit. Ich konnte diese Haltung nicht leiden und so fanden diese Gespräche recht bald ein Ende.

Seinen Anfang nahm dieses Stillhalten an dem Tag, als mein erster Artikel mit Autorenzeile erschien. Ich gab ihm mein Werk zu lesen in der Hoffnung, er würde mir ein paar Tipps geben, wie man eleganter einsteigt oder aufhört, welche Wendungen zu vermeiden sind, die goldenen Regeln, irgendetwas in dieser Art. Er las ihn aufmerksam, voller Erwartung sagte ich: »Und?« Er las ihn noch mal, dann blickte er auf und sagte: »Dein Name ist zu klein gedruckt. Ich finde, den hätten sie doppelt so groß machen können.« Er lachte und fand es lustig. Ich nicht, auch wenn es anerkennend gemeint war. Von da an habe ich ihn nie wieder nach etwas gefragt, was Journalismus betraf.

Oft habe ich mich gefragt, woran es lag, dass ich denselben Beruf gewählt habe wie er. Und meine Schwester ursprünglich ebenfalls Journalistin werden wollte. Er wies uns zurecht, wenn wir das bayerische »bräuchte« benutzten statt des korrekten »brauchte«, er legte Wert darauf, dass wir »scheinbar« und »anscheinend« richtig anwendeten und den Unterschied zwischen »seit« und »seitdem« kannten. Das war aber auch ziemlich das Einzige, was sich im Nachhinein als journalistische Unterweisung auslegen lässt. Gemessen an den Eindrücken, die er bei uns hinterließ, war ein Journalist einer, der spät nach Hause kam, viel unterwegs war, und von seiner Arbeit nicht viel erzählte. Wir lasen keine Geschichten von ihm, wir kannten kaum einen seiner Kollegen, und was genau ein Journalist den ganzen Tag in einer Redaktion macht, war mir erst mit 15, 16 einigermaßen klar. Vielleicht kam unser Berufswunsch daher, dass wir beide von klein auf mit Zeitungen und Zeitschriften aufwuchsen. Noch vor dem ersten Kinderbuch las ich den Sportteil der *Abendzeitung*, wenn donnerstags der *Stern* erschien, gab es einen Wettlauf, wer ihn als Erster in die Hände bekam. Ich las Reportagen wie meine Freunde *Asterix*, und selbst Jahre nachdem *Jasmin* bereits eingestellt war und ich zu Hause ein paar alte Hefte entdeckte, fand ich es noch aufregend, die Seiten zu entdecken, die man aufschneiden musste. Wollte ich, der Sohn, Anerkennung im Revier des Vaters finden? Mit ihm konkurrieren, ihn herausfordern und übertreffen? Bewusst gewesen bin ich mir dessen nie, doch ich kann es nicht ausschließen. Ebenso wenig, dass er in mir einen Rivalen sah.

Ein Jahr vor seinem Tod arbeiteten wir ein paar Wochen gemeinsam unter einem Dach. Beide fanden wir das irgendwie seltsam. Wir saßen ein Zimmer voneinander entfernt, es gab keine Tür. So konnte ich, wenn ich wollte, ihn über ein Manuskript gebeugt sehen, wie er über seine Halbbrille las, seine Korrekturen anzeichnete und konnte hören, wie er ab und an wegen einer schlampigen Formulierung zürnte. Wir begrüßten uns morgens, sprachen ein paar Sätze, ich hielt bewusst Distanz, er wollte mich nicht in Verlegenheit bringen. So nahe hatte uns unser Beruf, der jeweils einen großen Teil unseres Lebens ausmachte, nie zusammengebracht. Aber es änderte nichts, wir führten deswegen keine anderen Gespräche als sonst auch.

Das Rätsel, weshalb es uns so schwerfiel, ins Gespräch zu kommen, ganz habe ich es nicht gelöst. Die Voraussetzungen waren ja eigentlich nicht schlecht. Die Gabe, andere zum Reden zu bringen, und sich einzufühlen, sowie Menschenkenntnis besaßen wir beide, und beide waren wir durchaus in der Lage, für Gedanken, Stimmungen, Argumente die passenden Worte zu finden. Es stand auch kein Zerwürfnis im Weg, das vertraute Gespräche von vornherein unmöglich gemacht hätte.

Doch über ein paar Dinge bin ich mir inzwischen im Klaren. Das Versäumnis der letzten Wochen: es war keines, so sehr ich es mir auch eine Weile eingeredet habe. Seine Fragen damals am Telefon waren bereits die Botschaft. »Was treibt dich an? War ich ein guter Vater? Schade, dass wir so wenig voneinander wissen. Jetzt fällt es mir auf, spät, ich weiß. Wenigstens das sollst du wissen, ehe ich nicht mehr da bin.«

Selbst wenn ich ihn damals umgehend besucht und den Faden aufgenommen hätte, ich bin sicher, unsere Gespräche wären genauso verlaufen wie all jene zuvor. Mehr an Verständigung als diese Fragen war nicht möglich.

All unsere ungeführten Gespräche, alles Nebeneinanderherreden, das Missverstehen, das Andeuten und Nichtzuendebringen, das Nichterreichen und Nichtreagieren, die verpassten Gelegenheiten, sie waren symptomatisch für unser Verhältnis.

Unsere Treffen zu zweit folgten in demselben Maße Ritualen wie unsere Telefonate oder die Zusammenkünfte mit der ganzen Familie. Ich hatte nie das Gefühl, dass unsere Essen zu zweit langweilig oder unergiebig waren. Ich hörte ihm gerne zu. Doch die meisten Gespräche, die wir führten, nahmen Umwege. Wie er dachte und wie ich, erfuhren wir, indem wir über andere sprachen. Oft nahm es ein ganzes Mittagessen lang in Anspruch, um eine Fernsehsendung, einen Boxkampf oder den Auftritt eines Politikers zu sezieren und so unsere Ansichten auszutauschen, was wir für schlagfertig, geistreich oder geschmacklos hielten.

Nach demselben Muster konnten wir auch ausgiebig über Autos reden. Eines unserer Rituale bestand darin, zu erzählen, welches Auto wir uns im Augenblick kaufen würden. Dann konnte jeder glänzen, was er in *auto, motor und sport* gelesen, irgendwo gehört oder beobachtet hatte und Details beschreiben, die ihm besonders gefielen.

Häufig bekamen diese Gespräche etwas Grundsätzliches und es ging um die Frage, ob ein Modell Charakter besaß, ob es für neureiche Angeber konzipiert war, tatsächlich für sportliche Werte stand oder nur so tat, als pure Fahrmaschine anzusehen war oder auf niedere Instinkte zielte, inwieweit man sich von der Vernunft leiten lassen solle oder vom Bauch, von der Schönheit der Form oder doch von Verbrauchswerten. Es kam nicht oft vor, dass wir übereinstimmten. Das letzte Modell, auf das wir uns einigen konnten, war der Maserati 3200.

Diese Gespräche waren vertrautes Gelände, ihm lag mehr an ihnen als mir. Er konnte seine Überlegenheit ausspielen, was das technische Wissen betraf, und ich war froh, dass wir ein Thema hatten, über das sich mühelos und ohne absehbares Ende reden ließ. So gesehen ist es kein Zufall, dass wir in unserem letzten Telefonat über sein Auto sprachen.

Es war ja auch nicht so, dass er nicht über Gefühle sprechen konnte. Nur nicht über seine eigenen. Es gab Momente, an die ich mich gerne erinnere, in denen ich großen Respekt vor ihm hatte und froh war, dass *er* mein Vater war und kein anderer. Eine Seite etwa, die ich an ihm mochte, die er aber nicht oft zu erkennen gab, war seine Feinnervigkeit – eine Gabe, die sich manchmal mit seiner Melancholie verband und etwa zum Vorschein kam, wenn Trost gefragt war. In solchen Momenten lief er zu Hochform auf, als sei das Trostspenden seine liebste Disziplin und es wurden ganz ungewohnte Züge seines Charakters sichtbar. Sehr feinfühlig und klug sprach er dann, fühlte sich ein in die Nöte der anderen, als seien es seine eigenen. Ich hatte den Eindruck, dass er dann ganz bei sich war, und all seine Erfahrungen und sein Wissen zusammenflossen zu einem Strom aus Gedanken und Gefühlen.

Als die Mutter meiner Mutter etwa starb, kam er uns abends besuchen. Ich erinnere mich nicht mehr, was genau er sagte, aber ich weiß, dass sich die Trauer danach leichter ertragen ließ und ich das Gefühl hatte, etwas verstanden zu haben von den größeren Zusammenhängen des Lebens.

Ab und an unternahm ich einen Vorstoß, fragte ihn etwa, weshalb er nicht mehr Zeit am Meer oder mal einen Winter im Süden verbringt, zumindest mehr Reisen unternimmt. Den Verdacht, dass er nicht das Leben führte, das er führen wollte, wurde ich nie ganz los in seinen letzten Jahren. Oft habe ich erlebt, dass er wie ausgewechselt von einer Reise zurückkam. Alle Mühsal und Melancholie war für eine Zeit lang Leichtigkeit und Zuversicht gewichen, und er redete kaum noch von Krankheiten und Risiken. Und ich verstand nie, weshalb er sich nur in kleinen Dosen verabreichte, was ihm sichtbar guttat. Vermutlich war ich auf der richtigen Spur, doch er empfand es wohl als demütigend, ausgerechnet von seinem Sohn darauf gestoßen zu werden. Für Fragen wie diese war ich einfach nicht der Zuständige. Um über sein Inneres etwas in Erfahrung zu bringen ging er zu Ärzten, und es gab nahezu nichts, was er nicht über seinen Körper wusste. Aber über seine Befindlichkeiten? Seine Antworten fielen jedenfalls entsprechend kurz und unwirsch aus. »Nein, nein«, winkte er dann ab, »das ist schon alles richtig so.« Geglaubt habe ich es ihm nicht.

Versäumt, denke ich, habe ich etwas anderes. Dass er, epikureisch veranlagt, wie er war, dem Unangenehmen und Ungemütlichen auswich und alles verdrängte, was irgendwie nach Vergangenheit und Erklärungen roch, kann ich nachvollziehen. Psychologen haben mehrfach beschrieben, dass dieses Verstummen auch eine Folge von Kriegstraumata ist. Einen beeindruckenden Beleg dafür fand ich in einem Interview mit der Frau des Regisseurs Bernhard Wicki. Sie erzählte davon, wie sie die Bänder abgehört habe, auf die ihr Mann Erinnerungen an seine Jugend gesprochen habe. Als die Rede auf seinen Aufenthalt im Konzentrationslager kam, sei nur ein minutenlanges Röcheln zu hören gewesen. Die Aufnahmen stammten aus den späten neunziger Jahren, wenige Jahre vor seinem Tod.

Doch das beantwortet nicht, weshalb ich nicht stärker auf Erzählungen aus der Kriegszeit meines Vaters gedrängt habe. Ich könnte es damit bewenden lassen, auf dieses unmissverständliche Senken der Lider zu verweisen, darauf, ihm die Reise nach Breslau vorgeschlagen, und ein paar Anläufe unternommen zu haben, etwas mehr aus ihm herauszubekommen, als die immer selben Anekdoten. So bleibt das flaue Gefühl, vielleicht nicht alles versucht, zu viel Rücksicht genommen, ihn nicht wenigstens an den Punkt gebracht zu haben, an dem er hätte sagen können: »Darüber kann ich nicht sprechen.« Wenigstens das wäre dann mal gesagt gewesen.

Das Gefühl, etwas versäumt zu haben, nahm zu, als ich von

einem Phänomen las, das Wissenschaftler wie folgt beschreiben. Demnach erinnern Menschen sich umso stärker an ihre Jugend, je älter sie werden, insbesondere an die Phase zwischen 15 und 25. Wenn dem so ist, frage ich mich, ob es meinem Vater in seinen letzten Wochen ebenso erging. Könnte es so gewesen sein, dass in dieser Zeit, als seine Kräfte nachließen und damit auch die des Widerstands, er sich auch nicht mehr gegen den Teil seines Lebens wehren konnte, den er ein Leben lang aus seiner Biografie zu bannen versuchte und abtrennte, indem er nicht darüber sprach und so tat, als habe es nicht stattgefunden? Tauchten auf einmal Erinnerungen an seine Jugend vor seinem Auge auf, betrachtete er sein Leben im Ganzen, den ganzen Bogen vom jungen Klaus Dieter in Breslau bis hin zum dicken Tino in der Nähe des Starnberger Sees, mitsamt den Jahren, über die er nie gesprochen hatte und all den Fragen, die sich daraus ergaben? Wenn es so war, wäre dann zumindest möglich gewesen, dass er davon erzählt?

Eine Erkenntnis, die mich überraschte, bestand darin, dass er sein Leben lang ein Suchender geblieben ist. So hatte ich ihn nie wahrgenommen. Er war ja alles andere als einer, der haderte, unentschlossen wirkte oder sich Zweifeln hingab. Nach außen verkörperte er Gewissheit und Tatkraft, schien in sich zu ruhen und wie ein Fels im Leben zu stehen. Das Hin- und Hergerissensein legte sich im Laufe der Jahre wohl, aber es verschwand nie ganz.

Im Grunde war er sein Leben lang ein von seinen Gefühlen getriebener Mann. Nur gab er das später, als er mein Vater war, nicht so deutlich zu erkennen, wie in seinem Tagebuch, wo es einmal heißt: »Wann werde ich endlich einmal Herr meiner Gefühle sein? Bisher wurde ich immer von ihnen getrieben, niemand weiß, wie sehr ich darunter leide.«

Er hat gelernt, sie im Zaum zu halten, weil er wusste, welche Kraft sie entfalten konnten und er sich hüten musste, sich ihnen auszuliefern. Und man muss davon ausgehen, dass ihn das beständige Entgegenstemmen und sich Erwehren viel Kraft gekostet hat.

Mehr noch überraschte mich, dass ein Satz Bedeutung erhielt, mit dem ich zunächst nichts anfangen konnte, als ich ihn zum ersten Mal auf der Beerdigung hörte. »Ihr Vater war ja auch ein Schauspieler«, sagte da ein ehemaliger Kollege. Er spielte, wie ich jetzt weiß, auf seine Auftritte beim Kabarett und auf die Theateraufführungen an, er wusste auch davon, dass er im Kay verzeichnet war. Er hatte recht, wenn auch auf ganz andere Weise.

Vielleicht begann es tatsächlich mit dem versehentlich in ein Dokument seines Bruders geratenen Ypsilon, das ihn auf die Idee brachte, eine neue Schreibweise seines Namens – dazu ein neuer Vorname, der so gar nicht mit deutschen Tugenden in Verbindung zu bringen war und für ein Versprechen auf ein besseres Leben stand – würde es leichter machen, die Vergangenheit hinter sich zu lassen, und alles zu löschen, was sich mit ihr verband. Reychardt, Reychart, Réchard, Claus Michele, Tino Claus, Tino Klaus, Tino C. Bei Tino Reichardt war er erst zu Beginn siebziger Jahre angekommen.

Ohne zu zögern wandelte der gebürtige Evangele sich zum Katholiken, nannte sich zum Zeichen seiner Verbundenheit mit der Familie seiner im Katholischen verwurzelten Frau auch noch Joseph, und als er meine Mutter für eine Frau verließ, die mit Religion nicht viel verband, trat er ganz aus der Kirche aus. Und begann abermals ein neues Leben. Als Millionärsgatte, Rinderzüchter, Werftdirektor, als Autor, der mit Pseudonymen jonglierte. In welcher Rolle auch immer er unterwegs war, ob als König von Korsika, als Redaktionsvater inmitten schöner, kluger Redakteurinnen, oder weltreisender Ehemann auf der Segelyacht, sein Kleiderschrank hielt die nötigen Requisiten bereit.

Später, als er aufhörte zu arbeiten, gefiel er sich als kundiger Landmann, als amüsanter Alleinunterhalter, wie als nörgelnder Rentner, der sich ein Vergnügen daraus machte, kein Vorurteil auszulassen und seine Familie mit Weisheiten aus der *Bild* zu entsetzen. Je nach Laune und Verfassung nahm er die Rolle des am Stock gehenden eingebildeten Kranken an, des dem zivilisatorischen Getöse entrückten Landschaftsmalers, des Hunde- und Katzenflüsterers, der scheue und verstörte Tiere für sich gewann, oder des lustigen Sugardaddys, der Freundinnen von mir und die seiner Enkelin mit seinen Kenntnissen von Pop- und Trashkultur beeindruckte.

Anfang, Mitte der neunziger Jahre muss es gewesen sein, als er mit dem Gedanken spielte, sich als Tankwart bei einer Tankstelle in seiner Nähe zu bewerben. Ich sah ihn wohl entgeistert an, als er mir davon erzählte, aber er meinte es ernst. Vermutlich dachte er an Szenen aus amerikanischen Filmen, an schöne Frauen in schönen Autos und die Möglichkeit, seinen Bauch unter einem Overall zu verstecken.

Seine Haltung, die er meiner Schwester und mir gegenüber häufig einnahm, die des von seinen Kindern Verschmähten und Vernachlässigten, nahm ich ohnehin als Rolle wahr. So sehr, dass ich sie auch dann nicht ernst nahm, als es tatsächlich ernst wurde. Meine Schwester reizte er gelegentlich mit der Vorstellung, dass sie ihm eines Tages, wenn er alt und tatterig sei, den Haushalt führe, irgendwo auf dem Land, ihm eine heiße Suppe hinstelle oder eine Tasse Kaffee. Wenn einiges zusammenkam, war er auch als zorniger, alter Mann zu hören und zu sehen, der ins Radikale floh. Es gibt ein Bild, da war er etwa Siebzig und es zeigt ihn mit einer tief in die Stirn gezogenen Wollmütze, einer dicken Jacke auf einer Holzbank sitzend. Er sieht aus wie ein mürrischer alter Rancher. Komm mir keiner zu nahe, sagt seine Mimik, meine Winchester liegt griffbereit.

Als hätte es noch eines weiteren Beleges, zumindest aber der Illustration meiner neu gewonnenen Erkenntnis bedurft, brachte meine Mutter mir, kurz bevor ich das Manuskript beendet hatte, eine DVD vorbei, ein Freund hatte sie ihr geschenkt. Sie enthielt das Fragment eines alten Super-8-Films, den sie, mein Vater und einige ihrer Freunde Anfang der sechziger Jahre drehten. Einer davon war der junge Loriot, er führte auch Regie. Mein Vater war damals sein Redakteur bei der *Quick*, als Loriot begann, seine Knollnasen zu zeichnen. Zu sehen ist eine Abendgesellschaft in einem feinem Haus, es wird aufgetragen, mein Vater spielt einen buckligen Butler, der zugleich an den Glöckner von Notre-Dame und Peter-Lorre-Figuren erinnert. Die Runde wird immer kleiner – der Butler bringt einen nach dem anderen um die Ecke, meine Mutter etwa ertränkt er in der Badewanne, am Ende der Einstellung sind nur noch ein paar Luftblasen zu sehen – und eine kleine Plastikente ...

Man weiß nicht recht, weshalb das alles geschieht, aber es ist zu spüren, welchen Spaß alle daran hatten, sich in eine finster blickende Gastgeberin, in ein glamouröses Partygirl und einen eifersüchtigen Ehemann zu verwandeln, allen voran mein Vater. Er übertreibt es etwas mit dem Augenrollen und Grimassieren, doch mehr noch als den anderen ist ihm anzumerken, wie sehr er die Verwandlung in den heimtückischen Finsterling genießt.

In einigen dieser Rollen glänzte er, mal mehr, mal weniger verstellt und maskiert, andere, finde ich, standen ihm weniger, doch sein Charakter ist nur in der Summe aller sichtbar. Mit der Vielzahl auch widersprüchlicher Rollen verrätselte er sich selbst, doch er empfand diese Undurchschaubarkeit wohl als Schutzschild, der ihn vor Verletzungen, Angriffen und entlarvender Nähe bewahrte, genauso wie sein zunehmend dicker Bauch ihn vor Hunger beschützen sollte.

Rollen anzunehmen und wieder abzulegen wie einen getragenen Anzug, erlaubte es ihm, seinen wechselnden Bedürfnissen zu folgen, den Erwartungen anderer zu entwischen und, viel wichtiger, seine jeweilige Vergangenheit hinter sich zu lassen, sich selbst zu entkommen. Hat er die Identität, die er nach Ende des Krieges zu suchen begann, nie gefunden? Der Schluss liegt nahe. Aus heutiger Sicht mag diese Strategie wie eine permanente Flucht erscheinen, vor sich selbst, vor der Vergangenheit.

Er hatte nie den Drang verspürt, seine Vergangenheit verstehen zu wollen. Es genügte ihm, sie zu überwinden. Es hat eine Weile in Anspruch genommen, ehe ich das begriffen hatte. Aus diesem Missverständnis resultierte auch meine vergebliche Hoffnung, in seinen Unterlagen Aufzeichnungen zu finden über das, was er nicht erzählt hatte. Jetzt weiß ich, dass sein Nichtschreiben eine Fortsetzung seines Nichtredens war. Dass das Vergangene nicht einfach vergeht, weil es vorbei ist, dass seine Spuren sogar umso deutlicher ausfallen, je stärker man sie verleugnet und ihre Existenz ignoriert, darüber sah er hinweg.

Nahtlos geht diese Haltung über in seine Paraderolle als Geschichtenerzähler und Interpretator seines eigenen Lebens. So ausgeschmückt, verdreht und die Wirklichkeit verbessernd seine Erzählungen sich auch anhören mochten – hinter kaum einer seiner Geschichten stand die Absicht, sich selbst zu erhöhen, oder sich mit fremden Federn zu schmücken. Er erfand sie nicht, er verdichtete nur die wahren Begebenheiten. Manches war ihm dabei zur Metapher geraten, wie etwa die Dresdner Bombennacht, manches gab mehr ein Gefühl als die Tatsachen wieder. Die Geschichten seines Lebens begriff er als Vorlagen, aus denen er Erzählungen formte, die das Erlebte, Erlittene und Widrige erträglich machten. »Alles kann man erzählen«, schrieb Max Frisch einmal, »nur sein wirkliches Leben nicht.«

Zu den wichtigen Erkenntnissen, zu denen ich im Laufe der vergangenen Jahre gelangte, zählt auch die, dass ich eine Vorstellung meines Großvaters gewann. Mit dem weißhaarigen Mann, den mein Vater Baumeister nannte, verband ich nie mehr, als dass er lange tot und nie von ihm die Rede war. Was ich über ihn erfuhr, machte ihn mir sympathisch, erst recht, als ich herausgefunden hatte, dass es ihm gelungen war, nicht der NSDAP beizutreten. Vor allem aber begriff ich eines: Auch mein Vater war ein Sohn. Das mag banal klingen, doch sobald mir dieser Zusammenhang bewusst war, empfand ich ihn nicht mehr wie einen Solitär. Es reihte ihn ein in eine Tradition, von der er nie etwas wissen wollte, ich begriff, dass er manche Züge übernommen hatte, einige sicherlich unbewusst, dass bestimmte Verhaltensweisen ein Reflex auf Eigenschaften waren, die ihm suspekt erschienen. Ich erkannte, dass sein Verhältnis zu seinem Vater große Ähnlichkeit mit dem meiner Schwester zu unserem Vater hatte. Sie waren sich so ähnlich, dass sie sich miteinander schwertaten. Ein paar Wochen nach unserem ausführlichem Gespräch bekam ich einen Anruf von Greta. Eines, sagte sie, sei ihr noch eingefallen. Er habe ihr einmal später, vor gar nicht so langer Zeit, erzählt, dass er es bedaure, seinem Vater gegenüber so abweisend und streng gewesen zu sein, als er erwachsen war. Ich war nicht überrascht, das zu hören.

Man mag darüber streiten, ob jegliches Verhalten erwachsener Menschen mit in der Jugend und Kindheit gemachten Erfahrungen zu erklären ist. Doch wenn es zutrifft, Gegenwart als Ergebnis von Vergangenheit zu begreifen, dann in besonderem Maße für die Generation, der mein Vater angehörte. Mit 17 hatte er bereits so viele existenzielle Erfahrungen gemacht wie andere in ihrem Leben nicht. Dabei ist seine Geschichte nicht einmal besonders spektakulär. Seine Familie hatte sich unter dem Naziregime nicht besonders hervorgetan, weder gehörte sie zu den Tätern noch zu den raren Helden des Widerstands. Sie hatte zwar alles verloren, aber doch weit weniger als viele andere. Wenn man will, ist er einigermaßen glimpflich davongekommen. Er war nur einer von rund 14 Millionen, die ihre Heimat verloren, nur einer von rund 200 000 Flakhelfern, nur einer von hunderttausenden jungen Männern, die sich verraten fühlten und sich eine neue Identität, ein neues Weltbild zulegen mussten, ehe sie überhaupt volljährig waren. Doch was er im Alter zwischen 14 und 17 erlebt hatte, genügte, sein Leben und seinen Charakter nachhaltig zu prägen.

Geboren 1928, war er zu jung, um in die Partei einzutreten, aber gerade eben noch alt genug, um von der Kriegsmaschinerie und Propaganda vereinnahmt zu werden und sich das eine oder andere Trauma einzufangen. 1928 geboren zu sein, bedeutet aber auch, 1949, als der neue Staat sich gründete, gerade so eben erwachsen geworden zu sein und fortan der Generation anzugehören, die mit der enormen Energie der Davongekommenen die Gesellschaft der folgenden Jahrzehnte prägte.

So ist es kein Zufall, dass sein Lebensweg und die Entwicklung Nachkriegsdeutschlands eine Reihe von Schnittpunkten aufweisen. Seine Geschichte ist eben auch eine mehr oder weniger typische deutsche Nachkriegsgeschichte, in der eine Reihe von Motiven und Themen auftauchen, die die vergangenen Jahrzehnte prägten. Der Aufbruch nach der Katastrophe etwa, das Streben nach Wohlstand und nach Sicherheit, der Enthusiasmus für den American Way of Life, später, als er sich längst etabliert hatte, die Suche nach alternativen Lebensmodellen, die künstliche Überdrehtheit der 80er Jahre, wiederum später die Hinwendung zu Natur und zum einfachen Leben auf dem Land, wo er dem Idyll seiner Jugend vielleicht näher kam, als ich je vermutete.

Der rote Faden jedoch, der sich durch alle diese Jahrzehnte zieht, ist die Suche nach dem eigenen Glück. Vielleicht nahm diese Suche tatsächlich im Februar 1945 ihren Anfang, als ihm eine Liebelei im Lazarett eine Ahnung gab, wofür es lohnte durchzuhalten und zu leben.

Er mied jegliche Gemeinschaft, die sich auf Überzeugungen, Ideologie oder Glauben gründete, trat keiner Partei bei, keinem Verein, und keinem Verband. Er traute nur sich selbst, und das Einzige, worauf er sich verließ, war die eigene Wahrnehmung, der eigene Verstand, das eigene Empfinden. Daraus erwuchs eine

Haltung, die Kritik und Wachsamkeit verlangte, auf Großzügigkeit und geistige Unabhängigkeit gerichtet war und ausschließlich das eigene, persönliche Glück als Ziel akzeptierte. Eine Haltung, die auch meine Schwester und ich verinnerlichten, vielleicht das eigentliche Erbe. Eine Art gezügelter Individualismus, der vorbereitete, was eine Generation später in der Idee der Selbstverwirklichung aufging und heute bisweilen als maßloser Egoismus daherkommt.

Soziologen beschrieben diese Suche nach dem privaten Glück später als wesentliches Merkmal der »skeptischen Generation«. Meine Beobachtungen und Schlüsse deckten sich in hohem Maße mit den Analysen dieser Altersklasse. Eine Einsicht, die nicht leichtfiel. So speziell manche seiner Eigenarten auch gewesen sein mögen, so speziell sein Weg mir auch immer erschienen sein mag, was seine Mentalität und Haltung betrifft, war er einer von vielen.

»Sie lebten ihr eigenes Leben und ich meins.« Erst als ich das Manuskript noch einmal las, fiel mir auf, dass dieser Satz in seinem Tagebuch stand. Er meinte seinen Vater und dessen zweite Frau damit. Ich selbst hatte ihn auch einmal gebraucht. Er lebte sein Leben, ich das meine. So sah ich das zu seinen Lebzeiten, und so sehe ich das auch jetzt noch. Heute weiß ich, was es bedeutet, zu verstehen, was die eigenen Eltern bewegte, antrieb und ihr Leben bestimmte. Je größer die Klarheit darüber, umso größer ist die Chance, zu erkennen, welche Kräfte und Einflüsse auf das eigene Leben wirken.

Die Vergangenheit seiner Eltern zu kennen, heißt nicht, sie zu idealisieren, sondern schafft erst die Voraussetzung dafür, sich von ihr lösen zu können und sie nicht wie ein unsichtbares Erbe ein Leben lang mit sich herumschleppen zu müssen.

Zu begreifen, inwieweit und worin man sich von ihnen unterscheidet, wie sie Einstellungen prägten, und auf welche Weise

Muster ihres Lebens sich im eigenen fortsetzen, heißt, die eigenen Spielräume zu vergrößern und die Chancen der eigenen Entwicklung zu erkennen. Es bedeutet, sich selbst aus der eigenen Geschichte heraus zu verstehen. Und die ist nun einmal untrennbar mit der der Eltern und ihrer Familien verbunden.

Wie viel man von ihnen wissen möchte, wie viel sie bereit waren, preiszugeben von sich, mag schon immer limitiert gewesen sein. Es geht ja keineswegs darum, ihre DNS zu entschlüsseln, aber es ist offenbar ein Kennzeichen der Generation, der ich angehöre, dass im Verhältnis zwischen Söhnen, Töchtern, Vätern und Müttern etwas ins Rutschen geraten ist: die einen wollen nicht richtig erwachsen werden, die anderen am liebsten für immer jung bleiben. Damit haben sich auch Traditionen verschoben, was Eltern an Erfahrungen und Wissen an ihre Kinder weitergeben. Und auf einmal stellt man dann überrascht fest, dass es zwar keine Mühe macht, die favorisierten Automarken seines Vaters zu benennen, aber man die Namen und Lebensgeschichten seiner Großeltern nicht kennt.

Mir ist klar geworden, dass kein Wert an sich darin liegt, möglichst große Distanz zum Leben der Eltern herzustellen. Die Lektüre von Erfolgsgeschichten besonders erfolgreicher Manager, Künstler oder Sportler suggeriert das ja häufig. Natürlich macht derjenige, der mit dem Lebensmodell seiner Eltern bricht, andere Erfahrungen als derjenige, der es mehr oder weniger weiterführt. Nur ein Urteil lässt sich darüber nicht fällen. Ebenso wenig wie über den Wert von Mustern oder Prägungen. Man mag das anders wahrnehmen, weil von den lästigen und unerwünschten eher die Rede ist, als von denen, die das Leben gelegentlich erleichtern und verbessern. Der Zweck von Familienlegenden besteht vor allem darin, Gemeinschaften zu schaffen. Wer sie kennt, gehört dazu, wem man sie erzählt, gewährt man Zugang.

Bereits an dem Tag, als mein Vater starb, hatte ich erstmals das Gefühl, etwas versäumt zu haben. Und doch erscheint, im

Nachhinein betrachtet, nun alles erstaunlich stimmig. Manches konnte ich auf Umwegen nachholen, ich fand einiges heraus, vieles auch nicht. Nicht, dass genau dies sein Kalkül war, doch vielleicht kannte er mich doch so gut, dass er wusste, dass ich mich auf die Suche begeben würde.

Mein Vater und ich. Das waren doppelte Portionen und halbe Wahrheiten. Überzogene Erwartungen und falsche Annahmen. Großzügige Freigeistigkeit und kleinliche Habsucht. Donnerndes Gelächter und versteckte Drohungen. Unvermeidbare Rituale und bizarre Schauspiele. Erdrückende Zuneigung und schlechtes Gewissen. Er weckte mich jedes Mal, wenn Muhammad Ali mitten in der Nacht um den Schwergewichtstitel boxte. Ich stellte das Telefon neben mein Bett, um das Klingeln nicht zu verpassen, und dann sah ich mit müden Augen gemeinsam mit meiner Schwester den Kampf an, Runde für Runde, bis er wieder anrief und begeistert erklärte, wie genial und clever Ali wieder war. Er verstand einiges vom Boxen, ich wusste nie genau, weshalb. Manchmal klang es so, als habe er früher selbst geboxt. Kann sein, noch so eine Geschichte.

Ein paar Mal gingen wir zusammen fischen, Fliegenfischen. Er legte Wert darauf, an den Ködern die Widerhaken abzufeilen. Auch wenn mir die eine oder andere Forelle, die bereits angebissen hatte, deshalb abhanden kam. Mir gefiel das schon damals. Auch heute noch. Ein Zug an ihm, den ich gerne in Erinnerung behalte.

Einmal sahen wir im Theater gemeinsam *Faust*. An einer Stelle verließ Mephisto die Bühne und betrat den Zuschauerraum durch die Hintertür. Er blieb genau neben uns stehen. Ein Spot tauchte sein weiß geschminktes Gesicht in helles, gleißendes Licht, und so kam es, dass ich den Kopf meines Vaters im Profil und Mephisto direkt in die Augen sah. Ich werde das nie vergessen.

Manchmal denke ich daran, wie er mich in Verlegenheit brachte, wenn er etwa auf einer langen Autofahrt nach Italien unvermittelt losjubelte: »Ist das nicht herrlich! Schau dieses Licht! Die Farben der Felder! Ist das nicht unglaublich schön?«, und ich eintönig »Is schön, ja«, antwortete. Er hatte natürlich recht, aber seine Begeisterung zu überbieten war unmöglich, nicht einmal, ihr standzuhalten. Seitdem er fort ist, kommt mir ab und an der Satz in den Sinn, dass es keinen Anspruch auf Glück gibt. Das sagte er immer wieder, er, der ihm ein Leben lang hinterherjagte. Jetzt weiß ich, was er damit meinte.

# Dank

Herzlichen Dank an alle, die zum Entstehen dieses Buches beigetragen haben.

Meiner Mutter, meiner Schwester, Theresa, meiner Nichte, Sebastian, meinem Neffen, Marion Reychardt, »Klara«, der langjährigen Lebensgefährtin meines Vaters, »Greta«, der Dresdner Freundin meines Vaters, sowie Manfred B für ihr Vertrauen und aufschlussreiche Gespräche.

Robert Emich, Elisabeth Frieß, Michael Karger, Monika Keim, Esther Maue und Lars Reichardt für Anregungen und guten Rat.

Christiane Burckhardt, Kerstin Löffler und Angelika Richter für hilfreiche Unterstützung.

Marco Hedler, Matthias Thiel vom Kabarettarchiv Mainz, Silvia Niedermeier, Jochen Boehler vom Historischen Institut in Warschau, dem Institut für Zeitgeschichte in München, Jürgen Trimborn, Gerrit Thies von der Kinemathek in Berlin, dem Stadtarchiv Rosenheim, den Mitarbeitern der Deutschen Dienststelle in Berlin, des Bundesarchivs in Bayreuth und Berlin, sowie des Militärarchivs in Freiburg für die Unterstützung meiner Recherchen.

Besonderer Dank gilt meinem Agenten Thomas Hölzl und meinem Lektor Martin Mittelmeier für allerbeste Anregungen und Geduld.

# Inhalt